湯姆歷險記

馬克・吐溫

The Adventures of Tom Sawyer

高寶書版集團

閱讀經典　015

湯姆歷險記
The Adventures of Tom Sawyer

作　　者：馬克．吐溫(Mark Twain)
譯　　者：張美芳
總 編 輯：林秀禎
編　　輯：江麗秋
出 版 者：英屬維京群島商高寶國際有限公司台灣分公司
Global Group Holdings,Ltd.
地　　址：台北市內湖區洲子街88號3樓
網　　址：gobooks.com.tw
E - mail ：readers@gobooks.com.tw（讀者服務部）
pr@gobooks.com.tw（公關諮詢部）
電　　話：(02)27992788
電　　傳：出版部 (02)27990909　行銷部 27993088
郵政劃撥：19394552
戶　　名：英屬維京群島商高寶國際有限公司台灣分公司
香港總經銷：全力圖書有限公司
地　　址：香港新界葵涌打磚坪街58-76號和豐工業中心1樓8室
電　　話：(852)2494-7282
電　　傳：(852)2494-7609
初版日期：2007年2月
發　　行：高寶書版集團發行 / Printed in Taiwan

國家圖書館出版品預行編目資料

湯姆歷險記 / 馬克．吐溫(Mark Twain)作.張美芳譯.--初版.--臺北市：高寶國際，2007[民96]
面；　公分.（閱讀經典 ；15）

譯自：The adventures of Tom Sawyer

ISBN 978-986-185-029-0(平裝)

874.59　　　95026097

閱讀經典的理由

小時候，我們每個人都愛聽故事，也愛看故事書，並從中得到了寧靜與喜悅，發現了自己的小天地。但現代人多半忙忙於公事案牘、碌碌於魚米柴薪，沒有空閒更沒有精力靜下心來閱讀，從而與這項最單純的快樂越離越遠。若想要重新體會這分感動，又苦於好書太多，而時間太少，那麼，閱讀經典文學該是最有效率的方式了。

要知道，經典之所以被稱爲經典，在於它們的內容經過悠悠歲月與千百讀者的試煉後，其地位依然屹立不搖，其價值歷久不墜，因此值得人們一看再看，並隨著時代的變革賦予新的意義。

閱讀經典系列將各國經典文學重新迻譯，文字雅潔流暢，是最適合時下青年學子閱讀的經典文本。而入選閱讀經典系列的每本書，無一不是深刻雋永，無一不是文壇大家嘔心瀝血之作。盼望熱愛文學的讀者知音們，能夠盡情徜徉在每本書的奇妙世界之中。

CONTENTS

〈導讀〉
童年是心中永遠的一首歌

孫德宜

正如一九五四年諾貝爾文學獎得主海明威（Earnest Hemingway, 一八九九～一九六一）所言：《湯姆歷險記》（*The Adventures of Tom Sawyer*）是全世界最受歡迎的故事之一。馬克・吐溫（Mark Twain，一八三五～一九一〇）也被認為是最美國本色的作家，也是第一個道地美國作家，自他起才有完全獨特風格的美國文學。即使不熟小說也不識美國文學的人，幾乎也都聽聞過湯姆的名號，成為美國人天真樂觀、自信開朗性格的代表人物。這本小說自一八七六年出版以來，年年都有新的一批曾經也是小孩的成年人，像幫派入會般的一個拉一個的形成輿論壓力，告訴下一批孩子說這是本不可不讀的青少年兒童文學經典。

馬克・吐溫語帶幽默卻譏諷的寫實筆觸，描述一位頑皮搗蛋的小男孩，在密西西比河畔一個偏僻小鎮成長的冒險情事，重現南北戰爭（一八六一～一八六五）前慵懶的懷舊情調。但是有些大人實在很難理解，為什麼像湯瑪士・索耶這種「不是模範兒童」的壞孩子，會有人肯為他寫一本書，卻還能暢銷大賣？這些大人或許也不能明白，書中男女老少大多言行粗鄙，甚至有些乖張愚蠢，而且說的都不是優雅純正的英語，竟是美國人引以為傲的必讀名著？除卻優勢的文化行銷，《湯姆歷險記》的確擁有許多兒童文學經典的共通特質：諸如爭取小讀者認同的孩童主角（child protagonist）、弱勢族群的集結以挑戰威權、領導統御與兄弟情誼、追求夢想與冒險等暢銷元素。且書中對於每一個情節，都有合理而深刻的動機描述，讓這本少年成長冒險寫實小說，多了心理層面的深刻。

馬克・吐溫成功塑造了湯瑪士・索耶這個性格鮮明的孩童主角。表面上看來，湯姆跟絕大多數的孩子一樣，是個天真調皮的小淘氣，心地還算善良，做人尚稱俠義，可是他自以為是的小聰明和豐沛的想像力，常陷自己與朋友進出險境。但仔細瞧瞧，在戲劇化的假面純真後頭，湯姆其實是個能洞徹人心的機會主義者。他像是投顧老師般的投機勢利，虛榮愛現、說謊狡辯、還有一顆冷酷的心。而前述種種湯姆的個性，拿來形容大美國在國際社會中的自我定位，其形象不也令人髮指地貼切！講得好聽些，湯姆有著如企管顧問一樣的思考評估能力，在第二章「光榮的油漆匠」中表露無遺；在第六章中為了要和蓓琪坐在一起，而扯謊遲到藉口；也在第二十章「代為受過」中，為了贏得美人芳心而承認撕破老師的A書，挨打也無所謂——他原本就有顆會拿捏思量的老靈魂。

然而《湯姆歷險記》也是一本惡漢體冒險小說（picaresque novel），書中三次主要的冒險，同時也將無憂無慮的他，漸漸成人化的過程，寫實而冷酷地記錄下來。第一次的冒險是和哈克夜訪墓地，不小心目睹印第安喬殺人，原本兩人賭咒發誓絕不說出真相，但湯姆無視於自身安危與朋友誠信，堅持秉持良心出庭作證。第二次的冒險是為了抗議大人們的冤枉，湯姆領著哈克和哈潑，偷了戰備糧，躲到小島上玩海盜遊戲，不管他潛回家中時，親眼看到波麗阿姨多麼傷心，仍然刻意逍遙了一個星期才回來參加自己的喪禮。第三次的冒險是又和哈克，去鬼屋尋幽卻撞見死對頭印第安喬，居然沒告訴大人財寶箱的黃金，自己繼續計畫追蹤挖寶。我們從小說剛開始嘻嘻哈哈的湯姆，看他經歷艱難險阻後，從經驗法則中學習到家庭與社區族群的可貴。雖然不羈的本性難改，至少他不再逃家，甚至力勸哈克回歸體制內的安逸，給道格拉斯寡婦收養。

在《湯姆歷險記》裡，我們看到無論孩童主角湯姆和他的死黨哈克或是反角（antagonist）印第安喬，都是主流社會下的弱勢族群，呼應了小孩原本在智識體能和經濟威權方面的無力。這也是許多兒童文學經典的共同點：這些主角們不是孤兒單親就是窮苦無依，要不然就是些極度孤絕的心靈，舉凡像哈利波特（Harry Potter）、《綠野仙蹤》的桃樂絲（Dorothy）、《祕密花園》的瑪麗（Mary Lenox）、爸爸命喪隔壁Mr. McGregor 菜園的彼得兔（Peter Rabbit）、《小婦人》中的馬爾屈女孩（March girls）或是《漫遊奇境》的愛麗思（Alice）。小孩子最怕的荒涼和孤單，不被認同與沒有回應（unfair and ignore），這本小說也多所著墨。譬如第三章「戰爭與愛情」中被冤枉打破糖罐的湯姆，「遠離那些男孩常聚集的地方，故意走到人煙罕至的荒涼處，以配合他當時尋求孤獨的心情。」或是在第七章「壁蝨之戰與失戀」中自覺被湯姆背棄的蓓琪：

> 她專心等待回音，但是毫無回應。唯一陪她的伴侶就是寂靜與孤獨。所以她回到原來的地方，再次哭了起來，同時責罵自己。這時候同學已經開始陸續回校，所以她必須隱藏自己的悲傷及破碎的心，在這個充滿陌生人，無人可以傾訴哀戚的環境裡，

努力撐過這個痛苦、可怕又漫長的下午。

還是在第十二章「貓和止痛藥」裡，因為蓓琪好幾天沒來學校，而覺得「生命的魅力已然消失，所剩唯有沉寂、荒涼。」再就是在第十四章「快樂營」中，用「林子裡醞釀的沉靜、肅穆以及寂寥感」，來描繪逃家男孩們漸漸成形「萌芽的思鄉病」。以及在第二十六章「一箱金子」裡，提到令湯姆和哈克這兩個大冒險家，不敢貿然進入鬼屋的那種炙日下的死寂，「所營造出的荒涼及孤單」。

《湯姆歷險記》無疑是本寫實小說，除了角色型塑和情節場景來鋪陳故事的可信度，馬克・吐溫還擅長用方言俚語來突顯地方色彩和角色身分，這點卻很難從中文譯文看出端倪。信手拈來一段在第一章「玩耍，打架，躲藏」，波麗阿姨的話：

I ain't doing my duty by that boy, and that's [the Lord's truth], goodness knows. Spare the rod and spile the child, as [the Good Book] says. I'm a laying up sin and suffering for us both, I know. He's full of the Old Scratch, but laws-a-me! he's my own dead sister's boy, poor thing, and I ain't got the heart to lash him, somehow. Every time I let him off, my conscience does hurt me so, and every time I hit him my old heart most breaks. Well-a-well, man that is born of woman is of few days and full of trouble, as [the Scripture] says, and I reckon it's so.

我對這孩子沒有盡到該盡的規戒責任，這是千真萬確的事實，上帝明鑒。書上不是說：「不打不成器」嗎？我知道我這樣姑息這孩子，以後吃苦受罪還不是自己。可是他雖然滿腦子的鬼靈精怪，終究是死去妹妹留下的孩子，可憐的小傢伙，怎麼說我都狠不下心來打他。每次放過他，我總是良心不安許久，但是如果真打了他，我的心更是都要碎了。算了，算了，就像聖經上說的，女人生的男人都是幼稚而麻煩多多的，我真是再同意不過了。

這段英文真是文法老師的夢魘，卻忠實地再現波麗阿姨這個密蘇里鄉下女人的方言口音。馬克・吐溫用拼音（如spoil卻念成spile）、口說文字（如ain't doing）和節構破碎的語句（run-on sentences），加上常張冠李戴的經典諺語和自以為是的真理格言，還有三不五時（這裡英文才七行不到就提了三次）就捧出來的聖經名言，絮絮叨叨的波麗阿姨下里巴人的氣質於是躍然紙上。

馬克・吐溫還小心刻意地在書中虛構的聖彼得堡，以口音與措辭區分出窮人與富人、黑人與白人的對話口吻，他甚至在其續集《頑童歷險記》（*The Adventures of Huckleberry Finn*, 一八八五）變本加厲地啟用粗野不文的哈克，用他那滿口髒話的第一人稱的敘述觀點說故事。馬克・吐溫雖然只是讓他的角色們在《湯姆歷險記》中各自表述，延用傳統第三人稱的全知觀點（The third omniscient point of view）來貫串全書，但是他仍不時地以作者的身分跑出來，像波麗阿姨般說些自以為是的悲憫真理，或是赤口毒舌嘲諷舊式文章，要不就跟湯姆一樣愛現他的見聞。

《湯姆歷險記》雖然是本男性成長小說（male bildungsroman），但是從前述湯姆的角色型塑來看，和狄更斯式的（Charles Dickens, 一八一二～一八七〇）勵志主角卻又不盡相同。美國文學中的男主角，不管大人小孩，大多是逸逃避世的反英雄形象（run-away anti-hero），這多少和美國人是那批逃離母國的清教徒後代有關。例如《李伯大夢》（*Rip Van Winkle*, 一八一九）中閃惡妻而逃到後山睡二十年的李伯，躲在華騰湖（*Walden*, 一八六二又譯《湖濱散記》）邊思考兩年的梭羅（Henry David Thoreau, 一八一七～一八六二），《玻璃動物園》（*The Glass Menagerie*, 一九四四）中，窩在電影院裡逃離現實的Tom Wingfield，還是阿普戴克（John Updike, 一九三二～）的《兔子快跑》系列（Rabbit, Run, 一九六○）。這種非傳統典型的情節與角色，一如馬克・吐溫的生平，卻是典型的美國故事。

本名克雷門斯（Samuel Langhorne Clemens）的馬克・吐溫，生於密蘇里州，父母是南方的移民，經常搬遷。在他四歲時，全家遷居密西西比河畔的漢尼伯（Hannibal）。由於家境貧寒，十二歲喪父，馬克・吐溫幹過各種營生，也看盡人生百態。他作過印刷工匠，水手、礦工，後來還考取密西西比河的領航執照。更於美國南北戰爭期間到內華達州與加州加入淘金的行列，他也曾從事過股票買賣員。戰後他到報館當記者，開始以馬克・吐溫這個源自於杖量密西西比河的深度的筆名寫書，居然一舉成名。他雖未受過完整的教育，但是交友廣闊，結交聞達，常旅行的經驗使他見多識廣，是個滿會經營自己的文人。他寫作內容大部分來自於當時民風單純、封閉艱苦的童年故事，《湯姆歷險記》就是以馬克・吐溫的家鄉漢尼伯為背景。他的筆鋒幽默機智，具有濃烈的美國本土風味，尤其擅寫生活紀實的冒險故事。長達四十年的創作生涯，共寫出了十多部長篇小說、幾十部短篇小說及其他體裁的大量作品，哈佛大學還頒贈文學博士學位（D.Litt.）給馬克・吐溫。

每個人心中都有一首歌，而童年是心中永遠的一首歌。就像在第二章「光榮的油漆匠」中所言，《湯姆歷險記》充滿了陽光及新鮮氣息，生命力就像是要滿溢出來。馬克・吐溫以個人獨特的幽默風格娓娓道來，描繪出少年時代的歡樂、寂寞、冒險、叛逆、友情、愛情等等這些人性共有的價值。也許你已不再年少，但相信讀了湯姆的故事能使你獲得最純潔的享受，彷彿回到童年。

孫德宜　博士　http://140.126.31.106/teacher/tysun.htm

・美國南卡羅萊納州立大學英文系比較文學博士
・現任國立新竹教育大學英語教學系副教授
・主修比較文學理論、二十世紀英美小說、女性及文化研究
・開設西洋文學概論、英美文學史、英美小說、兒童文學與戲劇、英語語言等課程

序

這本書裡大部分記載的冒險都是真實發生過的，其中一兩個是我自己的，其他的則是我同學們的經驗。哈克・費恩和湯姆・索耶都是依真實生活塑造出來的人物，但不是單一人物的化身，而是很多人物原型的組合，像湯姆就是融合了三個人物的個性而成的。

這個故事的年代約是在三、四十年前，故事中那些奇怪的迷信，在當時西部小孩和黑奴之間是非常流行的。

雖然我的故事是為小男孩和小女孩而寫的，但我不希望大人們就不來閱讀。我希望這個故事能提醒大人們，他們也曾經有過這樣的童年，他們也曾有過這樣的感覺、想法和這樣的說話方式，和那些曾參與過不可思議的經歷。

馬克・吐溫
哈特福特，一八七六

1. 玩耍，打架，躲藏

「湯姆！」

無人回應。

「湯姆！」

「真不知道這小孩跑到哪兒去了。喂，湯姆！」

老婦人放低臉上的眼鏡，從眼鏡上方往房間四處張望；然後她又把眼鏡往上提，從眼鏡下方再找一遍。她很少，或者應該說從來沒有，真正用一副眼鏡去看像小孩這麼小的東西。對她來說，眼鏡是她威嚴的表徵，她心靈的驕傲；戴上眼鏡是為了建立「個人風格」，而不是為了實用——她甚至可以用一對鍋蓋來代替。有好一會兒她看起來有點迷惑，不過幾分鐘後，她就用一種不算太激烈卻大到讓所有家具都可以聽得到的聲音說道：

「最好不要讓我逮到，不然我就——」

話還沒說完，她已經彎下腰用掃把在床底下亂戳亂打了。從床底下跑出來的不是湯姆，而是他們家的貓。

「沒看過這麼皮的孩子！」

她走到敞開的大門上往種滿「營養不良」的曼陀羅以及番茄的庭院望去，仍然不見湯姆的蹤影。於是她將下頷抬高到可以將聲音傳到遠距離的角度，然後拉開嗓門大聲叫：

「湯姆！」

從她身後傳來一陣窸窸窣窣聲，她回頭一瞧，剛好瞥見一個正想一溜煙跑掉的小男孩，當場將他逮個正著。

「嘿！我早該想到這個壁櫥的。你躲在這裡幹什麼？」

「沒幹什麼。」

「沒幹什麼？看看你那雙手，再看看你那張嘴，什麼東西啊，髒髒的？」

「阿姨，我不知道。」

「我可知道是什麼，是果醬，錯不了。早警告過你，只要你敢碰一下果醬，我就剝下你的皮。把鞭子拿過來。」

鞭子在空中轉了一圈，眼見就要揮下，大難即將臨頭——

「阿姨妳看妳後面！」

波麗阿姨迅速回身，緊抓裙角，擺出自我防衛的姿勢。湯姆見機不可失，拔腿就跑，翻過高高的木板圍牆，一下子就不見人影。

波麗阿姨嚇了一跳，呆呆站了一會兒，隨後忍俊不禁笑了起來。

「該死的孩子！我為什麼老是學不到教訓？他跟我玩這樣的把戲，不是已經多到我不應該再上當的地步了嗎？難怪諺語要說：『最笨的笨蛋就是老笨蛋。』『老狗變不出（也學不會）新把戲。』不過說真的，他從來沒有玩過相同的把戲，我這死腦筋哪裡想得出他會用哪一招？他好像總是知道耍我的極限在哪裡，也總是知道怎樣讓我消氣，或是惹我發笑。

「我對這孩子沒有盡到該盡的規戒責任，這是千真萬確的事實，上帝明鑒。書上不是說：『不打不成器』嗎？我知道我這樣姑息這孩子，以後吃苦受罪還不是自己。可是他雖然滿腦子的鬼靈精怪，終究是死去妹妹留下的孩子，可憐的小傢伙，怎麼說我都狠不下心來打他。每次放過他，我總是良心不安許久，但是如果真打了他，我的心更是都要碎了。算了，算了，就像聖經上說的，女人生的男人都是幼稚而麻煩多多的，我真是再同意不過了。

「下午他鐵定又會逃學，所以我一定要罰他明天工作。對他來說，在週末工作是最苦不堪言的，因為這時候其他的小孩都在放假，而且他原本就最痛恨工作。我必須對他善盡我的責任，否則我就是毀了這小孩。」

湯姆下午果然如阿姨所料逃了學，而且還玩得相當痛快，回家時幾乎趕不上幫小黑人吉姆的忙——劈好明天要用的柴以及在晚餐前分好木屑。

他回家時吉姆已經做好四分之三的工作，他剛好夠時間邊做這些家事，邊告訴吉姆他的歷險過程。至於湯姆的同母異父弟弟席德早已把木屑撿完。席德不像哥哥那樣愛冒險、愛惹麻煩，他是一個文靜乖巧的孩子。

湯姆吃晚飯時，沒忘趁機偷點糖吃，這時，波麗阿姨故意語帶玄機問了他幾個問題，看看是否可以套出他的話來。波麗阿姨就像大部分頭腦簡單的人一樣，以為自己有本事使用旁門左道，或以為自己有長袖善舞的外交手腕，她總是喜歡以顯而易見的奸詐行其拙劣的詭計。

「湯姆，今天學校裡滿熱的，對不對？」

「沒錯，阿姨。」

「可以說是熱壞了，對不對？」

「對呀，阿姨。」

「難道你都沒有想到去游泳？」

聽到這裡，湯姆忽覺有些懷疑和不安，於是往波麗阿姨的臉上搜尋，希望找出一點蛛絲馬跡，卻看不出個所以然，所以回說：

「沒有啊，阿姨。」

波麗阿姨伸出手去摸湯姆的襯衫，「雖然天氣很熱，可是你現在身子倒是滿涼的嘛！」她盡量不露出已看出襯衫未被汗水沾溼的事實。不過即使她極力掩飾，湯姆已瞧出苗頭不對。所以先下手為強地說道：

「我們幾個到抽水機那邊沖了頭，瞧！我的頭還溼的呢！」

波麗阿姨恨呀，竟然漏看了這個細微枝節的證據。突然她又心生一計，「湯姆，只是沖沖頭，不需要把我縫在領子上的線拆掉吧！把鈕扣解開！」

湯姆臉上的憂慮瞬間一掃而空。他打開襯衫，襯衫領子上的線還縫得牢牢的呢！

「真是見鬼！好吧，你可以走了。我剛才幾乎就要確定你逃學去游泳。不過現在我原諒你，就把你當成諺語說的那隻皮毛燒焦的貓，外表看起來很糟，其實狀況並沒那麼壞——不過下不為例。」

她一半為自己的睿智未能表彰頗感遺憾，另一半又很高興這次湯姆竟然難得地守了一次規矩。

沒想到此時在一旁的席德說了話：「阿姨，我還以為妳在他領子上縫的是白線，不過現在領子上是黑線。」

「沒錯，我縫的的確是白線！湯姆！」

可是湯姆才不會乖乖等在那兒呢！當他跑到門邊時還回頭叫陣：「席德，這次我不會饒過你。」

湯姆跑到一個安全的地方，停下來檢查他的衣領。領子裡頭別了兩根大針，針頭上都還穿著線——一根穿著白線，一根穿著黑線。

「要不是席德多嘴，阿姨永遠也不會發現的。她有時候用白線，有時候用黑線，搞得我昏頭轉向！真希望她用一種顏色的縫線就好了，要不然我怎麼搞得清楚。不過這一次我一定要好好的揍席德一頓！」

湯姆不是村裡的模範兒童，但是他對村上的模範兒童可是非常了解——不但了解，而且很厭惡。

不到兩分鐘，他就忘掉所有的煩憂。這可不是因為他的煩憂比一般人要來得不重或不苦，而是因為很快就會有好玩的事情轉移他的注意力。

這就好像大人一有了令人興奮的新奮鬥目標，就會忘掉他原有的不幸一樣。

這次轉移他注意力的是個新奇無價的技巧——他從一個黑人那裡學到一種新的吹口哨方法，只是那個黑人太忙，自己沒時間好好練習。這種吹法可以吹出很獨特的聲音，又像黃鶯出谷，又像潺潺流水。

他練得很專注很認真，很快就抓到了竅門。這會兒，他已經嘟著一張嘴，滿口旋律的大步走在街上。此時，他心中的喜悅只有天文學家發現新行星可以比擬，但如果比較兩種喜悅之間的強度、深度和純度，顯然天文學家略遜一籌。

夏天的晚上特別長，現在還沒天黑呢！湯姆邊走邊吹著口哨，忽然，有個陌生的男孩走在他面前——這個男孩的影子比他的要長一些。在聖彼得堡這個貧窮破爛的小村子，任何新搬來的人，都是會引人好奇的。

話說這個小男孩穿得很體面——今天又不是禮拜天要上教堂！他那身打扮簡直驚人，頭上戴了一頂講究的帽子，上身則穿了一件釘著一排密實鈕扣的藍色緊身上衣，就像他那件長褲一樣，又新又整潔。腳上穿著鞋，還戴了條領帶，是那種亮亮的緞帶，他全身上下散發的都市氣息，幾乎要把湯姆的活力都侵蝕殆盡了。

湯姆越盯他，就越對他那身華麗的衣服不屑，同時也越覺相形見絀。兩個人都沒說話。若是其中一個動了一下，另一個也會動一下——只不過是向旁邊移動，從頭到尾兩個人都是臉對臉、眼對眼相互看著。

湯姆先開了口：

「我可以打敗你！」

「我倒要看看你有沒有這個本事。」

「哼，我就是可以打敗你。」

「我才不要。」

「我也不要。」

所以他們又繼續站著，兩個人都使出吃奶的力推撞對方，以仇恨的眼光瞪著對方，誰也沒占到上風。這時湯姆又說：「膽小鬼，小狗，我要回去告訴我哥哥，他只要用一根小指頭就可以把你打倒。」

「我才不怕你哥哥呢！我有一個哥哥比你哥哥還要高大，他還可以把你哥哥丟過那道牆呢！」（兩個人都有個假想哥哥。）

「騙人！」

「你以為你這樣說就贏了嗎？」

湯姆用腳拇趾在泥土上畫出一條線，「只要你敢超過這條線，我一定把你打得爬不起來。」

那男孩立刻越過那條線，「你不是說要把我打得爬不起來嗎？你打啊！」

「你現在不要逼我，最好給我小心點。」

「你不是說要打得我站不起來嗎？怎麼不打呢？」

「有兩分錢我就打！」

那男孩從口袋掏出兩個大銅板遞了出去。湯姆立刻把錢用力摜在地上。好一會兒，這兩個人像貓一般緊抓著對方不放，彼此互相拉扯毆打，最後兩個人身上都沾滿了灰塵，但臉上洋溢著榮耀。

「真聰明！你自以為了不起，對不對？什麼鬼帽子嘛！」

「如果你不喜歡這頂帽子，你可以把它放在手中搓，不過我敢賭你不敢，先提醒你，跟我打賭的人都會吃癟。」

「騙人！」

「你才騙人。」

「又騙人又愛吵架，卻沒膽子開打。」

「你給我滾！」

「你再說，我就拿石頭打你唷。」

「你為什麼一直說你要幹嘛卻不立刻去做呢？還不都是因為你害怕。」

「我怕？才不呢。」

「你怕。」

「我不怕。」

「你怕。」

再次靜默，現在他們已站成肩並肩的姿勢，湯姆又說：「你滾！」

「你才滾開呢！」

「不可能！」

「我可能！」

「不可能！」

「我可能！」

「不可能！」

接下來是一陣尷尬的停頓。隨後湯姆又開口，「你叫什麼名字？」

「不關你的事吧！」

「我發誓我會把它變成我的事。」

「你為什麼不現在就變？」

「只要你再多說一點，我就變。」

「多一點，多一點，多一點。變吧！」

「哼，你以為你很聰明？只要我想要，就是把一隻手綁在後面，我都可以把你打敗。」

「那麼你怎麼不試試看？你不是說可以嗎？」

「我會的，只要你惹毛了我。」

「是喔！像你這種愛吹牛的人我看多了。」

局勢逐漸明朗，透過層層泥土揚起的戰霧，湯姆出現了——他正騎在那個男孩背上，拳頭如雨點般落下。

「大聲說『夠了』！」

那男孩一直掙扎地想把自己掙脫開來。他哭了——主要是因為憤怒。

「大聲說『夠了』！」

最後那男孩用悶著的聲音大叫：「夠了！」

湯姆這才放開他說：「好吧，算是給你點教訓。下次最好看清楚你惹的是誰。」

那男孩一邊撢掉衣服上的灰塵，一邊還啜泣著吸著鼻子走開，偶爾還回過頭來威脅湯姆說：「下次別讓我遇到你……」湯姆全都嗤之以鼻，趾高氣昂的走開。

怎知湯姆才一轉頭，那男孩立刻撿起一塊石頭丟向他，正中湯姆的背，那男孩隨即一溜煙跑開，疾如羚羊。

於是湯姆一路跟蹤他回家，得知他的住處。他就站在門邊對著裡頭叫陣，但是這個敵人只是透過窗戶對他扮鬼臉。最後他的母親出現了，還罵湯姆是個壞小孩，叫他滾遠點。他只好離開，但仍不忘丟下話說，他會隨時「埋伏」等候他的。

到家時已經很晚了。湯姆小心翼翼地爬過窗戶時，發現有人偷偷等在那裡，仔細一看，竟是波麗阿姨。而當她看到湯姆衣服的慘狀時，下定決心——這個週末絕對要處罰湯姆做苦工！

2. 光榮的油漆匠

週六的早晨來臨了，整個夏日世界充滿了陽光及新鮮氣息，生命力就像是要滿溢出來。每個人心中都有一首歌，臉上都帶著興奮，腳上都裝了彈簧。刺槐樹上開滿了花，空氣中香氣瀰漫。聖彼得堡外圍的卡地夫山，因和村子有段距離而被村民美化了，他們覺得遠遠看起來像一塊樂土，如夢似幻、平穩安逸、魅力十足。

湯姆提著一桶油漆出現在人行道上。他檢視了整個木板圍牆，所有的歡樂都離他遠去。圍牆有三十碼長，九呎高。此刻，生命在他眼裡看起來空洞而無義，活著只是一種負擔。

嘆了一口氣，他把刷子蘸了點油漆，先沿著最上排的木板刷了過去，刷完，再刷一遍，刷完，再刷一遍。然後，他看看自己所刷完的一小條，再看看還沒刷到的，如同一片大陸，不禁垂頭喪氣地坐在木箱上。

這時，吉姆邊走邊跳的走出大門，手中提著小錫桶，口中哼著輕快歌曲。過去湯姆一直把到城裡的抽水機取水當成一件苦差事，但和現在一比，那份工作實在不算什麼。

他記得每次去取水時，總是可以碰到好多朋友，黑的、白的、男孩、女孩，都在那裡排隊等取水，有的在交換東西，有的在吵架、打架。雖然抽水機才不過一百五十碼遠，但吉姆提一桶水從未在一小時內回來過——而且還常常得派人找他回來。

這樣一想，於是湯姆說道：「喂，吉姆，如果你幫我油漆，我就幫你提水。」

吉姆搖搖頭說：「不行，老太太特別交代，要我直接去提水，不准逗留或和別人交談。她說她猜到你可能會要求我幫忙油漆，所以她要我只要做好自己的事就好，千萬不要理你，她還說等會兒會來看你刷牆。」

「你就不要管她說什麼嘛，她不是一向都是那樣。桶子給我，我一會兒就回來，她不會知道的。」

「喔，湯姆少爺，老太太會打我的。」

「大不了就是被她敲一下頭，誰怕啊！再說，就算被罵，又有什麼關係，難不成會少塊肉。吉姆，我還要給你一樣寶貝。」

吉姆的心開始動搖了。

「白色的大彈珠喔！」

「可是，湯姆少爺，我就是怕老太太會——」

「此外，我還給你看我受傷的腳趾。」

吉姆畢竟是個凡人，怎麼抵擋得住這麼大的誘惑。他放下水桶，伸手接住彈珠，然後彎下腰全神貫注看那個解下繃帶的受傷腳趾。只是下一刻，吉姆摸著自己被打痛的屁股，提著水桶，飛快去提水了，而湯姆則是沒事樣的正在粉刷呢！至於波麗阿姨則是拿著一隻拖鞋，慢慢離開現場，眼裡漾著勝利之光。

可惜湯姆的精力未能持續太久，他想到原先當天的計畫是多麼地好玩，如此一來，更覺加倍痛苦。

沒多久，那群自由自在、準備去參加各式精采活動的男孩就會走過來，他們會因為他週末還要工作而大肆嘲笑他一番，一想到這裡，他就痛不欲生。

他把全身的家當都掏出來檢視一番——有幾個小玩具，幾顆彈珠，還有一些垃圾。這些玩意兒或許可以拿來跟別人交換工作，只是可能連半小時都不夠換呢。他只有把那些可憐兮兮的小東西放回口袋，放棄了收買別人的念頭。

就在他覺得毫無希望時，一個靈感忽然閃過他的腦海——世上實在沒有比一個偉大美好的靈感更酷的東西了。

他拿起刷子，開始鎮定的刷牆。

班恩．羅杰斯走入視線。

這個班恩最會嘲弄人了，也是最令湯姆害怕的人。班恩是以一種三級跳遠的步伐走過來的——這證明他心情輕鬆，好像正準備有所作為。

他嘴裡啃著一個蘋果，一段時間就長長的呼一口氣——他正在學輪船的汽笛聲。越走越近時，他放慢了腳步，走在馬路的中間，身子往右舷傾斜，然後以誇張的姿態緩慢地繞圈子走過來——原來他在模仿「大密蘇里號」輪船，他當自己在汲取九呎的水。他集輪船、船長以及引擎鈴於一身，所以他必須想像自己站在暴風雨中的甲板上，對船上的人發號施令：

「停船！叮個鈴鈴！」前進行動幾乎完成，他慢慢的將自己拉回人行道。

「往後掉轉！叮個鈴鈴！」他的手臂筆直而僵硬的掛於兩側。

「向右轉舵！叮個鈴鈴！唑！唑！唑！」同時他的右手正莊嚴的畫著大圈圈——因為它現在

是一個四十呎的輪子。

「現在再回到左舷來！叮個鈴鈴！停止左舷！向右轉舵！停船！慢慢迴轉！叮個鈴鈴！」

湯姆繼續粉刷圍牆——完全無視於旁邊的輪船。班恩盯了一會兒，才開口：「喂！你又倒楣啦！」

湯姆沒有理他，只是擺出藝術家的姿態繼續檢視他最後的筆觸。然後他再用刷子輕輕一掃，再次檢視其成果。

班恩站在他旁邊與其並排，湯姆聞到蘋果香，忍不住嚥了一下口水，但他還是專注於他的工作。班恩又說話了，「哈囉，老朋友，你要工作啊？」

湯姆這時忽然轉身，「啊，班恩，是你啊！我沒注意。」

「嘿，我正要去游泳呢！你不想去嗎？不過當然囉，你寧願工作，對吧？」

湯姆注視著班恩，才說：「你覺得什麼叫工作？」

「什麼意思？難道那不是工作嗎？」

湯姆繼續粉刷，有一搭沒一搭的回說：

「嗯，或許這是工作，或許不是。我只知道，這很適合湯姆·索耶。」

「少來了，你不會叫我們相信你其實很喜歡粉刷吧？」

刷子持續刷個不停。

「喜歡？嗯，我實在看不出有什麼理由我不應該喜歡。你也知道，這種讓小朋友刷牆的機會可不是天天都有的哦。」

湯姆這樣一說，刷牆這件事忽然整個改觀了。

班恩不再啃蘋果了。湯姆優雅地拿著刷子刷過來又刷過去，然後退一步看看效果如何，這邊加一點，那邊加一點，再下點評論，而班恩就在旁邊看他做著每個動作，他的興趣逐漸滋生。

「嘿，湯姆，給我刷一下。」

湯姆考慮了一下，正要同意時，卻又改變主意，「不行，不行，你知道，波麗阿姨很在意這面牆的，畢竟這是在大馬路邊。如果是在後院，那麼我就不會在乎，她也不會。我相信，或許兩千個男孩中都不會有一個可以完全合乎標準的完成這份工作。」

「不會吧？真的嗎？不要這樣嘛，讓我試試嘛，湯姆！只要讓我刷一下，如果我是你，我一定會讓你刷一下的。」

「班恩，我真的很想讓你刷，只不過波麗阿姨……嗯，吉姆也想漆，她就是不答應；席德也想，她也不肯，難道你看不出我是唯一可以做這份工作的人？如果你堅持要刷，最後有什麼事發生——」

「我一定會非常小心的。讓我試試嘛。不然，我把我的蘋果給你。」

「嗯，這個……不行欸……我怕……」

「我整個都給你！」

湯姆滿臉不情願的把刷子遞出去，心裡卻竊喜不已。

只見「大密蘇里號」在大太陽底下流著汗辛勤工作，這位退休的藝術家則翹著二郎腿，坐在桶子上啃著蘋果，計畫著待會兒要再多找幾個無辜者。要找這種人不難，每隔一段時間就會有人走過來嘲笑他，但卻都留下來油漆。

在班恩還沒累壞前，湯姆已經把下個機會以一紙修好的風箏換給了比利・費雪，之後又輪到強尼・米勒，他是以一隻上面還綁著繩子好擺動牠的死老鼠來換得這份工作的。

就這樣，一個接著一個，在下午三點以前，早上那個為貧窮所困的可憐小男孩，已經脫胎換骨成為一個暴發戶。

除了剛才提到的東西，他還用工作換來十二顆彈珠、猶太琴的一部分、一塊可以透視的藍瓶子碎片、線軸做成的槍、無法打開任何東西的鑰匙、一小截粉筆、玻璃瓶的玻璃塞、兩隻蝌蚪、六個炮竹、獨眼龍小貓、黃銅把手、狗環、刀把、四片橘皮，以及一個破損的窗框。

整個過程中，他不但有很多朋友陪他，而且過得很輕鬆、愉快，最重要的是，那面圍牆已經整整刷了三層油漆！要不是油漆用完，他還真的會讓村子裡所有男孩全都破產呢。

湯姆對自己說，這個世界還不算太壞嘛！

事實上，湯姆發現一個人類行為的偉大法則卻不自知，那就是：**如果要使人（大人或小孩）覬覦某樣東西，只要將那樣東西變得不易到手就好**。

如果他像本書作者一樣是個偉大有智慧的哲學家，他現在就會理解到，所謂「工作」指的是一個必須做的事，而「玩樂」則是指一個人不一定要做的事。

這樣他就會了解到為什麼製造人造花和踩機器踏板算是工作，而打保齡球和爬勃朗峰卻是玩樂了。

在英格蘭有一些有錢的紳士，在夏天的時候，每天駕著駟馬高車跑二、三十哩，這是因為這種特權需要花他們許多錢；而如果要他們做同樣的事，然後付他們酬勞，他們就會將其視為工作，可能早就辭職不幹了。

湯姆靜靜地站在原地思考這個讓他致富的過程，好一會兒，才打道回府報告戰績。

3. 戰爭與愛情

當湯姆得意的來找波麗阿姨時，她正在屋子後頭的一個舒服房間裡。這房間同時兼臥房、餐廳以及圖書室，而她就坐在敞開的窗戶邊。

芳香的夏日微風吹過一陣，馥郁的花氣，加上令人昏昏欲睡的蜂鳴聲，波麗阿姨竟然坐在那兒邊打毛線邊打起瞌睡來了，這都是因為除了一隻睡在她膝上的貓之外，沒有人陪她。

她早認為湯姆八成沒去工作，她倒要看看這下湯姆要怎麼自圓其說。

「阿姨，我可不可以去玩了？」

「做好了？做了多少？」

「全都做好了，阿姨。」

「湯姆，你可不要騙我。」

「我沒騙妳，阿姨，全都做完了。」

波麗阿姨對湯姆的話總是要打若干折扣的，所以她必須親自到外頭去看一下。其實，只要他說的話有百分之二十是真的，她就已經很滿意了。

所以當她看到整面牆不但都漆上油漆，而且是認認真真塗了一層一層又一層，甚至連地上都塗上一道時，她真的是吃驚到幾乎說不出話來的地步。

「真想不到！可見世上沒有什麼不可能的事，只要你有心，湯姆！」不過她怕稱讚過頭，湯姆會得意忘形，所以又加上一句，「但我必須說你有心的時間實在太少了。好吧，去玩吧！不過別忘了，該回來時就該回來，否則小心我揍你。」

被他光輝的成果所眩，她忍不住帶他到廚房裡挑了個上選蘋果給他。給的同時還不忘機會教育，告訴他，辛苦工作得來的東西，不但無罪惡感，而且滋味更加甘甜。當她正以一段聖經上的華麗辭藻作為結語時，湯姆早已順手帶走一個甜甜圈了。

當他匆匆離開時，剛好看到席德正要上到二樓的後面房間。湯姆就地拿起一塊塊的泥土丟向席德，一下子土塊在空氣中如流星般劃過，好似一場大冰雹般往席德身上落下。

在波麗阿姨知道情況不妙，準備衝過去拯救席德時，已經有六、七塊發揮了終極效應，而湯姆則早已經越過圍牆跑掉了。門是有的，只是湯姆總是太過匆忙，沒時間用到。現在他的心極為平靜，因為他已經報了仇。

繞過街道，來到一條通向阿姨家牛欄後面的爛泥小巷子裡，只要到了那兒，湯姆知道自己就安全了，沒有人抓得到他，刑罰更別提了。

接著，他很快跑到村子裡的廣場，有兩隊人馬已經約好，要在那裡一決勝負。湯姆是其中一支「軍隊」的將軍，喬·哈潑（湯姆的好兄弟）則是另一隊的將軍。這兩個偉大的司令並不自貶身價親自下場打仗——下場打仗的比較適合那些小角色——他們只是一起坐在高處，經由侍從武官傳達命令來指揮作戰。最後，經過漫長而艱苦的戰役，湯姆的軍隊取得壓倒性的勝利。

接下來的工作就是清點死傷人數，交換戰俘，簽訂停戰條約和下次再戰的日期。然後兩隊人馬排隊離開，湯姆也獨自踏上歸途。

當他經過傑夫．柴契爾家時，他看到花園裡有個從沒看過的小女孩——一個綁著兩條辮子，穿著白色夏日繡花洋裝的金髮碧眼小女孩。我們這位新科英雄一看到她，未發一顆子彈就棄甲投降了。另一個女孩艾咪．勞倫斯立刻從他心中消失，甚至連原先的一點記憶都不曾留下。

他曾經以為自己愛艾咪愛到錯亂，也曾以為他對她的愛近乎崇拜，但現在回頭一看，那不過是曇花一現的喜愛。他曾花了好幾個月的時間追求她，她也不過在一個禮拜前才接受他。而他竟然只做了短短七天全世界最快樂最驕傲的男孩，因為就在當下的這一刻，她已經像一個陌生過客結束短暫拜訪，離開了他的心房。

他偷看著那位他全心愛慕的新天使，直到他看到她注意到他。然後他假裝並不知道她在那裡，開始「賣弄」各種可笑幼稚的男孩把戲，想要以此來吸引她的注意。他持續那些怪異愚蠢的動作好一會兒，可是當他正做到一些危險的體操動作時，他看到那個小女孩已經往屋裡走去。

湯姆走到籬笆邊，他多希望她能逗留久一點。當她走到階梯處，還停了一會兒，等到她將腳跨進門檻時，湯姆嘆了一口大氣。

誰知，湯姆的臉忽然整個亮了起來，因為就在那女孩要消失前，她將一朵紫羅蘭丟到籬笆外面的地上。湯姆跑了過去，停在離那朵花不到兩吋的距離；然後他舉起手靠在眉毛處，開始往街上望去，好像他發現那裡發生了什麼有趣的事情似的。

接著他撿起一根稻草，為了要把它平衡的放在鼻頭上，他的頭整個傾斜到後面。為了不讓稻草掉下來，他左右搖晃地走動，漸漸地離那朵紫羅蘭越來越近。最後他的赤腳停在上頭，腳趾慢慢攫取了那朵花。

然後他帶著他的寶貝輕快地跳離原地，消失在轉角處。他沒跑多遠就停了下來，將花別在他的上衣裡面，就在他的心房旁邊——也可能是胃旁邊，他也搞不清楚，反正他對解剖學不太熟，也不太吹毛求疵。

他又回來了，就在籬笆附近徘徊到天黑，跟剛才一樣「賣弄」一番，不過那個女孩沒再出現，雖然湯姆自我安慰，認為那女孩很有可能正在某個窗戶邊偷偷注意他。到最後，湯姆只得心不甘情不願的回家，可憐的小腦袋裡裝滿了綺思幻想。

整個晚餐時間他的興致都高昂到讓阿姨忍不住心裡想，「這個小鬼到底是怎麼了？」為了偷襲席德的事，他被罵了一頓，而他顯然一點都不在乎。後來他還膽敢在阿姨面前偷糖吃，手指關節立刻被阿姨敲了一記。

他不服氣的說：「阿姨，席德也會拿糖吃，為什麼妳就不打他？」

「那是因為席德不會像你那樣欺負人。而且如果我不看著你，你會不停的從糖罐裡拿糖。」

得到豁免權的席德心情愉快的又把手伸進糖罐，他那得意的樣子幾乎令湯姆發狂。席德樂極生悲，不小心手一滑，罐子掉到地上打破了。

這下湯姆可幸災樂禍了。但即使他是如此狂喜，他還是得控制保持沉默。他告訴自己，他要一句話都不說，即使阿姨進來了，他也要坐得好好的；當她問是誰闖的禍時，他就可以若無其事的回答阿姨了。

啊，世上再沒有比這一刻抓到那個模範生闖禍更棒的事了。

他的狂喜滿到一個極限，所以當波麗阿姨回來站在碎片旁，從眼鏡上反射出她憤怒的閃電時，他幾乎沒有辦法控制自己。他對自己說：「就是現在，就是現在。」下一刻他已被打到地上。當那隻有力的手掌再次舉起準備揮下來的時候，湯姆大叫：「為什麼要打我？是席德打破的！」

波麗阿姨停在那裡，看起來很困惑，湯姆等著她來安慰。可是當她再次開口，她只是說：「喔！是這樣嗎？那我打你一頓也不算太錯。好幾次你做了壞事我剛好都不在，這次就算抵以前的好了。」

說著說著她又覺得良心不安，於是想說一些好聽的話，可是她怕這樣一來等於承認她剛才做錯事，這對嚴格管教小孩的人來說是個大忌。所以她保持緘默，帶著不安的心離開。湯姆在角落邊苦著一張臉，越想越傷心。他知道在阿姨的心裡，她早就跪在他面前了，有了這樣的了解，在他的愁容下，其實是一顆暗自高興的心。

可是他沒有表現出他的高興，也裝成看不出阿姨的心；他明知道有一雙關心的眼睛一直在他身上梭巡，那雙眼睛甚至還掛著老淚，但他故意裝作沒看見。

他想像自己臨死前躺在病床上，阿姨則彎下腰，懇求他的原諒，不過那時他會別過頭面向牆，死也不肯說出原諒的話。啊，到時她會覺得如何？然後他又想像自己溺死被人從河裡抬了回來，整頭捲髮都溼透了，但一顆受傷的心卻得到了永久的安息。

他可以想像阿姨會如何的撲向他，眼淚如大雨般落下，然後她會喃喃祈禱上帝把她的孩子還給她，並且保證她再也不會虐待他！可是他只是冷冷蒼白的躺在那裡，一動也不動——他不過是個可憐的受難者，一生的不幸就此走到了盡頭。

他如此沉醉於自己幻想的痛苦中，所以他一直吞口水，不然他就要哽咽住了。他的眼眶浮上一層朦朧的水，當他眨眼時，淚水就滿溢了出來，順著鼻尖流下。如此耽溺於自己的悲傷，對他來說是一種享受，此時他無法忍受任何世俗的歡欣或刺耳的愉悅，因為目前的感觸是神聖不容侵犯的。

就在這個時候，他那離家到鄉下一個禮拜的表姊瑪麗輕快地舞進門來，她因覺離家甚久，返家的喜悅在剎那間使整個世界活了過來。就在表姊把歌聲和陽光帶進來的同時，湯姆站起身來，把烏雲和黑暗一起從另一扇門帶走。

他遠離那些男孩常聚集的地方，故意走到人煙罕至的荒涼處，以配合他當時尋求孤獨的心情。

小河上一艘木筏吸引了他的注意。他走過去坐在船的外緣，注視著浩瀚而孤寂的河流，那一刻，他真心希望他能立刻淹死，這樣他可以毫無知覺，也就不用經歷大自然所設計的那套令人不舒服的必經歷程。忽然他想起他那朵花。拿出那朵已經皺巴巴的花，這更倍增他心中的憂鬱。

如果她知道他淹死了，不知道她會不會寄予同情？她會不會哭，然後用手臂環著他的頸安慰他？還是她會像這個虛偽的世界一樣冷漠地掉頭走開？這最後一個畫面所衍生出來的極大痛苦，帶給他一種快感，使他在腦海裡一再重播那個鏡頭，而且每次都打不同的燈光，直到自己玩累為止。

大約九點半或十點，他走在無人的街道，那裡正住著他那位不知名的愛人。他停了下來，專心傾聽，不過他什麼都聽不到。從房子的二樓窗口透出一點晦暗的燭光。難道那位聖潔的天使就在那裡？

他爬過籬笆，偷偷摸摸的穿過樹叢，最後站在那個窗下。他激動的往上看了許久，然後就地躺了下來，背貼著冰涼的地面，雙手扣緊放在胸上，手裡還握著那朵枯萎的小花。

在如此情況下，他可能會死——在這個冰冷的世上，沒有屋頂遮蔽他無家可歸的頭，沒人伸出友誼的手來擦掉他眉上因死亡而產生的溼氣，同時在那最悲傷的一刻，也沒有充滿愛意的臉龐會同情的貼近來看他最後一眼。

當明日美好的早晨來臨時，只要「她」往外一看，她就會看到他躺在地上，啊，不知道她是否會為那個可憐無生命的軀體流下一小滴同情的眼淚？不知道在她看到一個如此活潑年輕生命就這樣被無情的奪走時，是否會輕輕嘆一口氣？這時窗口忽然打了開來，一個女僕不和諧的聲音褻瀆了這份神聖的寧靜，一桶水「嘩」的一聲就這樣傾倒在我們這位烈士的遺體上！

這位差點窒息的英雄噴了一大口氣像彈簧般跳了起來。空氣中傳來如飛彈般的颼颼風聲，伴隨著喃喃咒罵聲、玻璃震動聲，接著是一個小小模糊的身影跳過籬笆，在幽暗中飛速跑開。

沒多久，湯姆已換上睡覺的衣服，點著小小燭火，查看那件剛脫下的溼透衣服。這時席德醒過來了。他幾乎就要開口問哥哥發生了什麼事，但是他看到對方眼裡閃爍著危險的光芒，他想他還是閉嘴睡覺得好。湯姆就這樣省略了使他煩心的睡前禱告上床睡覺了，在他一旁的席德也沒忘記為此事在心裡記上他一筆。

4. 風雲人物

太陽平靜地升起，金光四射，就像來自上蒼的祝福，照在寧靜的聖彼得堡上。

吃完早餐，波麗阿姨開始做家庭禮拜，她先念一篇祈禱文，這是她從聖經的經文中擷取拼湊，再加上少許新意，所組成的一篇祈禱文。當念到高潮時，她就像身處西奈山上一樣，宣布了嚴苛的摩西戒律中的一章。

結束後，湯姆就會抬頭挺胸、打起精神，開始他的功課——背聖經。這件功課席德早幾天前就做好了。湯姆臨時抱佛腳，去教堂前才絞盡腦汁想要把那五節經文背熟。這些經文是他從「山上寶訓」中選出來的，因為再也找不到更短的了。

背了半個小時，湯姆對他的功課約略有個大概的印象，但是他的成果也僅止於此，因為在過程中，他的腦子早就飄到五洋四海，他不守規矩的手也沒有停止忙碌過。瑪麗拿過他的書來看他背得如何，湯姆努力想從重重濃霧中找到出路：

「嗯……虛……虛……」

「虛心——」

「對，虛心的人……」

「有福——」

「有福！虛心的人有福了，因為……」

「天國——」

「哦，虛心的人有福了，因為天國是他們的。哀慟的人有福了，因為……」

「他們——」

「因為他們……」

「必得——」

「因為他們必得——什麼啊？」

「安慰。」

「哦，安慰！哀慟……的人有福了，因為……因為他們……必得……必得……哦，瑪麗，妳乾脆直接告訴我算了。」

「喔，湯姆，你這個可憐的小笨蛋，你一定要再回去好好的背一次。湯姆，你不要覺得喪氣，你一定會背好的——如果你把它背好，我一定送你一樣好禮物。趕快去背，這樣才是好孩子。」

「太好了！妳要送我什麼禮物啊，瑪麗？告訴我是什麼？」

「你先不要管，湯姆，只要我告訴你是好東西，就一定是好東西。」

「我絕對相信妳，瑪麗。好吧，我再來背背看。」

所以他又好好背了一遍，在好奇心和好禮物的雙重激勵下，他的高昂士氣果然使他獲得極為閃亮的成績。瑪麗送他一個價值一毛兩分五的嶄新「巴洛牌」小刀。當他看到這個禮物時，興奮之情橫掃全身，幾乎從頭到腳都顫抖了起來。

沒錯，這把刀並不真的能割什麼，可是它是個貨真價實的「巴洛牌」啊！這個牌子代表的那份「崇高」，非巴洛迷是無法想像的——只不過或許就是太迷了，所以西部牛仔們會認為這樣一個武器可能會被仿冒到信譽受損的地步；這是一個很大的謎，而且可能永遠都會是一個謎。

湯姆計畫要在櫃子上好好亂割亂畫一番。就在他預備從五斗櫃上著手時，他被叫去換衣服，準備要上主日學校了。

瑪麗給他一臉盆的水和一塊肥皂，他就拿到門外把臉盆放在那裡的一個小長凳上，然後他將肥皂在水裡沾了一下，就放回原處；接著他捲起袖子，輕輕的將水倒在地上，然後走進廚房開始使用門後的毛巾用力的擦臉。可是瑪麗把他的毛巾抽掉說：「湯姆！不准這麼懶！用點水傷不了你。」湯姆被說得有點糗。臉盆再次裝滿水，這次他多站了一會兒，凝聚決心，好好的吸了一口氣後才開始洗。

他閉著雙眼張開雙手走進廚房摸索毛巾，臉上的水及肥皂泡沫直往下淌——這是他真的洗了臉的最佳證明——可是當他的臉從毛巾裡再次出現時，瑪麗還是不甚滿意，因為明顯地，他的清潔領域到了下巴和下顎處就戛然止住，就像一個面具般；在那條界線以下，也就是脖子的前後方往下，則是一大片未經灌溉的黑色土壤。

瑪麗拉著他的手，親自為他洗刷乾淨後，這下子湯姆又是一個兄弟了，身上沒有明顯的顏色區隔，沾溼的頭髮整整齊齊的梳好，短短的捲髮看起來對稱而講究。（他私底下已盡全力梳平他那頭捲髮，好讓頭髮可以緊貼著頭皮。他一直覺得留著一頭捲髮看起來很女人氣，這使得他吃了一些苦頭。）

隨後瑪麗拿出這兩年來每個週日湯姆固定穿的那套衣服來——他們直接叫它「另一套」。湯姆穿好衣服，瑪麗再幫他把上衣的扣子一路扣到下巴處，全身衣服用刷子刷了一遍，最後再為他戴上一頂有斑點的草帽。和原先比較，他現在看起來是改善許多，但是也非常不舒服，因為整套衣服帶給他的拘束感和清潔感，樣樣都使他生氣。他希望瑪麗會忘記叫他。

她按照習慣用油脂塗滿兩隻鞋，然後遞給湯姆。湯姆這下子終於按捺不住脾氣，開口抱怨自己老是被勉強做不願意做的事情。

可是瑪麗安慰他說：「湯姆，不要那樣嘛！這樣才是好孩子。」

湯姆一邊謾罵，一邊穿上了鞋。接著他們三個小孩就去主日學校了。主日學校這個地方是湯姆最痛恨，但卻是席德和瑪麗最喜愛的去處。

主日學校的上課時間是從九點到十點半，接著才是做禮拜。這三個孩子當中有兩個是每次都會自願留下來聽牧師傳道，而剩下的那一個也是如此——為的是一個比他們更強烈的理由。

教堂的高背硬長板凳大約可以坐上三百個人，整棟建築不過是個不起眼的小房子，房子上頭放了一個松木箱當成尖塔。湯姆走到門邊時，故意退後一步和跟在後頭穿著週日服裝的同伴攀談：「嘿，比利，有黃卡嗎？」

「有啊。」

「你願意拿它換什麼？」

「你想跟我換什麼？」

「一片甘草乾和一個釣魚鉤。」

「我看看。」

湯姆讓他看。雙方都很滿意，原有財產就此易主。接著湯姆又用兩個白彈珠換了三張紅卡。一些零零碎碎的小玩意兒換了兩張藍卡。他繼續等在那裡攔截其他男孩，又花了十多分鐘跟他們收買各種不同顏色的卡。

接著他走進教堂，加入那群乾淨而吵鬧的小朋友，一入座，他立刻和一個跟他吵架最方便的男孩吵了起來，教堂那位年高德劭的老師趕快過來勸架，不過老師才轉過身一會兒，湯姆又去扯旁邊男孩的頭髮，那男孩回頭，他又裝成專心於書本上的模樣；接著他又拿別針去刺另一個男孩，只為了聽他「哎喲！」一聲，當然他又被老師罵了一頓。湯姆班上的同學都跟他一個樣，精力旺盛，吵吵鬧鬧，個個都是麻煩精。當要背誦經文時，沒有一個背得熟練順暢，都得在旁邊時時提示。

儘管一路背得戰戰兢兢，最後都還是得到獎賞——一張小小的藍卡，上面是一段聖經的經文。每背兩節經文就可以得到一張藍卡，十張藍卡等於一張紅卡，可以拿去跟老師交換；十張紅卡等於一張黃卡，拿到十張黃卡，主日學校的校長就會送那位同學一本平裝本的聖經（在那段寬裕的日子裡一本值四毛錢）。

不知道我的讀者中有幾位有精力和耐力可以背兩千節的經文，即使可以換一本精裝本聖經？

即使如此難得，瑪麗就因此得過兩本聖經，這是她苦讀兩年的成果；還有一個德裔小男孩得過四、五本，有一次他甚至連背三千節，中間完全沒有休息，只不過後來由於壓力過大，神經繃得太緊，那次之後，他已經比白痴好不了多少。

這是學校的一大不幸，因為以前每次有什麼重要場合，學校總是要派那位同學出來「表現」一番。會想辦法保存卡片，繼續冗長的努力，以換得聖經的，只有那些年齡較大的學生，這就是為什麼能夠得到這樣一個獎品是如此罕見而光榮。

得到這份榮譽的學生在頒獎日當天真是春風得意，大出風頭。難怪所有的「讀書人」當場都興起「有為者亦若是」的野心，常常要持續一、兩個禮拜之久。或許湯姆的內心深處其實從未真心希望得到那個獎品，只不過被其隨附而來的風光所吸引；毫無疑問的，他已經有一段時間連做夢都想得到那個獎品了。

時間到了，校長站在同學面前，手中握著一本闔起來的讚美詩集，他要大家安靜聽講。每當一位主日學校校長按照慣例要上臺說話時，手裡一定要拿著這樣一本讚美詩集，就像歌者在演唱會上臺表演獨唱時，總是要拿著一張歌譜一樣——至於為什麼這樣做，如今還是個謎；畢竟不管是讚美詩集還是歌譜，臺上的受罪者根本是看都不看的。

這位校長是個三十五歲瘦高的年輕人，留著紅黃色短髮以及紅黃色的山羊鬍子，穿著一件僵硬的立領上衣，立領高翹的領尖幾乎就要碰到雙耳，而且向前彎曲與他的嘴角差不多並行——這使得他只能往前看，如果需要看旁邊的話，就得整個人轉過去。他的下巴就撐在那個長寬似紙鈔，邊邊有流蘇的領巾上；他穿了一雙時髦尖頭往上翹的靴子，看起來像架著雪橇的滑行底座，這是當時年輕人為了時髦，費勁而有耐心的坐著將腳趾抵著牆好幾個小時才能得到的效果。

華特斯先生外表看起來非常嚴肅，內心則是非常誠懇、正直的。由於他非常尊敬教堂的事情及場地，自然而然將其與世俗之事分得清清楚楚，所以此時他會不自覺的使用平常日子完全不會使用的腔調來說話。他是這樣開始的：

「孩子們，現在我希望你們全都能夠盡量挺直坐好，專心聽我講一、兩分鐘。對了，就這樣，乖小孩都是這樣的。我現在看到有一個小女孩正在看窗外——恐怕她以為我人就在外面，而且是在一棵樹上對一群小鳥演講呢。（臺下傳來一陣欣賞的偷笑聲。）

「我要告訴你們，當我看到這麼多聰明、乾淨的臉蛋一起聚集在這樣一個地方，學習什麼是對錯是非，心裡真的好高興。」如此這般說了一串。事實上這樣一段講詞是不用繼續留下來聽的，因為這一套固定的模式，對所有的人來說都很熟悉。

這段演講最後的三分之一卻被特定的那群壞孩子因打架及其他動作所破壞了，而且那份紛亂不安及不間歇的耳語聲也蔓延甚遠，甚至影響到如席德與瑪麗這原本與外隔絕、不動如山的磐石。不過現在所有的聲音全部戛然而止，原來演講要結束了，大家給予一陣沉默，以示感激。

那陣耳語聲有一半以上是由於一件很少發生的事情而產生的——一群訪客進到教堂來；律師柴契爾帶著一位十分年老體衰的老人，一位鐵灰色頭髮、魁梧、優秀的中年紳士，以及一位高貴的女士一起進來。那位女士領著一個小孩。

湯姆一個早上都覺得不安煩躁，甚至良心有些受到譴責——他無法直視艾咪的眼睛，無法容忍她充滿愛意的注視。

可是他一見到那位新來的小女孩，那一剎那他覺得自己好似身處極樂天堂。所以下一刻他已經在「表現」他最擅長的本事了——打人、拉頭髮、做鬼臉，也就是說用盡各種花招來迷惑一個女孩並贏得她的掌聲。他的興奮之情摻雜了一點小小遺憾——他在這位天使的花園中被羞辱的記憶——只不過現在那個記憶就如沙灘上的痕跡一樣，很快就被迎面而來的快樂海浪沖刷乾淨，沒留下半點什麼。

來賓被迎上了貴賓席，一等華特斯先生結束演講，他就立刻將他們介紹給大家認識。原來這位中年男子是位非比尋常的大人物，他的身分不低於郡裡的法官，算是這群小孩見過最有地位的人——他們都很好奇他是什麼做成的——一方面希望能聽到他的大吼聲，一方面又怕他真的會大吼一聲。

他是由康斯坦丁諾堡來的，距離聖彼得堡有十二哩，所以他算是四處旅遊，見過世面的，畢竟他連郡裡的法官都看過了——據說法院有個鐵皮屋頂。只要看大家一個個目瞪口呆、屏氣凝神的模樣，就可以證明小朋友對這位來賓是多麼的敬畏。

他就是大法官柴契爾，鎮上柴契爾律師的哥哥。傑夫．柴契爾立刻走向前去認識這位偉大的人，大家看在眼裡都非常嫉妒。此時一陣耳語如音樂般在他耳邊響起：

「吉姆，你看他！他要到前面去了。嘿，你看！他要跟他握手了——真的握到他的手咧！天啊，你難道不希望你自己是傑夫嗎？」

華特斯先生也忍不住「表現」起來了。他在所有的活動及忙亂中不斷穿梭，一下子下命令，裁決爭端，一下子跑東跑西，在任何地方他可以找到目標的地方提出意見、給予指示。

圖書館管理員也在「表現」，兩隻手抱滿書走來走去，嘴裡還口沫橫飛嘰嘰咕咕個不停——他忙得好似一隻無頭蒼蠅，以討他的昆蟲上司喜歡。

年輕的女老師也在「表現」，彎著腰對剛才被處罰的學生輕聲細語的說話，對著壞小孩舉起警告的纖細柔荑，對好小孩則充滿愛意的拍拍他們。

至於年輕的男老師也不甘寂寞「表現」起來，他們小小聲的罵學生，小小的訓誡學生，以及小小的展示他們的權威——而且不管男老師還是女老師，大部分都在圖書館的講壇邊找到「事」做，而且那些「事」還都得一做再做（看起來他們忙得不可開交）。

小女孩用各種不同的方式「表現」，男孩則是過度勤於「表現」，空氣滿是飛舞的紙屑和扭打所發出的聲音。在這一陣「表現」中，最突出的是坐在臺上對著大家綻放著法官式威嚴笑容的大法官，他將自己籠罩在如太陽般的莊嚴中，畢竟他也是在「表現」啊！

如果能夠再有一件事發生，就可以使華特斯的狂喜達到頂點。那就是送出一本聖經作為獎品，展示學生的優秀。的確有幾個學生有黃卡，不過都不夠換一本聖經——他已經在優秀學生中徘徊詢問許久了。他真的很願意付出一切，只要那位德裔男孩能在這個時候恢復正常回到教堂。

眼看希望即將落空之際，湯姆．索耶手裡竟然握著九張黃卡、九張紅卡，以及十張藍卡，要求換一本聖經。這真是有如青天霹靂，華特斯先生即使猜上十年也不會猜到要求換聖經的會是他。但是擺在眼前的是鐵一般的事實，卡片一點都不假。

於是湯姆被請到臺上來站在大法官旁邊，全體肅立，然後校長對大家宣布了這個大消息。這真是十年來絕無僅有、跌破所有眼鏡的驚人之事，情緒高昂的群眾自然將這位新科英雄的地位與原先無人能及的大法官擺在一起，主日學校今日原本只有一個焦點人物，這一下子又多了一位讓大家注視的對象。

那群男孩都因嫉妒而氣壞了——不過最懊惱的還是那些太晚發現自己對剛才那可恨的一幕有所貢獻的男孩，因為他們曾將卡片換給他以取得為他粉刷的「特權」。他們為自己的行為感到不齒，竟然笨到上了那個狡猾大騙子的當。

校長擺出與有榮焉的模樣，打起精神來為湯姆頒這個獎；還是可以看出這個過程少了一股真實性，因為這位可憐校長的本能告訴他，在這不明所以的換獎事件底下，或許有不可告人的祕密；他怎麼也不相信那個男孩的腦子裡會存有兩千個聖經的智慧——恐怕連少少的十個都塞不下呢！

艾咪．勞倫斯很高興，也以湯姆為榮，她希望湯姆能看到她臉上的表情——可是他連看都不看她一眼。她不懂為什麼，接著她有些困惑，再來是一點懷疑，她注視了一陣子，然後她看到湯姆在用眼睛偷瞄，卻不是自己這個方向，這才明白一切——她的心全碎了，她又生氣又嫉妒的流下眼淚，她恨透每一個人，尤其是湯姆。

湯姆被介紹給大法官認識。緊張的湯姆呼吸困難，心跳飛快，部分是因為眼前這個人物太過偉大，但最主要是因為他是「她」的父親。

如果是在黑暗中，他真的很願意跪下來膜拜他。大法官將手按在湯姆頭上，稱讚他是優秀的好青年，並問他叫什麼名字。這位優秀的好青年結結巴巴，上氣不接下氣，好不容易才吐出名字來：「湯姆。」

「喔，不對吧，不是湯姆，是——」

「湯瑪士。」

「啊，這就對了。我就猜名字應該長些。非常好。不過我敢說你一定還有個姓吧，可以告訴我嗎？」

「湯瑪士·索耶，先生。」

「這就對了！真是個好孩子。優秀的孩子，很優秀，像個男子漢。兩千節聖經真的是非常非常不容易。不過你永遠也不會後悔曾經花了那麼多功夫來學習，因為世上最有價值的東西就是知識，知識造就了許多偉大的人、許多好人。

「湯瑪士，有一天你自己也會成為一個好人，一個偉大的人，然後當你回顧童年，你會說，這都歸功於主日學校，這都歸功於那些教我學習的老師，這都歸功於主日學校的校長，因為他總是鼓勵我、照顧我，送我一本美麗的聖經，這真的是一本很出色很高雅的聖經呢。它使我能夠永遠擁有一本我所專屬的聖經，這都歸功於正確的教養！湯瑪士，到時候你一定會這樣說。

「而且那兩千節的聖經是千金都換不走的，對吧？你當然不會把它們出賣給任何人。不知道你現在願不願意告訴我和我太太你所學到的東西？我想你一定願意的，我們最以你們這種愛學習的孩子為榮。我想你一定知道所有十二個門徒的名字吧？可不可以告訴我們耶穌最先選定的兩個門徒的名字？」

湯姆用力拉扯著一個鈕扣眼，看起來怯怯的。不久他紅了臉，低下雙眼。華特斯先生的心也跟著下沉。他對自己說，這男孩是不可能會回答這麼簡單的問題的——為什麼法官要問他啊？但是他還是覺得自己有義務幫法官再大聲問一次：「湯瑪士，回答法官的問題——不要怕。」

湯姆還是遲遲不肯回答。

「我想你會告訴我吧，」法官夫人說：「頭兩個門徒的名字是——」

「大衛和葛利亞！」（譯註：耶穌最早收的兩位門徒分別是西門和安得烈。）

我想我們就慈悲的拉下幕，後面的慘劇就不要再繼續看下去了。

5.鉗子蟲和受害者

差不多十點半左右，小教堂裡嘶啞的鐘聲開始響起，不久，村裡的人陸續聚集到教堂來參加早晨的布道。主日學校的學生分別走向他們的父母，與他們坐在長凳上，同時接受父母的監督。波麗阿姨也來了，湯姆、席德及瑪麗都過去跟她一塊兒坐，湯姆被安排坐在走道旁邊，盡量遠離敞開的窗戶，以免他被窗外的夏日美景所誘惑。

此時群眾排著隊伍走在走道上，其中包括有過光輝歷史但晚景淒涼的老郵差；鎮長及夫人——鎮長這職位形同虛設，但那並不是鎮上唯一虛設的東西；治安法官；還有道格拉斯寡婦，這位美麗聰明的四十歲婦女，大方善良、家境富裕，她那位於山上的大宅是鎮上唯一的豪邸，她也最好客，每當有任何慶典活動，她所表現出來的慷慨是聖彼得堡最可以拿來誇耀的。

還有駝背但令人肅然起敬的瓦德上校及夫人；瑞弗生律師，一個遠道而來的新貴；旁邊是村子裡的大美人，後面跟著一群穿著高級細麻布衣服，裝飾著緞帶，令人心動的少女；再來是鎮上全體的年輕辦事員——早在女孩來之前，他們就已經站在門廳前，圍成一面人牆，直到最後一個女孩走過他們如行笞刑的隊伍，他們才跟著進來。

後進來的是範模兒童威利．莫夫生，他小心翼翼的扶著他的母親，好似她是個精雕細琢的玻璃製品。

他每次都陪母親上教堂，是所有已婚婦女的驕傲，可是所有男孩都恨他恨得牙癢癢的，因為他太好了，害得他們每每都被比下去。他那白色的手帕放在後面口袋露出一截來——看起來好像不小心的，可是他每個禮拜日都是如此，顯然是為了炫耀。湯姆從來不帶手帕，他覺得帶手帕的男生都是裝模作樣的假紳士。

來聽講道的人大致都已到達現場，鐘聲又響了一次，正好提醒那些零零落落走得太慢或落在後頭的人。接著教堂籠罩在一片肅穆的沉靜中，只可惜被傳自樓座的唱詩班的吃吃笑聲和竊竊私語所破。

唱詩班在整個布道的過程中，一直都在偷笑及交頭接耳。我曾經到過一個教堂，他們的唱詩班就不敢如此沒教養，不過我已經忘了那是哪裡的教堂了，畢竟是好多年前的事了，幾乎記不起任何的細節，但是我相信是在國外。

牧師告訴大家要讀哪首讚美詩，然後帶著獨特的風格從頭到尾朗讀了一遍，他朗讀的方式在國內那一帶地方是很受讚揚的。他的聲音首先以中階音調發出，然後再穩定的往上爬，爬到某一個點，用力強調那個最高的字，忽然又像從跳板上跳下一樣，急速下降。

「當他人為了崇高目標，努力苦戰，駛向鮮血匯成的海洋，

而自己豈能不勞而獲，保送上天，置身安逸舒適的花床?」

大家都覺得他朗讀得很精采。教堂的聯誼會上，他總是被點上去朗誦詩歌。每當他朗誦結束，女士們都會先高舉雙手，然後再讓手無所招架的落在膝上，閉上眼睛，搖頭晃腦，好似在

說：「真是言語無法形容，實在太美了！人間哪得幾回聞？」

讚美詩一唱完，史布拉格牧師轉身就變成一塊告示牌，念出各種會議、社團及活動的通知，他一念就沒完沒了，一副就要沒日沒夜念到最後審判的那一刻的模樣。

這個奇怪的習慣，現在在美國，即使在大城市裡，在這個到處充斥著報紙的時代，也還繼續保存著。

一種傳統習慣通常是越少人說它是好的、是對的，要消滅它也就越難。

現在到了牧師禱告的時間了。這是一篇很周全、很好的祈禱文，它的內容是這樣的：祈禱文為教堂祈福；為教堂的兒童祈福；為村子裡其他教堂祈福，為整個村子祈福；為美國祈福；為全美國的教堂祈福；為國會祈福；為總統祈福；為政府公職人員祈福；為總在驚濤駭浪中討生活的船員祈福；為那些水深火熱生活在歐洲君主政權及亞洲帝王專制下的生靈塗炭祈福；為那些享有主的恩典及福音卻視若無睹，充耳不聞的人祈福；為海外離島上的化外之民祈福；最後還懇求此篇祈禱文的內容可以得到慈悲與贊同，就像播種在肥沃的土壤，時間一到就能享有美好的豐收。阿門！

一陣衣服擺動的窸窸窣窣聲，站起來的民眾統統坐了下來。這本書的男主角並不喜歡這篇祈禱文，他只是一直在容忍——如果他所做的算得上是容忍的話。

他從頭到尾都很不聽話，只是無意識的記下祈禱文中一個個的細節——因為他沒有專心在聽，但他知道舊範圍以及牧師每次禱告固定的「路線」——只要他的耳朵中聽出來混了一點點新內容，他就會咬牙切齒，痛恨不已；他認為任何新增的東西對他而言都是不公平的，他覺得那種做法太惡劣了。

就在禱告進行一半時，有隻蒼蠅剛好飛過來，就停在湯姆面前的長條凳的椅背上。牠正好整以暇的摩擦觸角，用胳臂抱住頭部，再使勁用觸角磨亮頭部，用力到好似頭身都要分家了。而牠那細如一線牽的脖子，更是露出來見人；牠接著用後腿去刮平牠的翅膀，將它們服服貼貼的貼在身上，把它們當作長外套的下襬。在牠如此梳妝打扮的過程中，牠鎮定的好似知道自己安全無慮，這一切，對於湯姆的精神來說，無礙是一大虐待。

事實上牠也真的很安全，因為即使湯姆手「癢」到發痛的地步，他還是不敢抓牠，因為他相信如果他在禱告中做了那種褻瀆神的事，他的靈魂會立刻被毀滅。

當禱告已到了結語階段時，他的手開始彎曲，偷偷向前，當「阿門」一說出口，那隻蒼蠅立刻成為湯姆手中的「戰俘」。他阿姨看到了那一幕，要他放牠走。

牧師宣布他要講解的聖經章節後，就開始他單調無味的論述。

他的內容平淡到使臺下的人一個個都點頭如搗蒜，而這次的布道詞剛好講到無止盡的地獄之火，燒啊燒的，將原本注定為上帝之選民一再刪減至最小數，最後人數少到幾乎不值得去拯救了。湯姆則在一旁計算今天布道要講的頁數。

每次上完教堂他總是知道當天講了多少頁數，但是對於布道的內容則是一問三不知。然而這次有一小段時間他真的產生了一點興趣。

原來牧師描繪了一幅宏偉動人的畫面：在基督統治的千年至福期間，那時候全世界各種族的人、各種類的動物都將聚集在一起，例如綿羊就躺在獅子的旁邊，而領導牠們的人則是一個年幼的小孩。

湯姆對這個偉大奇景中所傳達的痛苦、教訓及寓意都視若無睹；他只想到那個小男主角在萬眾矚目下是多麼風光，多麼有派頭，想到這裡，他整個臉都亮起來，他自言自語的說，他願意當那個小孩，只要那隻獅子是馴服的。

現在他又回到原先受苦受難的處境了，因為枯燥無趣的論述又開始了。這時他忽然想起他有一個寶貝，立刻把牠拿了出來。

那是一隻有著可怕大鉗子的黑色大型甲蟲，他叫牠「鉗子蟲」。他把牠放在一個盒子裡。他一把手伸進去，那甲蟲的第一個動作就是咬住他的手指，湯姆直覺反應就是彈掉牠，甲蟲就在一陣慌亂中以背著地，掉到走道上，而那隻受傷的手指也進入主人的嘴裡療傷了。

甲蟲六腳朝天躺在那裡揮動牠無助的腳，怎麼翻都翻不過來。湯姆眼睛盯著牠，心裡很想拿回牠；但甲蟲卻掉在他伸手不及的安全範圍內。

其他對布道也沒興趣的人在這隻甲蟲上找到了紓解，紛紛將目光放在牠身上。這時一隻百無聊賴到處溜達的獅子狗走了過來，牠的心情低落，因為夏日的散漫安靜而覺得懶洋洋的，加上厭煩長期在家中的拘禁，正想找件事來做個轉變。這時牠發現了那隻甲蟲，牠那原本低垂的尾巴立刻翹了起來，用力搖擺著。

牠先檢視一下牠的獎品，在牠四周逛了一圈；用鼻子在安全範圍外嗅了一嗅；然後又繞了一圈，膽子練大了些，牠再靠近些去嗅；接著牠張開嘴，小心翼翼的咬了過去，但是沒能咬到；再試了一次，又試了一次，牠開始喜歡這個遊戲。牠以腹著地半躺在地上，甲蟲就被牠圍在腳爪間，牠繼續做牠的實驗；但是最後牠煩了，也失去了興趣，變得有點兒心不在焉。

牠的頭點著，下巴逐漸往下降，最後碰到了牠的敵人，對方立刻逮住機會夾住了牠。獅子狗發出尖銳的叫聲，用力甩了一下頭，甲蟲就掉落在兩碼之外——這次還是六腳朝天。

附近的觀眾因為大笑而抖動起來，有的人還拿起扇子和手帕來遮臉，湯姆更是樂透了。那隻狗看起來笨笨的，恐怕牠也覺得自己笨，但是牠心裡還是很恨，恨不得立刻報仇。只見牠走向那隻甲蟲，又開始小心的攻擊，以甲蟲為圓心，從圓圈的每個點出發，往牠身上跳，著地時前爪離甲蟲不到一吋，牠又靠近些用牙齒去咬，晃動牠的頭直到雙耳再次跳動。可是過了一會兒，牠又覺得煩了。

這次牠盯上一隻蒼蠅，但發現一點兒也不好玩；牠又把鼻子貼在地面跟著一隻螞蟻跑，也是很快就生厭了；牠打了個呵欠，嘆口氣，全然忘掉甲蟲，就這樣一屁股坐在甲蟲上。接著傳來一聲瘋狂的哀叫聲，只見那隻狗一路飛奔在跑道上，叫聲持續不斷，牠的飛奔也是持續不斷；牠跑過祭壇，飛過另一個走道，穿過門前，一路吵鬧著跑上最後一段路程。

在牠飛奔的過程中，牠的憤怒也持續升高，牠就像一顆毛茸茸的彗星，發著微光，順著軌道，以光速行進。終於這個狂暴的受難者從軌道偏離，一口氣跳到牠主人的膝上。主人將牠甩出窗外，悲痛的聲音很快的越來越小，最後在遠處消失了。

早在之前，整個教堂的人因為過分壓抑笑意，臉都脹得紅紅的，差點窒息。牧師的布道已經講不下去，而停頓了一會兒。不久牧師又開始講演了，但說得不知所云，吞吞吐吐，怎麼樣都不可能再吸引人了；因為即使是最嚴肅的詞句，下面的群眾卻躲在遠遠的長條凳後面，一次又一次回以不正經的笑聲，就好像可憐的牧師說了什麼少見可笑的事情似的。

當最後「折磨」總算結束，牧師給予他們上帝的祝福時，對於全體的教友來說，可真是個大解脫！

湯姆．索耶回家時心情很愉快，心想，每次做禮拜時如果都能加點不同的花樣，其實上教堂也可以是很有趣的事。只可惜今天有件憾事：他對那隻狗願意跟他的鉗子蟲玩耍沒有意見，但是牠最後竟然把鉗子蟲帶走，就太不講江湖道義了。

6. 當湯姆遇到蓓琪

禮拜一的早晨湯姆心情很壞。

事實上每個禮拜一的早晨湯姆都是這樣的，因為這一天將揭開一個禮拜漫長痛苦的學校生活的序幕。通常那天一早醒來，他會希望前一天沒有放假，因為一經比較，他覺得更加不能忍受上學那種囚禁及拘束感。

湯姆躺在床上思考，腦中閃過一個念頭，他希望自己能夠生病，這樣他就可以待在家裡不用上學了。或許這是有一點可能的。他開始一一探究自己的身體部位；沒發現任何疾病，所以他再檢查一遍。這次他想他可以看看有沒有肚腹凸起絞痛的可能，他寄予相當厚望，開始鼓動那些部位。

可是才一會兒，那些部位凸著凸著就沒氣了，他想像的絞痛也全部離他而去。

他又繼續尋找下個部位。突然他發現某個部位不對勁，他前排上面有顆牙齒鬆動了。他覺得運氣太好了，正當他準備要開始呻吟（他所謂的「開場」）時，他又想到，如果他拿著這樣的證據上法庭辯論，他的阿姨一定會當場拔下它，那可是會很痛的。所以他想現在不如先將這牙齒的藉口暫時壓下，再另尋其他病灶。

一時之間也找不到其他可以出狀況之處。然後他記起他曾聽醫生說過，有某種病會拖個兩、三個禮拜，而且可能會造成病人少個手指什麼的。

於是湯姆很急切的從床單裡抽出他發痛的腳趾，好好檢視一番。可是他實在不知道那種病會有什麼症狀，無論如何總是值得試試。他使上相當的精力開始呻吟。

可是席德睡死了，動都不動。

湯姆呻吟得更大聲，幻想自己開始感覺到腳趾的痛。

席德還是毫無反應。

湯姆這時已經因為呻吟過度，喘個不停。他休息一下，再鼓足一口氣趕上上口氣，發出逼真的呻吟。

席德繼續打呼。

這下子湯姆生氣了。他叫：「席德，席德！」還用力的搖他。看起來產生了一點效果，所以湯姆又開始呻吟了。席德打了個呵欠，伸了個懶腰，用手肘撐起身子，哼了一聲，然後他瞪著湯姆瞧。

湯姆繼續呻吟。席德叫：「湯姆！嘿，湯姆！」（沒有回應。）「喂，湯姆！湯姆！你怎麼了，湯姆？」他用力的搖他，焦急的察看他的臉。

湯姆呻吟的說：「喔，席德，不要一直搖我。」

「到底怎麼回事啊，湯姆？我去叫阿姨來。」

「不——不要緊。慢慢就會好的，或許吧。不要叫任何人來。」

「可是我一定要叫人來！不要再呻吟了，聽起來好可怕。你這樣子多久了？」

「好幾個小時了。哎喲！不要動得這麼厲害，席德，不然我殺了你。」

「湯姆，你怎麼不早點叫醒我？喔，湯姆，不要再呻吟了！我聽了雞皮疙瘩都起來了。到底怎麼回事啊，湯姆？」

「所有的事我都原諒你，席德。所有以前你對我所做的事，等我死了以後——」

「喔，湯姆，你不會死的，對不對？不會的，湯姆——喔，不要死。或許——」

「我原諒所有的人，席德。你幫我告訴他們。還有，席德，你幫我把我的窗戶框子和那隻獨眼貓送給那個新來的女孩，跟她說——」

可是席德已經抓了件衣服跑了。

湯姆其實真的在受苦，他的想像力完美的進行計畫，他的呻吟聲越來越逼真。

席德衝下樓大叫：「波麗阿姨，快點來，湯姆快死了！」

「快死了？」

「對。不要再說了，阿姨，快點來！」

「胡說八道！我才不信。」

可是她還是衝上樓，席德和瑪麗跟在後頭。此刻阿姨的臉色發白，嘴角顫抖，她一到床邊，立刻上氣不接下氣的叫出：「湯姆！湯姆，你怎麼了？」

「喔，阿姨，我——」

「你到底怎麼了——你到底發生什麼事了，孩子？」

「喔，阿姨，我發炎的腳趾生瘡了！」

老太太整個人躺在椅子上，笑了起來，接著又哭了，然後又笑又哭。如此一陣子後，才恢復過來說：「湯姆，你真的是嚇了我一跳。不准再胡說八道了，現在立刻給我滾下床。」

呻吟聲以及腳痛都戛然停止。湯姆自己覺得有些愚蠢，辯解說：「波麗阿姨，看起來真的很像生瘡嘛！痛得要命，害我連牙疼都沒時間管了。」

「原來是牙齒出問題！你牙齒怎麼了？」

「有一顆鬆動了，真是痛起來要人命！」

「好了，好了，現在可不要又呻吟起來。張開嘴來，嗯，牙齒的確鬆了，不過你不會因此而死。瑪麗，幫我拿絲線來，還有從廚房拿塊燒紅的煤炭來。」

「喔，阿姨，拜託不要，拜託不要拔牙。現在一點都不痛了。如果真的會痛，我寧願馬上死掉。阿姨，拜託不要嘛！我要上學，不想再待在家裡了。」

「喔，你現在不想待在家裡了是嗎？所以這所有的一切都是為了可以不用上學、待在家裡，然後又溜去釣魚是嗎？我這麼的愛你，而你卻竭盡所能，使盡所有的壞來使我傷心。」

這時候，拔牙的工具早已就序，波麗阿姨將絲線的一端在湯姆鬆動的牙上繞了一圈，另一端則繫在湯姆的床柱上。然後她拿起那塊燒紅的炭猝然往湯姆的臉推去，幾乎就要碰到。現在那顆牙就掛在床柱上搖晃。

不過受盡折磨後，總算也得到了相對的補償。湯姆吃完早餐去上學的途中，成為他碰到的每一個男孩羨慕的對象；這是因為拔掉牙所留下來的洞，使他可以用絕佳的新方式吐口水。之前有個男孩因為割傷了手指而成為注目的焦點，崇拜的對象。現在他的時代已經過去，那班喜歡跟在他後頭的夥伴，全部轉移到湯姆這裡來了。

那個可憐的男孩發現自己突然失去擁護者，光環也倏忽消失，心情很是沉重，不知不覺的用鄙夷的口氣說，像湯姆・索耶那樣吐口水有什麼了不起。可是別的男孩說他是「酸葡萄」，這個褪了光芒的英雄只好默默走開。

不久湯姆就碰到鎮上的小貧民哈克貝瑞・費恩。他父親是有名的醉鬼。哈克貝瑞是鎮上所有媽媽最害怕的對象，因為他是個無法無天、粗里粗氣、整天無所事事的壞孩子——更重要的是，因為她們的孩子都非常欽佩他，因為他是個拒絕往來戶而喜歡他，都希望自己有膽以他為榜樣。

湯姆也像其他好出身的男孩一樣，很羨慕哈克貝瑞五彩繽紛的流浪生涯，但他同樣的被嚴格制止與哈克貝瑞玩在一塊兒。所以只要他逮到機會，一定要跟哈克貝瑞玩個痛快。

哈克老穿著大人丟棄不要的衣服，衣服上印著大朵大朵的花，垂著一條一條的破布，隨風飄蕩。他頭上戴著一頂大破帽，有個寬新月形的邊邊垂在一旁。如果穿著外套，那一定是一件長及腳踝、鈕扣往後面扣到背底下的那種；只有一邊的吊褲帶扣著褲子。背後的褲子口袋內空無一物卻鬆鬆的往下垂；褲腳若未摺起，脫了線的下緣就在污泥中拖著。

哈克總是隨著自己高興，來來去去。天氣好時就睡在人家的門前階梯上，雨天時就睡在空無一物的大桶子裡。

他不必上學，不必上教堂，不用叫任何人老師，更不用服從任何人，不管何時何地，只要他想，他就可以去釣魚去游泳，而且游多久釣多久都隨他；沒有人禁止他打架；他高興多晚睡就多晚睡；他永遠是春天第一個赤腳，秋天最後一個穿皮衣的人；他永遠不用洗澡，也不用換上乾淨衣物；他還可以高興罵髒話就罵髒話。

總而言之，所有可以使男孩的生活變得更有趣的因素，他全都享有。這正是聖彼得堡每個縛手縛腳、伸展不開的好男孩的想法。

湯姆向這位如同生活在夢境裡的流浪兒打招呼：「哈囉，哈克貝瑞！」

「哈囉，來看看你喜不喜歡這個。」

「你手上是什麼東西啊？」

「死貓。」

「哈克，我看看。天哪，牠真的是硬邦邦的咧。你哪兒弄來的？」

「跟別人買來的。」

「你用什麼買的？」

「我給他一張藍卡，還有我在屠宰場找到的一個氣囊。」

「你怎麼會有藍卡？」

「兩個禮拜前我用一根耍鐵圈的竹棒跟班恩．羅杰斯換來的。」

「喂，那隻死貓到底可以幹嘛啊，哈克？」

「可以幹嘛？可以去除贅疣啊。」

「不會吧！真的嗎？我知道有種東西更有效。」

「我敢打賭你不知道。是什麼？」

「就是神水啊！」

「神水！神水根本一文不值。」

「是嗎？你這樣認為嗎？難道你試過嗎？」

「我沒試過，不過鮑勃・譚納試過。」

「誰告訴你的？」

「是他自己告訴傑夫・柴契爾，傑夫告訴強尼・貝克，強尼告訴吉姆・何力斯，吉姆告訴班恩・羅杰斯，班恩告訴一個黑人，那個黑人再告訴我的，就這樣。」

「那又怎麼樣？他們全都愛說謊，最少除了那個黑人以外都愛說謊，因為我不認識那個黑人，但是我沒看過哪個黑人不愛說謊的，哼！好，哈克，你現在告訴我鮑勃・譚納是怎麼做的？」

「哦，他把他的手浸在積了雨水的爛樹樁裡。」

「白天的時候嗎？」

「當然了。」

「臉朝著樹樁嗎？」

「對，至少我想是這樣的。」

「當時他有說什麼嗎？」

「我不知道他有沒有說什麼。我不知道。」

「我就知道！還敢說用神水去除贅疣呢，結果用的是什麼蠢蛋的方法。哎呀，不按照規定做是不會有效的。你應該自己一個人去，走到林子中央，找到那個積有神水的樹樁，到了午夜十二點整，你背對著樹樁，將手塞進樹樁，然後口中念著：『珍珠米，珍珠米，餐餐都要有。好神水，好神水，給我去贅疣。』然後閉著眼睛，迅速走十一步離開。接著原地轉三圈後回家，途中不得和任何人交談，因為一開口，魔力就會消失。」

「嗯，聽起來好像真的很不錯；只不過鮑勃・譚納並不是那樣做的。」

「當然不是，我保證他沒那樣做，因為他是鎮上贅疣最多的小孩；如果他知道如何正確使用神水，他身上就不會有半個贅疣了，我就是用那個方法拿掉我手上幾千個疣的。我是因為常常跟青蛙混所以才會長那麼多的疣。有時候我是用豆子去除疣的。」

「對，豆子不錯，我也用過。」

「你也用過？你怎麼做的？」

「先將豆子分成兩半，再把疣切開，擠出一點血，放在其中半個豆子上，然後大約在半夜十二點，月亮照不到的十字路口處挖個洞埋起來；剩下的半個豆子則要銷毀。那沾有你的血的半個豆子將會持續吸個不停，想要把另一半豆子吸回去，如此將會幫助豆上的血去吸那個疣，不久那個疣就會掉了。」

「沒錯，就是這樣，哈克——就是這樣；只不過你在埋豆子時如果念著：『埋下豆子，告別贅疣；我們永遠不要再見面。』那就更好了。喬・哈潑都是這樣做的，他幾乎連昆維爾，還有差不多所有地方都去過呢——喔，對了，你是怎麼用死貓來治療贅疣的？」

「哦，午夜十二點以前，你把貓帶到墳場，找到那個當天被埋葬的壞人墳墓。十二點一到，魔鬼就會來，可能來一個，或兩、三個，可是你看不到他們，你只會聽到類似風的聲音，或是聽到他們交談。當他們帶走那個壞人時，你就把那隻死貓丟在他們後面說：『魔鬼跟著死屍，死貓跟著魔鬼，贅疣跟著死貓，我把你解決掉！』這樣可以除掉所有的疣。」

「你試過嗎，哈克？」

「沒有，不過這是霍布金老婆婆告訴我的。」

「哦，那我想應該沒錯。大家都說她是巫婆。」

「什麼嘛，湯姆！她本來就是巫婆，這我很清楚。有次她就對我老爸施巫術，我老爸自己告訴我的。有一天他走在路上看到她正在對他施展巫術，所以他撿起一顆石子，如果她沒躲掉，我老爸就打中她了。結果那天晚上他喝醉酒，就從他躺著的一個棚子上滾下來，把手臂摔斷了。」

「哇，太可怕了。他怎麼知道她對他施法術？」

「老天，老爸看得出來，很簡單。老爸說她們會直勾勾的看進你的眼裡，這就表示她們在對你施法術了，有時候她們還會口中喃喃自語，因為當她們喃喃自語，就表示她們在倒念主禱文。」

「對了，哈克，你什麼時候會用到這隻貓？」

「今天晚上。我猜他們今晚會來帶走老何斯．威廉。」

「可是他不是在禮拜六就下葬了嗎？所以他不是應該禮拜六就被帶走了嗎？」

「天哪，瞧你說的！他們一定要到半夜十二點才能動手，而那天晚上已經是禮拜天了。魔鬼禮拜天是不出來遊蕩的，我想。」

「這我倒從來都沒想過呢！原來是這樣的。讓我跟你一起去吧？」

「可以啊，只要你不害怕。」

「害怕？怎麼可能。到時候你學貓叫好嗎？」

「好，只要找到機會，你也學貓叫回我。上回，你讓我在外面一直喵喵叫個不停，惹得老海斯對我丟石頭罵：『死貓！』所以我也對他們窗戶丟了一塊磚頭——你可不要跟別人說。」

「不會的。那晚我是因為阿姨一直看著我，所以沒辦法學貓叫，不過這次我一定會學貓叫。嘿，那是什麼？」

「不過就一隻壁蝨。」

「哪裡抓到的？」

「林子裡。」

「你要拿牠換什麼？」

「不知道，我不想把牠賣掉。」

「沒關係，反正那不過是一隻很小的壁蝨。」

「是啊，只要不是自己的壁蝨，每個人都可以把牠踩在腳下。我是很滿意我這隻壁蝨，對我來說，這隻已經夠好了。」

「外面到處都是壁蝨，如果我想要的話，我可以有一千隻壁蝨。」

「那麼你為什麼都沒有？你自己心裡很清楚，你根本找不到。我想這隻壁蝨算是出來得比較早的。這是我今年見到的第一隻。」

「哈克，這樣好了，我拿我的牙來跟你交換。」

「我看看你的牙。」

湯姆拿出一個紙團，小心的打開。哈克看了愛不釋手。這個誘惑實在太大了。

「這是真的嗎？」

湯姆翻開上唇，把缺口秀給哈克看。

「嗯，好吧。」哈克說，「成交。」

湯姆把壁蝨收到上次放過鉗子蟲的那個盒子裡，然後兩人就此分手，覺得自己比先前要富有些。

當湯姆到達那所與外界隔離的小校舍時，他用輕快的步伐走進去，他的態度好似他一直是如此的趕著上學的。

他將帽子掛了起來，煞有介事的快步入座。老師高高坐在一把底部用夾板做成的扶手椅上正在打盹，他是被讓人昏昏欲睡的讀書聲所催眠的。

忽然一陣干擾聲，他被驚醒了。

「湯瑪士．索耶！」

湯姆知道如果有人以他的全名叫他，就表示麻煩來了。

「老師！」

「過來這裡。你告訴我，你為什麼又遲到了？」

湯姆正當要編個謊言當藉口時，忽然他看到垂著兩條金黃色長辮子的背影，他立刻感受到一股愛的電流穿過，他注意到她旁邊的位置是女生邊唯一空著的位置。他立刻回答：

「我半路停下來跟哈克貝瑞．費恩說了幾句話！」

老師的脈搏暫停了，他無助地瞪著眼。讀書的嘈雜聲也停止了。同學們都在懷疑這位有勇無謀的男孩是不是失心瘋了。老師再問一次：

「你——你說什麼？」

「半路停下來跟哈克貝瑞．費恩說了幾句話。」

話果然沒有聽錯。

「湯瑪士．索耶，這是我所聽過最大膽的遲到理由。像你犯這麼嚴重的錯誤，平常戒尺的處罰是不夠的。脫下你的上衣。」

老師用力揮打，直到手臂疲軟，庫存的軟鞭越來越少，這才止住。接著又下令：

「你現在要去跟女生坐，希望你好好記取教訓。」

教室裡響起的竊笑聲使湯姆看起來很不好意思，事實上他不好意思的真正原因是來自他對他那不知名偶像的崇拜，更對自己好得不得了的運氣感到無比的快樂。

他在松木長凳的一端坐下，那女孩頭一甩，把自己坐得離湯姆遠一點。耳語、眨眼、以肘輕推等小動作正在教室中熱烈進行，只有湯姆乖乖的坐在位置上，雙手就放在面前矮長的書桌上，看起來正在用功讀他的書。

注意力慢慢的從他身上撤退，慣常的學校喃喃低語聲又再次響起。現在湯姆開始偷瞄女孩。她發現了，對他嘟了嘟嘴，將後腦杓對著他好一陣子。

等她謹慎的回過頭來時，發現面前擺了一顆水蜜桃。她用力推開它，湯姆卻溫和的把它放回去；她又推開它，但這次少了些敵意。湯姆很有耐心的又將它推了回去。這次她讓它留在那裡。

他在板子上草草寫著：「請接受，我還有。」女孩子瞥了一眼，但沒有任何表示。現在男孩開始在板子上畫些東西，他用左手把畫的東西遮住。

有一段時間，女孩根本拒絕看，但是人類與生俱來的好奇天性開始在她身上發揮作用，但她盡量不露痕跡。

男孩繼續畫，看起來沒有察覺到女孩的注意。女孩一副想看又不想看的模樣，男孩還是裝作不知道女孩在注意他。最後她投降了，不太肯定的輕聲說：

「給我看。」

湯姆將他灰暗的漫畫露出房子的一部分給女孩看，房子前後各畫一面三角牆頂，煙囪冒出一道彎彎曲曲的煙。這時女孩已經被這幅畫所吸引，其他的事全都忘記。湯姆一畫完，她凝視了一會兒，小聲的說：

「畫得很好——再畫個人吧。」

畫家在前院畫了一個人，畫得像一個油井架杵在那裡，大到幾乎可以一腳跨過那棟房子，不過女孩並不太挑剔，她對那個怪物很滿意，又小聲說：

「這個人畫得很好——現在你畫我走過來。」

湯姆畫了一個沙漏似的身體，加了個滿月的臉，稻草似細細的四肢，十指伸展開來，握著一把肥大的扇子。

「畫得真好——真希望我也會畫。」

「很簡單，」湯姆小聲說，「我可以教妳。」

「喔，真的嗎？什麼時候？」

「中午。妳要回去吃中飯嗎？」

「如果你留下來，我就留下來。」

「很好——就這樣決定。妳叫什麼名字？」

「蓓琪·柴契爾。你呢？喔，我知道，你叫湯瑪士·索耶。」

「我要被處罰時才叫那個名字。我很乖的時候叫湯姆。妳叫我湯姆，好嗎？」

「好。」

湯姆又開始在板子上疾書，不讓女孩看到他在寫什麼。可是這次她不再那麼退縮，她求湯姆讓她看。湯姆說：

「喔，我沒寫什麼。」

「有，你寫了什麼。」

「沒有，沒有什麼。妳不會想看的。」

「可是我想看，我真的想看，請讓我看。」

「妳會告訴別人。」

「我不會——我保證，雙重保證我絕對不會。」

「妳誰都不會講嗎？永遠永遠，直到妳死？」

「不會，我永遠都不會告訴任何人。給我看吧！」

「喔，妳不會想看的！」

「你這樣的態度，我是一定要看的。」她把手放在湯姆的手上，兩人拉拉扯扯，湯姆假裝急著抗拒，可是又好像不小心讓手逐漸滑了下來，直到以下的字顯露出來：「我愛妳。」

「老天，你這個壞東西！」然後她用力打了他的手，可是臉漸漸紅了起來，看起來很高興。

就在這當兒，湯姆忽然覺得耳邊有個緩慢、不祥的手拉住他的耳，接著是穩定向上提的力量。

他就這樣在那個好似虎頭鉗的拉扯下，從教室這頭，被拉到教室那頭，最後被丟回自己的位子上，全班響起一陣咯咯笑聲，此起彼落。

老師直挺挺的站在他身旁，那段時間對湯姆來說真是度秒如日。最後老師才一言不發的回到他的寶座。這會兒湯姆的耳朵雖然隱隱作痛，心裡卻是雀躍的。

等到平靜下來，湯姆才老老實實的開始讀書，可是他心中十分激動，一時也恢復不了。上閱讀課的時候，輪到他時，他念得亂七八糟；接著在地理課時，他把湖當成山，把山當成河，把河當成大陸，世界好像又回到混沌未開的時候了；到了拼音課時，他竟然連續因為一些嬰兒都會拼的字而被「刷下來」，最後還被排到了最後，不得不交出他已經戴了好幾個月的動章。

7. 壁蝨之戰與失戀

湯姆很想把心思拉回課本上來，但是他越想這麼做，心思就飄得越遠。所以最後他嘆了口氣，打了個呵欠，就此放棄。對他來說，午休時間好像永遠都不會來似的。

空氣似乎凝結了教室裡所有的器具，沒有了任何生氣。在所有令人昏昏欲睡的日子裡，今天肯定拔得頭籌。二十五個小學者那令人昏昏欲睡的讀書聲就像蜜蜂嗡嗡聲的魔咒般，輕輕撫慰著靈魂。

熾熱的太陽光照射之下，遠處的卡地夫山透過一層閃爍的熱幕，似乎升起了柔軟新綠的山脈，而距離使其增添了嫩紫的色調。幾隻鳥在高空中懶懶的拍著翅膀，視線可及的範圍裡，除了幾隻牛以外沒有其他生物——而牛隻也正在夢周公。

湯姆不羈的心急切渴望著自由——至少也要有好玩的事可來打發枯燥的時間。

他的手在口袋裡摸索，突然，他的臉散發著只有在祈禱感恩時才會出現的亮光，雖然他自己一無所知。這時他偷偷的拿出那個裝著壁蝨的盒子。他把壁蝨放出來，放在長長扁扁的書桌上。這隻壁蝨可能也因為祈禱感恩，現在看起來也容光煥發，可惜牠高興的太早，因為當牠懷著感恩的心準備離開時，湯姆卻用根大頭針把牠撥到另一個方向去。

湯姆的心腹好友就坐在他隔壁，他心中的苦悶並不下於湯姆，這會兒他也滿心喜悅、興趣盎然的沉浸在這個餘興節目中。這位心腹就是喬．哈潑。這兩個男孩已經成為拜把兄弟整個禮拜了，禮拜六時他們還會組織作戰。

喬從翻領裡拿出一根大頭針，也開始幫忙訓練囚犯。這個活動兩人很快就玩出興致來。不久湯姆就表示這樣玩只是互相干擾，都不能玩得很盡興。所以他把喬的板子放到桌上來，然後居中從上到下畫了一條線。

「現在，」他說：「只要牠在你那邊，你就可以好好逗弄牠，而我不能插手；可是如果你讓牠跑到我這邊來了，只要我不讓牠爬過去，牠就歸我玩，你不能插手。」

「好，你先，讓牠開步吧！」

現在壁蝨逃離湯姆，穿過了界線。喬對牠玩弄一番，所以牠又穿過界線，回到湯姆這邊來。基地移轉一直頻繁的發生。當其中一個男孩興趣盎然的騷擾壁蝨時，另一個也同樣看得興趣盎然，兩個頭都對著板子彎下來，其他東西對這兩個人來說都好像死了一樣不重要。

情勢逐漸明朗，看起來幸運的喬占了上風。壁蝨這邊走走，那邊走走，又試試另一頭，牠就像兩個孩子一樣又興奮又著急，可是眼看著牠就要取得優勢離開喬的勢力範圍，而湯姆早就躍躍欲試準備動手，喬的大頭針卻巧妙的將壁蝨轉向，繼續享有壁蝨的擁有權。最後湯姆實在受不了了，因為那股誘惑力實在太強，於是他伸出手，用大頭針去戳弄壁蝨。這下子惹毛了喬，他說：

「湯姆，你放開牠。」

「喬，我只要玩一會兒就好。」

「不可以，那樣不公平；你現在就放開牠。」

「混蛋，我又不會一直玩。」

「放開牠，我警告你。」

「我才不放。」

「你一定要放——牠現在在我這邊。」

「喬．哈潑，你給我放明白，這隻壁蝨是誰的？」

「我才不管壁蝨是誰的——牠現在在我這邊，所以你就不能動牠。」

「我就是要動牠，怎麼樣？牠是我的壁蝨，我高興怎麼樣就怎麼樣，死都不足惜。」

接下來湯姆的肩膀劇烈搖動，喬的肩膀也好不到哪裡去，兩分鐘內，灰塵不斷從他們的上衣抖落出來，全班都盡情享受著他們的表演。

這兩個孩子由於太過專心於打架，沒有注意到群眾發出一陣噓聲，原來老師躡手躡腳走進教室，這會兒已經站在他們旁邊了。他欣賞他們的表演已經有好一陣子，當然也毫不吝惜的要貢獻一下自己的拿手好戲。

中午下課鈴一響，湯姆立刻飛到蓓琪那邊，小聲的在她耳邊說：

「戴上妳的帽子，裝成妳要回家的樣子。當妳走到轉角處時，妳就離開他們悄悄溜掉，然後穿過小徑回來這裡。我會走另外一條路，不過最後也一樣會回來這裡。」

所以他們兩個兵分兩路，各自跟不同的隊伍回家。過了不久，當他們在小徑的盡頭會面，一起走回學校時，學校只剩下他們兩個人了。

他們坐在一起，前面放一塊板子，湯姆給蓓琪一枝鉛筆，用自己的手握住她的手指導她畫圖，如此又創造了另一個驚人的房子。慢慢地畫畫的興致消退了，他倆開始說話。湯姆興奮得就好像要飛上天。他說：

「妳喜歡老鼠嗎？」

「不喜歡！我討厭老鼠！」

「哦，我也是——我也討厭活老鼠。不過我是說死老鼠，就是可以用根線綁在上頭，然後在頭上甩的那種。」

「不喜歡，反正老鼠我都不太喜歡。我喜歡的是口香糖。」

「喔，我早該猜到。真希望我現在有口香糖。」

「真的嗎？我這裡有。我可以讓你嚼一會兒，不過你一定要還我。」

這個吃法兩個人都很同意，所以他們輪流嚼著口香糖，坐在長凳上晃著兩條腿，快樂的情緒都要滿溢出來了。

「妳看過馬戲團嗎？」湯姆問。

「有啊，而且如果我表現良好，我爸爸過些時候還要再帶我去看。」

「我起碼看過三、四次的馬戲團——很多很多次。教堂根本不能跟它比。在馬戲團裡妳隨時都可以看到好多好多的東西。等我長大，我要去馬戲團當小丑。」

「哦，真的嗎？那很好。他們都好可愛，衣服上都有色點。」

「就是啊！而且他們賺好多錢——差不多一天一塊，這是班恩・羅杰斯說的。蓓琪，妳訂過婚嗎？」

「什麼意思？」

「哦，就是訂下來準備結婚。」

「沒有。」

「妳喜歡訂婚嗎？」

「應該喜歡吧！我不知道。訂婚像什麼？」

「像什麼？訂婚什麼也不像！妳要做的事就是告訴某個男生，從今以後，妳永遠永遠只跟他好，再也不跟其他男生好，然後妳親他一下，就這樣。每個人都會。」

「親？為什麼要親？」

「哎喲，那個，妳知道的，是為了——嗯，大家都是這樣做的嘛！」

「大家？」

「對啊，每對相戀的情侶都是這樣做的。妳記不記我在板子上寫什麼？」

「記——記得。」

「上面寫什麼？」

「我不告訴你。」

「那我告訴妳好嗎？」

「好——好啊——不過以後再說。」

「不要，就現在。」

「不要，不要現在——明天好了。」

「喔，不要，就現在。拜託嘛，蓓琪——我會在妳耳邊說，說得很輕、很輕。」

蓓琪猶豫了，湯姆將其解讀成默許，用手臂摟住她的腰，他的嘴巴離她的耳朵非常近，然後極其溫柔的在她耳邊說了那句話。接著他又加了一句：

「現在該妳對我的耳邊說——要說得一模一樣。」

她抗拒了好一陣子才說：

「你先把你的臉轉過去，這樣你看不到，我才說。不過你一定一定不可以告訴任何人——好嗎？湯姆？你不會說吧？」

「不會，當然不會，絕對不會。現在來吧，蓓琪。」

他把臉轉過去。她很害羞的彎下腰來，當她的呼吸近到吹得動湯姆的捲髮時，她小聲的說：「我——愛——你！」

一說完她立刻跳開，繞著書桌以及椅子跑，湯姆就在後面追。最後她躲在角落邊，小小的白圍兜蓋住她的臉，湯姆緊緊抱住她的脖子求她：

「蓓琪，現在該做的都做了——只差親嘴一道手續。妳不要怕——那實在沒什麼。拜託嘛，蓓琪。」邊說邊用力拉扯她的圍兜和她的手。

不久她讓步了，先放下雙手，她那因為掙扎而發熱的臉也抬了起來，順從了湯姆。湯姆親了她的紅唇後說：

「現在都做好了，蓓琪。從今以後，除了我以外，妳不可以再愛上別人，而且除了我以外，妳也不可以跟別人結婚，永遠永遠都不可以，妳做得到嗎？」

「好，湯姆，除了你以外，我不會再愛別人，而且我也不會跟別人結婚——你也一樣，除了我以外，不可以跟別人結婚。」

「當然，那還用說。訂婚就是這樣啊！以後不管是上學還是放學回家，只要沒有人看到，妳都要跟我一起走，而且舞會時，妳一定要跟我跳，我也一定要跟妳跳，因為訂婚就是這麼回事。」

「聽起來很不錯，我以前都沒聽過這種事。」

「真的？這好玩的很。對了，我跟艾咪．勞倫斯——」

對方睜大的眼睛提醒湯姆他說錯話了，所以他停了下來，覺得有點莫名其妙。

「天哪，湯姆！你是說我不是你第一個訂婚的人！」

說完她就開始哭了起來。湯姆說：

「不要哭嘛，蓓琪，我現在已經不喜歡她了嘛。」

「你還在喜歡她，湯姆——你很清楚你還在喜歡她。」

湯姆伸出手來想要去摟著她的頸，可是她把他推開，將臉轉向牆壁，繼續哭下去。

湯姆又試了一次，口裡還一直安慰著她，可是又被拒絕了一次。這下子他的自尊心也上來了，他跨大步走到外面。他在那裡站了一會，覺得忐忑不安，又覺得全身不對勁，他不時斜眼看一下大門，希望她後悔了，然後跑出來找他。

但是她並沒有現身。

他又開始覺得心情很糟，害怕他做錯了什麼。要求自己先低頭向對方開口，對他來說是場痛苦的煎熬，但他還是激勵自己再回去門裡。

她仍站在教室後面那個角落抽泣，臉朝牆壁。湯姆的心快要跳出來了。他往她那邊走去，站了一會兒，不知道下一步要做什麼。然後他吞吞吐吐的說：

「蓓琪，我——我誰都不喜歡，只喜歡妳。」

沒有回應——只有啜泣聲。

「蓓琪，」用的是哀兵姿勢。「蓓琪，說點話好嗎？」

啜泣得更大聲。

湯姆拿出他珠寶中的至品——壁爐專用鐵製柴架上端的黃銅把手，他故意拿了在她面前晃蕩好教她看到。他說：

「拜託，蓓琪，妳可不可以接受這個？」

她用力把它打在地上。湯姆於是大步走出學校，越過小山，越走越遠，那天他沒再回到學校。過了一會兒，蓓琪開始感到懷疑，她跑到門口，四處望去，沒看到湯姆；她又飛跑到遊樂場，他也不在那裡。她開始大聲呼叫：

「湯姆，回來！湯姆！」

她專心等待回音，但是毫無回應。唯一陪她的伴侶就是寂靜與孤獨。所以她回到原來的地方，再次哭了起來，同時責罵自己。這時候同學已經開始陸續回校，所以她必須隱藏自己的悲傷及破碎的心，在這個充滿陌生人，無人可以傾訴哀戚的環境裡，努力撐過這個痛苦、可怕又漫長的下午。

8. 大膽海盜

湯姆在羊腸小徑上東躲西藏的，以免被回家的同學發覺他的蹤影。自覺安全後，他反而陷入情緒性的低潮，信步亂走在路上。

他穿過一條小溪兩、三次，因為當時年輕人流行一種迷信，認為只要穿過水流就能擺脫追蹤。半小時後，他已經消失在卡地夫山頂的道格拉斯豪邸後面，他身後的校舍，因距離遙遠已難辨識。

他走進一個濃密的林子裡，盡走那些無路之路來到林子中央，最後在一棵枝葉呈放射狀向四處伸展的橡樹下，一處長了青苔的地方坐下。

空氣如同靜止一般，一絲風都沒有，中午時分的炎熱更是遏止了鳥兒的歌聲，大自然呈現如夢如幻無聲之境，只有遠處的啄木鳥間歇的發出啄木之聲，那種單調機械的聲音更加深了四處的寧靜及孤寂感。

這個男孩的靈魂正陷入憂鬱的思潮，可是他的情感卻因為四周的環境而雀躍。他手肘壓膝，雙手支頷，靜坐沉思。

對他來說，生活似乎最好也不過是個麻煩。現在他頗為羡慕最近才得到解脫的吉米．哈吉斯；他想如果能夠永永遠遠躺在那裡或睡或夢，身旁微風或穿過樹叢發出嘁嘁聲，或輕撫著綠草和墳墓上的花朵，完全沒有任何東西來打擾，也沒有任何事需要傷心，那種生活一定很平靜吧！

如果湯姆在主日學校有個漂亮的成績單，他可能願意長睡此處，而且享受這所有的一切。說到那個女孩，他到底做錯了什麼？一點錯都沒有。他本來的用意是最好的，但是她卻對他像條狗——真的就像一條狗一樣。終有一天她一定會後悔的，或許她後悔時已經太晚了。啊！如果他能夠短暫死去就好了。

可是一顆年輕有彈性的心是無法長久被擠壓成一個勉強的形狀。不久湯姆的思緒就不知不覺的開始飄回到實際的生活上來了。如果他現在掉轉過頭，從此神祕失蹤的話，那會怎麼樣？如果他離開這裡——離得遠遠的，到海外一些不知名的國家，而且從此不再回來，那又會怎麼樣？那時她會怎麼想？

他想當小丑的念頭又回到他的腦海了，但是現在他只覺得噁心。因為當他的精神提升到羅曼蒂克的宏偉殿堂時，那些插科打諢、笑料及滿是點點的緊身衣忽然跑出來鬧場，這是多大的一種冒犯，不當小丑了，他決定當個軍人，離家多年後，終於帶著百戰的經驗以及輝煌的戰績返家。不——或許更好的是加入印第安人，跟他們到大西部荒涼的山區及西部大平原上，在印第安人專屬的攻擊路線上獵殺野牛；然後在很久很久以後的將來，在一個昏昏欲睡的夏日早晨，他以一個大酋長的身分衣錦榮歸，頭上戴著豎起的羽毛，身上塗著嚇人的油彩，昂首闊步的走進主日學校，發出令人血液凝結的戰呼，這一切一定使他所有的同伴抑制不住羡慕之火，眼珠子也因此燒掉。

慢著，還有個職業甚至要比這個更加炫目，他要當一個海盜！沒錯，就是當海盜！此刻他的未來清清楚楚的呈現在他眼前，散發著難以想像的光輝。到時他將在世上成名立萬，當人們聽到他的名號時，會嚇得不寒而慄！在他長而低的黑船「暴風雨精神號」上面，恐怖嚇人的旗幟在船頭隨風飄蕩，他則光榮的在驚濤駭浪中「努力耕耘」。

當他的名聲達到最高峰時，他會突然出現在他的老村子裡，大搖大擺走進教堂，歷經滄桑又曬得黝黑的他，會穿著黑絲絨的緊身上衣及運動短褲，長筒馬靴，暗紅色綬帶，腰帶上插滿馬槍，那把因罪行累累而生鏽的彎刀則掛在腰側，戴著兩邊下垂的帽子，上插羽毛隨風飄揚，敞開的黑旗上是一個骷髏頭及交叉骨頭的標誌，耳邊響起誇張狂喜的耳語聲：「是海盜湯姆．索耶呢──他就是西班牙海的黑色復仇者！」

對了，就這樣決定，他一生的職志敲定了。他要離家出走，加入海盜這一行；他可以明天一早就加入，所以現在他得開始準備了，首先他要把所有的家當都收集在一塊兒。

他走到附近一個腐朽的木頭邊，開始用他的巴洛牌刀子在其中一端的下面挖洞。他很快的敲到聽起來空洞的部分。他把手放進去，然後煞有介事的念符咒：

「未到此處者，來！已在此處者，留！」

然後他把污垢刮掉，露出來一片松木片。他把它拿開，裡面有一個形狀很漂亮的小財寶屋，底部及四周也是用松木片做成的。小財寶屋裡放了一顆彈珠。湯姆的驚嚇是不可名狀的！他覺得很困惑的搔搔頭說：

「這下子沒話說了！」

他洩恨似的將彈珠擲得老遠，然後站在那裡思考。原來事情是這樣的：有一個他和同伴一致認為是千真萬確的傳說，現在卻證實失敗了。

那個迷信是說如果你埋一顆彈珠，口中念著必需的符咒，接著兩個禮拜放著不管，等時間一到，再念原先的符咒後，打開埋藏的地方，你就會發現所有你曾丟掉的彈珠都已經在那裡聚集了——不管你是在多遠的地方丟掉它們，它們就是有辦法回來。

但是現在毫無疑問的這個方法是真的失敗了，湯姆整個信心結構連底部都在動搖。他聽過關於使用同樣方法成功的好幾個案例，而且從未聽過失敗的。但是他完全沒想到，其實之前他已經用同樣方法試過好幾回了，只是最後他都因為找不到原先埋藏的地點而不了了之。

他冥思苦想了好一會兒，最後他決定這必定是有巫婆來搗蛋，才害得符咒不靈。他覺得他應該對目前自己所做的感到滿意才對；所以他四處搜尋，最後在一片小沙地找到了一個漏斗形狀的小窪地。他躺了下來，將嘴靠近那個窪地叫喊著：

「小笨蟲，小笨蟲，告訴我所有我想知道的！小笨蟲，小笨蟲，告訴我所有我想知道的！」

沙地真的動了起來，不久一隻小黑蟲跑出來一會兒，但立刻又驚慌的鑽回去。

「牠真的沒說！果然是有巫婆在搗蛋，我就知道！」

他很清楚，如果真的有巫婆在搗蛋，那麼再怎麼抵抗也無濟於事，所以他只有喪氣的放棄了。不過他突然想到，他最好把剛才扔掉的彈珠再找回來，所以他開始耐心的找尋起來。但是怎麼找就是找不著。他回到小財寶屋那邊，又小心翼翼的站回他原先扔彈珠時所站的位置；然後他從口袋裡又拿出一顆彈珠來，用剛才同樣的方法丟了出去，口中念念有詞：

「兄弟，去找你兄弟吧！」

他仔細看它掉到哪裡去，然後跑到那裡看。但是不知道是根本沒丟到這裡，還是掉下來後滾得太遠了，原來的彈珠並不在那裡；所以他又試了兩次。最後一次成功了，兩個彈珠的距離差不到一呎。

這時一陣玩具喇叭聲從森林裡綠色小徑的另一頭隱隱約約傳過來。湯姆立刻脫掉外套及長褲，將吊帶褲換成腰帶，將朽木後面的一些雜七雜八的東西撥開，拿出一套簡陋的弓與箭，一把木劍及一個洋鐵喇叭，他順手抓起所有的東西，然後上身穿著鬆垮垮的襯衫，光著赤裸裸兩條腿跳開。不久他停在一棵大榆樹下，吹喇叭作為回應，然後開始踮著腳尖，小心謹慎的四處張望。他有所保留的對他的假想夥伴說：

「等一下，各位綠林夥伴！繼續躲著，我吹號時再出來。」

這時喬．哈潑出現了，和湯姆一樣，穿得很率性，武裝得很周全。湯姆叫著：

「站住！何方神聖，未經本人許可，竟敢擅闖舍伍德森林？」

「吉斯邦的蓋伊不需要任何人的許可。汝是何人竟敢——竟敢——」

「竟敢如此出言不遜。」湯姆唯恐不及的為他接下去——他們正憑著記憶力「照本宣科」念台詞。

「吾乃羅賓漢本人！不出多日彼幫卑鄙之行屍走肉即將有所知悉。」

「汝確實為大名鼎鼎之亡命之徒？在下極欲與閣下一決勝負，且看此樂土究竟何人所屬？看刀！」

他們拿出木劍來，將身上其他武器都丟在地上，腳對腳擺出擊劍的招數，一板一眼照著

「二上二下」的口訣，開始一場慎重小心的戰鬥。不久湯姆說：

「倘若閣下當真擅長擊劍，好好使將出來，就讓我們一決雌雄吧！」

所以兩個人都「好好使將出來」，喘著息，流著汗，他們真的好好打了一架。不久，湯姆又大叫道：。

「倒下！倒下！你為什麼不倒下！」

「我才不倒下！為什麼你自己不倒下？你打得好爛！」

「那有什麼！我是不行倒下的；書上不是那樣寫的。書上是這樣寫：『最後羅賓漢反手一劍刺死吉斯邦之蓋伊。』你要轉身背對著我，讓我從你背後給你一劍。」

既然有引經據典的事實根據，喬也只有轉身，接受那一劍，跌落在地。

「這次，」喬邊站起來邊說：「你得讓我殺死你，這樣才公平。」

「喂，喬，我沒辦法那樣做，書上不是那樣寫的。」

「哼，你這樣做太卑鄙了——你給我等著瞧。」

「喂，喬，我跟你說，你還可以當佛萊爾．塔克或是磨坊老闆兒子馬區啊！那麼你就可以用棍子打我；或是我來當諾丁漢的警長，你當一會兒羅賓漢，然後你把我殺掉。」

喬這下子滿意了，所以他們就這樣轉換角色玩得不亦樂乎。後來又是湯姆當羅賓漢，他被那個壞心眼的修女所傷，因為傷口沒有妥善處理，最後流血過多而奄奄一息。

喬這次演的是羅賓漢全部的綠林部下及好友，非常傷心邊哭邊拖著他，把他的弓交到他無力的手上，此時湯姆說：「不管我把箭射到什麼地方，就把可憐的羅賓漢埋在綠林的樹下。」說完他射出箭，接下來向後倒地應該要死的，可是他剛好躺在一個蕁麻上，所以他跳了起來——對一個死去的人來說，好像過於活潑了點。

兩個人換了衣服，把那身行頭藏起來後，邊走邊感嘆世風之下，過去的日子不再，因為現在沒有綠林好漢了。他們不禁要問，到底現在文明有什麼好，難道夠彌補他們的損失嗎？他們都說，只要在舍伍德森林當上一年的綠林好漢，就勝過當一輩子的美國總統。

9. 墓場的悲劇

那晚九點半，湯姆和席德一如往常被趕上床睡覺。結束睡前禱告後，席德很快就入睡了。湯姆則躺在那裡沒睡，很不耐煩的等著。對他來說，時間的步伐好似走到黑夜的盡頭，然而此刻時鐘才敲了十響！真是令人絕望。

他很想翻過來翻過去，好消消心中那份煩悶，但是想到可能會吵醒席德，他只有挺得直直的，在黑暗中瞪著一雙大眼。

一切都是死寂晦暗。

可是逐漸的，在寂靜中那種小小的幾乎聽不見的吵鬧聲開始越變越大聲，時鐘的滴答聲變得很明顯。老舊的梁柱開始發出神祕的嘎嘰聲。樓梯也些微的軋軋作響。顯然各方的幽靈休息了一個白天已重現江湖。

從波麗阿姨房裡傳來一陣整齊壓抑的打鼾聲，而人類永遠不知哪裡傳來的蟋蟀冗長叫聲，此時也開始了。接下來湯姆床頭牆壁上的報死蟲可怕的叫聲教湯姆忍不住直打哆嗦——這代表有人的死期即將到來。此時遠處的狗叫聲劃過夜空，更遠處的模糊狗叫聲立刻予以回應。

湯姆真是痛苦極了。最後卻又對時間的靜止及永恆的開始感到滿意。他開始不自覺的打盹；時鐘敲了十一響，可是他並沒聽見。然後是一陣最哀戚的貓叫春，混雜著湯姆半成形的夢。隔壁的開窗聲打擾了他的清夢，接著的吼叫聲「死貓，你這個壞東西！」以及空瓶子打到波麗阿姨家柴棚後面的破碎聲使他整個人都清醒了過來。只花了一分鐘，他已經穿好衣服，越過窗戶，四肢著地的爬在邊側的屋頂上。

他邊爬邊小心的「喵喵叫」了一、兩聲，然後跳到了小棚的屋頂上，再跳到地面上。哈克·費恩已經在那裡等著，手上拿著他的死貓。兩個男孩一起離開，消失在夜色中。半個小時後，他們已經在奮力的穿過墳場高高的野草了。

這是一個傳統的西部墳場，位於一座小山上，離村子一哩半遠。墳場四周圍歪歪斜斜的圍了一圈木板圍牆，有的往裡斜，有的往外斜，沒有一片板子是好好站直的。整個墓園都長滿了牧草和野草，所有老舊的墳墓都往地底下陷，所以看不到一個墓碑。

墳墓上邊邊緣磨成圓形、蟲蛀的板子在風中搖搖欲墜，然而卻毫無依靠之物。「謹紀念某某」的字眼曾經刻在上頭，但現在大部分的板子即使在大白天也無法辨識了。

一陣微弱的風呻吟似的吹過林子，湯姆很怕那些死人的幽靈在抱怨被打擾了。兩個人幾乎都未交談，有的話也非常小聲，因為在那個時刻、那個地點，漫布的莊嚴及寂靜壓擠著他們的心靈。

他們找到了他們要找的那個新墳堆，在那個墳墓幾呎內有三棵巨大榆樹長在一起，他倆就以其樹蔭為庇護躲在其下。

然後他們靜靜的等候，那短短的時刻對他們來說，簡直是度日如年。遠處的貓頭鷹叫聲是一片死寂中唯一的聲響。湯姆的心情越來越沉重，他覺得他一定得說些話。所以他悄聲的說：

「哈克，你覺得死人會喜歡我們來這裡嗎？」

哈克也小聲的說：

「我真希望我知道。這裡陰陰沉沉的，好可怕，對不對？」

「真的。」

接下來好一陣子的停頓，兩個人都在心裡暗自思考這件事。湯姆小聲說：

「喂，哈克，你認為何斯．威廉會不會聽到我們說話？」

「當然會聽到。最少他的幽靈會聽到。」

湯姆停了一下才說：「我希望我剛才說的是威廉『先生』。不過我從頭到尾都毫無惡意，每個人都叫他何斯啊。」

「當我們講到這些死去的人時，還是越謹慎越好，湯姆。」

聽起來很掃興，所以兩人的交談又再次打住。

湯姆忽然拉住他同伴的手臂說：

「噓！」

「怎麼了，湯姆？」

「噓！又來了！你沒聽見嗎？」

「我——」

「在那裡！現在聽到了吧！」

「老天，湯姆，他們來了！他們真的來了。我們要怎麼辦？」

「不知道。你覺得他們看得到我們嗎？」

「喔，湯姆，他們就像貓一樣，在黑暗中也看得見。真希望我沒來。」

「喔，不要怕嘛！我不相信他們會打擾到我們。我們又沒做什麼。如果我靜靜的保持不動，說不定他們根本不會注意到我們。」

「我會盡量不動，湯姆，不過，老天，我全身都在發抖。」

「聽！」

男孩們一起低下頭來，幾乎連呼吸都不敢。一陣壓低的聲音從墳場的另一端傳來。

「瞧！看那裡！」湯姆悄聲說。「那是什麼？」

「那是鬼火。喔，湯姆，太糟了！」

有幾個模糊的身影穿過幽暗慢慢走近，手中還搖晃著老式的洋鐵提燈，地面上因此閃爍著數不清的點點亮光。哈克嚇壞了，打著哆嗦，他低聲說：

「是魔鬼，我非常確定。總共有三個！老天，湯姆，我們死定了！你會祈禱嗎？」

「我試試看。不過你不要怕。他們不會傷害我們的。現在我躺下來睡覺，我——」

「噓！」

「怎麼了，哈克？」

「他們是人！至少三個人之中有一個是人。我聽得出其中一個是老莫夫．波特的聲音。」

「不會吧——怎麼可能？」

「我想我很確定。你不要動也不要發出聲音。他沒那麼敏銳，不可能注意到我們。他有可能又跟往常一樣喝醉酒了——這個糟老頭！」

「好吧，我會保持不動。現在他們停住了，一副找不到東西的樣子。他們又來了。現在好像有點譜了。又有問題了。又有譜了！好像找到了。這次他們指向右邊。喂，哈克，我現在又知道一個人的聲音了：是印第安喬的聲音。」

「是他啊，那個混血殺人魔！我還寧願他們是鬼呢！他們到底來幹嘛？」

現在湯姆他們完全不敢出聲，因為他們三人已經走到墳墓這邊來了，離男孩躲藏的地方沒有幾呎遠。

「到了。」第三個聲音說。說話的人把手提的煤燈往上一提，照出那張臉，原來是年輕的羅賓遜醫生。

波特和印第安喬推著一部手推車，上面放著一條繩子及兩把鏟子。他們拿下工具，開始挖開墳墓。醫生把提燈放在墳墓上面，然後過來靠著其中一棵榆樹坐了下來。他離男孩的距離近到他們可以伸手摸到他。

「老兄，快一點！」他用一種低沉的聲音說。「月亮隨時都可能出來。」

他們發出聲音表示回應，接著繼續挖土。有一段時間，除了他們的鏟子倒掉泥土與碎石的摩擦聲以外，沒有半點聲響。那個聲音非常單調。終於鏟子敲到棺材，發出了一種低沉的木材敲擊聲音。

不到兩分鐘，他們已經把棺材拉到地面上來了。他們用鏟子用力撬掉蓋子，把裡面的屍體拖出，粗魯的將他丟在地上。此時月亮正從雲後飄出來，照出屍體蒼白的臉龐。手推車已經就位，他們將屍體放在車上，蓋了一條毯子，用繩子綑綁固定住。波特拿出一把大型的彈簧刀，割掉多餘的繩子後說：

「現在你要的鬼東西已經準備好了，醫生，你還欠我五塊錢，不然這東西就留在這兒。」

「說得是！」印第安人說。

「什麼，你們是什麼意思？」醫生說。「你們不是要我先付款，我已經都付給你們了！」

「是啊，而且你做的還不只那些呢。」印第安喬說，走向此時已經站起來的醫生。「五年前有一個晚上，我去你父親家要點吃的，你把我從廚房裡趕出來，你說我到那兒去絕對沒安什麼好心，當我發誓即使要花上一百年也要報你的羞辱之仇時，你的父親以流浪漢的罪名將我送入牢裡。你以為我忘記了嗎？現在你落在我的手裡，這件事一定要做個了斷！」

接著他拿著拳頭逼近醫生的臉威脅他。醫生突然打了一拳，那個惡徒就被打到地上去了。波特丟下刀大聲喊叫：

「喂，不要打我的同伴。」下個時刻他已經抓住醫生，兩個人使出全身精力與對方打成一團，他們的鞋跟把草都踩壞，地面也被破壞。

印第安喬跳起身來，眼裡冒出激情的火焰，抓起波特的刀子，躡手躡腳的走了過去。他像隻貓一樣，蹲伏一旁，蓄勢待發，一直在兩個戰鬥者周圍繞圈，尋找機會。

忽然醫生掙脫波特的糾纏，一手抓住威廉墳墓上的厚重頭板，拿來用力將波特打倒在地——而在同時，混血兒看到了機會，立刻衝過去將刀子整個插入年輕醫生的胸膛。醫生歪歪斜斜的半倒在波特身上，沾了他一身的血。

這當兒，厚厚的雲層遮住了這可怕的景象，兩個嚇得半死的男孩也趁黑加速溜走。

現在月亮又再次現身了，印第安喬高高的站在兩個形體面前，注視著他們。醫生口中喃喃說著無法辨識的話，喘了一、兩口大氣後就斷了氣。混血兒口中嘀咕著：

「這筆帳算是結清了──該死的短命鬼！」

接著他洗劫了屍體。之後他將那把致命的刀子置於波特張開的右手上，然後自己坐在敞開的棺材旁。三──四──五分鐘過去了，波特手腳開始有了動靜，口中也發出呻吟之聲。

他的手一握，剛好抓住了那把刀，他舉起刀，看著它，手一鬆，刀落地，全身打起顫來。然後他坐了起來，將身上的屍體推開，盯著他看，再看看四周，覺得有點茫然。他的眼光接觸到印第安喬的眼睛。

「老天，這是怎麼回事，喬？」

「真的是一團糟。」印第安喬說，眼睛眨都不眨。「你為什麼要這麼做？」

「我沒做啊！」

「你說什麼？你這樣說也無法洗刷你的罪行的。」

波特全身直打哆嗦，整個臉越來越蒼白。

「我以為我的酒醒得差不多了。我今晚實在不該喝酒的，可是現在我的腦子還沒清醒呢──比我們剛來這兒的時候還糟糕。我現在真的一片混亂，什麼也回想不起來。告訴我，喬──老實說，現在，老朋友，我真的殺了他嗎？喬，我從來沒想過要殺他──我以我的靈魂以及榮譽作為擔保，我絕不是有意的。告訴我是怎麼發生的，喬。喔，太糟了──他還那麼年輕，有著美好的前途。」

「哎喲，反正你們兩個一陣扭打，他用一塊頭板打你，你就平躺在地；然後你站了起來，歪歪斜斜，蹣蹣跚跚，當他又重重打你一記時，你就抓起了刀子插向他——接著你就躺在地上，睡得跟死了一樣，一直躺到現在。」

「喔，我不知道我做了什麼。如果我真的做了，我希望此刻我立即死去。都是威士忌惹的禍，還有可能是過於興奮。我以前從來沒用過武器，喬。

「我跟人打過架，但從來沒用過武器。這是大家都知道的。喬，不要告訴別人！答應我，你不告訴別人，喬——這樣才是好同伴。我一直都很喜歡你，喬，也總是跟你站在同一邊幫你，你不記得了嗎？你不會說的，對嗎，喬？」可憐的傢伙跪在那個無動於衷的殺人犯面前，合著手掌祈求他幫忙。

「不會的，我不會說的。你一直都很公平，對我很好，莫夫・波特，我不會背叛你的。就這樣，我想我這樣說算很對得起你了。」

「喔，喬，你真是天使。你這樣幫我，我會一輩子為你祈福的。」說完波特開始哭了起來。

「不要這樣，不要來這一套。現在不是說廢話的時候。你還是走你原先要走的路，我也走我的路。去吧，可不要留下什麼蛛絲馬跡讓別人發現。」

波特開始時還快步走著，後來就跑了起來。混血兒就站在那裡看他走，嘴裡還嘀咕著：

「如果他像他外表看起來一樣喝得醉醺醺，人又被打得神智不清，可能走得老遠也不會記起自己忘了拿刀；等他記起來後，他又會因為害怕而不敢自己一個人回來拿——真是個膽小鬼！」

兩、三分鐘後，被殺的、毯子包裹的屍體、沒有上蓋的棺材，以及打開著的墳墓，除了接受月亮的檢視以外，已經沒有人看著了。一切又回復原先的寂靜。

10. 狗嗥的凶兆

兩個男孩拚著老命飛快跑回村子裡，嚇得一句話都說不出來。他們不時的回過頭來往後瞧，就好像害怕自己會被跟蹤似的。路上突然出現的小樹樁都會被他們誤以為是人，甚至是敵人，而使他們倒抽一口氣。他們疾步跑過幾戶位於村子邊緣的小木屋，被吵醒的狗發出的吠聲更使他們的腳好似長了翅膀。

「只要我們在累倒前可以到達老製革廠，就沒問題了。」湯姆小聲說，上氣不接下氣的，「我實在撐不了太久。」

哈克只回以重重的喘息聲。兩個人都將目光盯在他們所希望的目標上，埋著頭拚命跑，只想要早點到達。他們一直很平穩的跑著，最後兩個人胸貼胸，擠進未關的大門裡，滿心喜悅但也精疲力竭的倒在可以掩蔽的陰暗處。好一會兒，他們的脈搏才逐漸趨緩，湯姆道：

「哈克，你想這件事後來會怎樣？」

「如果羅賓遜醫生死了，我想兇手應該會被判絞刑。」

「你真的這樣認為？」

「怎麼了？一定就是這樣，湯姆。」

湯姆想了一會兒，接著又說：

「那麼誰會去告密？我們嗎？」

「你在說什麼?難道你不怕出了什麼事，結果印第安喬沒被吊死?他一有機會一定會找上門來殺了我們，到時我們就會死得很慘。」

「哈克，這就是我剛才在想的。」

「若是真的有人要說，就讓莫夫．波特去說吧，如果他夠笨的話。誰知道，他一向醉得挺厲害的。」

湯姆沒說什麼——他還一直在想。然後他小聲的說：

「哈克，莫夫．波特什麼都不知道，他怎麼去跟別人說去?」

「怎麼說他什麼都不知道?」

「因為印第安喬動手的時候，他剛好被敲了一記。你還認為他可能看到什麼嗎?你還認為他會知道什麼嗎?」

「老天，說得是，湯姆。」

「而且啊，說不定那樣一敲，他也完蛋了。」

「不會的，不太可能的，湯姆。他之前喝了酒，這我看得出來，而且他也常常喝酒。只要我老爸喝醉酒，這時候你即使拿一座教堂來砸他的頭也無法傷到他。這是他自己說的。當然了，莫夫．波特的情形也一樣。但是如果這個人是很清醒的，那樣一敲，說不定就沒救了呢!」

湯姆沉默下來，又好好想了一會兒後說：

「哈克，你確定你可以保密?」

「湯姆，我們一定要保密。你很清楚的。只要我們到外面敢露出半點口風，而那個印第安魔鬼又沒被絞死的話，對他來說，淹死我們不過就當淹死兩隻貓。現在聽著，湯姆，我們來互相發誓——我們一定得這麼做——發誓我們一定要保密。」

「我同意。這樣做最好。我們是不是手握手發誓我們——」

「喔，不對，那樣做是不夠的。那樣做只夠拿來用在瑣碎的普通小事情上——特別是當跟你發誓的人是女孩子的時候，反正她們常常說話不算話，一生氣就什麼都說出來了。像這種嚴重的狀況，我們就得寫下來，而且還得用血來寫。」

湯姆不禁要為這個提議喝采讚美。這個主意既有深度，又隱密，又嚇人；而這個時候、這個場景、這個環境，更是適合做這種事。

於是他從地上撿起一片靜靜躺在月光下的乾淨松木片，從口袋裡拿出「紅龍骨」的一小部分，讓月光照在上面，然後痛苦的塗鴉了下面幾排字，每當寫到往下的筆畫時，他會寫得特別慢，然後用牙齒夾住舌頭來幫忙用力，往上的筆畫則可以放輕鬆點。

「哈克・費恩以及湯姆・索耶發誓。

他們對這件事一定要保守祕密，

如果他們說出去，

他們會在半路就倒地而死，並且腐爛生蛆。」

哈克對於湯姆寫字的流暢以及語言的高雅，真是佩服得五體投地。他立刻從翻領裡拿出一個大頭針，正要往身上刺時，湯姆說話了：

「等一下！先不要。那隻針是銅的，說不定上面會有銅綠。」

「什麼是銅綠？」

「那是有毒的，是一種有毒物質，你只要吞一點，只要一次──就會知道了。」

於是湯姆拆下他自己的針上面的線，兩個男孩各自在大拇指肚上刺了一下，擠出一滴血來。擠了好幾次以後，湯姆也慢慢的有了足夠的血，然後他以拇指肚當筆，簽了他名字的簡稱。他也教哈克怎樣寫哈及費這兩個字，如此宣誓算是完成了。

他們把那個松木片埋在靠近牆的地方，舉行了一些邪魔歪道的儀式。又念了一些咒文，如此箝制住他們舌頭的符咒就好像是鎖上掉了鑰匙的鎖。

這時有個人影偷偷摸摸從這個破敗建築物另一頭的裂洞裡爬了進來，不過他們兩個都沒有注意到。

「湯姆，」哈克悄聲說，「這是不是代表我們永遠不會說出去──永遠永遠？」

「當然了！不管發生什麼事，也不會有所不同，反正我們就是要保密。否則我們就會倒地而死──你不知道嗎？」

「沒錯，我想就是這樣。」

他們又繼續小聲說了一會兒話。這時外頭離他們不到十呎之處有隻狗發出嗥叫之聲，其聲又長又哀戚，兩人突然緊抓住對方，都陷入驚恐的痛苦中。

「牠到底是為我或是為你長嗥？」哈克喘著氣問。

「不知道──從裂縫看出去，快！」

「不要，湯姆，你去看！」

「我不行——我辦不到，哈克！」

「拜託嘛，湯姆。狗嗥聲又來了。」

「喔，老天，真是謝天謝地！」湯姆悄聲說。「我聽出聲音來了。是哈比生家的狗布爾。」

「啊，太好了——告訴你，湯姆，我差不多都要嚇死了；我還一直很肯定那是一隻野狗呢！」

狗又嗥叫了起來。兩顆心再次下沉。

「喔，天哪！那不是布爾！」哈克小聲說。「快看，湯姆！」

湯姆雖然害怕得全身顫抖，還是聽了哈克的話，將眼睛貼住裂縫。他的聲音小到幾乎聽不見：

「啊，哈克，真的是野狗！」

「快，湯姆，快！他到底是衝著我們誰而來的？」

「哈克，他一定是衝著我們兩個的——我們一直在一起。」

「喔，湯姆，我想我們這次死定了。我想我也不用懷疑死後我會去哪裡。我一直是個壞孩子。」

「老天！這都是因為我愛逃學，老喜歡做一些別人叫我不要做的事而遭到的報應！如果我好好的試試看，我或許可以像席德一樣乖——可是，我當然沒有好好嘗試。不過如果這次我可以逃過一劫，我一定會好好上主日學校的。」湯姆也開始吸鼻子。

「你壞？」哈克也開始吸鼻子。「你有什麼壞的！湯姆．索耶，跟我一比，你不過是小巫見大巫。啊！天啊，天啊，天啊，我真希望我有你一半的機會。」

湯姆停止吸鼻子悄聲說：

「瞧，哈克，瞧，牠把屁股對著我們。」

哈克瞧了一眼，心中充滿了喜樂。

「欸，真的欸，千真萬確！牠是不是本來就屁股對著我們？」

「沒錯。可是我剛才像個白痴，一點都沒想到。哎，那是一隻兇狗呢，真不知道牠是衝著誰來的？」

嘷叫聲停止了。湯姆豎起耳朵來。

「噓！那是什麼聲音？」他悄聲問。

「聽起來好像——像豬在叫。不對——是有人在打呼呢，湯姆。」

「沒錯！不知道是從哪裡傳來的？」

「我想是在房子那一頭，我覺得聽起來是從那裡傳來的。老爸以前常常睡在那裡，跟豬睡在一塊兒，可是老天啊，他打起呼來，真是驚天動地。不過我想他永遠不會再回到鎮上來了。」

男孩們愛冒險的精神又回到他們的靈魂上來了。

「哈克，如果我帶路，你敢不敢再去？」

「我沒有很想去，湯姆。別忘了，對手是印第安人呢。」

湯姆洩氣了。但是此時那股強烈的誘惑又升起，他倆都同意試試看，不過他們也都了解到如果鼾聲停止了，他們得立刻拔腿就跑。於是他們踮著腳尖偷偷摸摸的往下走去，一個在前，一個在後。

當他們離那個打呼的人不到五步的距離時，湯姆踩到一根樹枝，樹枝斷的時候還尖銳的發出「劈啊」的一聲。那個人呻吟了一下，翻了個身，他的臉剛好呈現在月光下。原來是莫夫・波特。當他翻身時，他們的心臟幾乎停止跳動，兩個人幾乎都要絕望了，但是現在擔心害怕已經過去。

他們躡手躡腳的走了出去，穿過破損的擋風板，走了一段路後才停下來跟對方告別。此時那個又長又哀戚的狗嗥聲在夜空中再度響起！他們回頭看到那隻陌生的狗就站在離波特躺的地方沒有幾呎的地方，牠的鼻子朝著天空，而牠的臉正朝著波特。

「喔，天哪，真的是他！」兩個人都同時大聲叫了出來。

「喂，湯姆——他們說兩個禮拜前的午夜十二點左右，有隻野狗在強尼・米勒家附近長嗥，後來那天晚上又來了一隻三聲夜鶯棲息在他家門外的欄杆上唱歌；可是一直到現在都還沒有死人啊！」

「嗯，那我知道。先假設沒死人，不過你也不能否認，隔個禮拜的星期六，葛麗西・米勒跌到廚房的火爐裡，身體燒得很嚴重。」

「沒錯，可是她沒死啊！而且啊，她的狀況一天好過一天。」

「有什麼好的，你等著瞧，她必死無疑，就像莫夫・波特一樣。黑人都是這樣說的，哈克，這種事他們最清楚了。」

之後他們就各懷心事的分手了。湯姆從窗戶爬進臥房時天都已經快亮了。他極度小心的脫下衣服，睡覺時忍不住要恭賀自己沒人發現他的失蹤。他沒察覺正在輕聲打呼的席德其實是醒的，而且已經醒了一個小時了。

早上湯姆醒來時，席德已經穿好衣服不見了。看天色好像已經不早了，整個氣氛也有一種遲了的感覺。

他一下子驚醒了。為什麼沒人叫他——為什麼他們沒有像平常一樣凌虐他直到他醒來？這種想法使他滿腦子都想著惡兆。五分鐘之內他已經穿戴整齊下了樓，不但還很睏，而且覺得全身痠痛。全家都還在餐桌上，不過都已經用過早餐。沒有任何譴責的聲音，不過眼神倒是躲躲閃閃的。

面對這樣的安靜以及莊嚴，自知犯了錯的小罪犯只覺一股寒意從背脊涼了上來。他坐下來，想要裝成很快樂的樣子，但那就跟爬上坡路一樣難，沒有人因此笑，或因此有了回應，最後他只好也保持沉默，放任自己的心沉到谷底。

早餐後他阿姨把他叫到一邊，湯姆以為阿姨要好好的打他一頓，甚至有一種雀躍的輕鬆感；但是結果並非如他所料。阿姨對著他掉眼淚，問他為什麼可以就這樣離開，害她年紀這麼大了，還要這樣傷心；最後還叫他去啊，去毀掉自己，讓她這個白髮人帶著悲痛進入墳墓，因為不管她再怎麼救他也沒有用了。這樣的處罰比被鞭子鞭一千下都還要來得慘，現在湯姆心上的痛比肉體上的還要更嚴重。

他哭了，祈求阿姨原諒他，還答應會好好重新做人，最後他總算得到了恩准離開的命令。但他覺得自己並沒有得到真正的原諒，他們對他的信任也是很微薄的。

當他離開時，只覺得心情非常糟，壓根兒就忘了要對席德報仇；所以席德連從後門迅速溜走都不需要。

湯姆悶悶不樂的走到學校，只覺得心情很鬱悶，很悲傷。到了學校他又因前一天逃學，跟喬．哈潑一起被處罰。被打的時候，他心中只記掛著早上更沉重的悲哀，對於所有其他的事一點都不在乎了。

他回到自己的座位上去，把手肘靠到桌上，雙手支著頤，死灰般的眼睛盯著牆看，他所受的折磨已經達到了極限，再也禁不起任何刺激。

他的手肘壓到了一個硬硬的東西。過了好長一段時間，他才悲傷而緩慢的換了個姿勢，嘆了口氣拿起那樣東西。那東西包了一層紙。他把它打開，隨即嘆了一口很長很長、綿延不絕的氣——他的心都碎了。

原來那是他送出去的黃銅把手！

這最後的一根羽毛終於壓碎了駱駝的背。

11. 良心的折磨

快要接近中午時分的時候，整個小鎮的人都被那可怕的消息給嚇到了。完全不需要電報——當時連電報是什麼東西都還想像不到呢——這消息就像長了腳，一個人傳給另一個人，一個團體傳給另一個團體，一間房子傳過另一間房子，速度大概只比電報慢一些。當然學校的校長立刻決定當天下午放假。如果他沒這樣做，恐怕鎮上的人還會覺得他很奇怪呢！

沾了血的刀子已經在屍體的附近找到，而且已經有人認出那是屬於莫夫．波特所有——整件事就這樣傳了開來。據說有個晚回家的村民在半夜一、兩點時，正好撞到波特正在清洗自己，而且波特之後立即趁機溜走——種種跡象都非常可疑，特別是清洗從來都不是波特的習慣。還有人說為了尋找這個「謀殺犯」（民眾對於過濾證據以及做成判決動作可不太慢），整個村子已經都被翻遍了，但是還是沒能找到他。每條馬路，每個方向都派了騎兵搜尋，警長則是「很有信心的」認為天黑前，就可以逮到「罪犯」。

整個村子的人都晃啊晃的往墳場的方向走去。湯姆原本的傷心早就消失得無影無蹤，他也加入那些人的行列，事實上去那個地方他有一千個不願意，但是他覺得有股可怕、無法用言語形容的神祕力量吸引他過去。

到達那個令人害怕的地方了，湯姆隨著群眾慢慢移動他小小的身軀，他看到了眼前晦暗的景象，他覺得上次看到這裡好似已經是好久好久以前的事了。

這時有人掐了一下他的手臂，他回頭一看，眼光碰到哈克的眼睛。他倆都立刻看別的地方，看看別人是否在他們相互對看中看出什麼蛛絲馬跡。但是每個人都在講話，他們的心思全放在他們眼前的可怕景象。

「可憐的傢伙！」「可憐的年輕人！」「這對盜墓者來說，應該是個教訓。」「莫夫．波特只要被逮著了，一定會被吊死。」他們說話的內容大致就是如此；而牧師則說：「這是上帝的審判；祂一切自有安排。」

現在湯姆全身從頭發抖到腳跟，這是因為他的眼睛落到印第安喬那面無表情的臉上。到了這時候，群眾已經開始騷動而不守規矩起來，行進變得困難，有聲音叫著：「是他！是他！他的本尊來了。」

「誰？誰？」有二十個聲音都在問。

「莫夫．波特！」

「喂，他停了下來——小心，他轉過身來了！可別讓他跑掉了。」

坐在湯姆頭上樹枝的人中有一個說他看起來不像要逃，倒是看起來一臉懷疑，一臉茫然。

「罪大惡極又厚顏無恥！」有個旁觀者評論：「我猜他大概想悄悄的來這裡看看他的傑作，卻沒想到這裡會有這麼多人。」

群眾分出一條路來，警長從中走出來，領著波特，手裡緊抓住他的手臂，看起來非常招搖。那可憐的傢伙可說是形容枯槁，從他的眼神中更可以看出他是多麼的害怕。當他走到那個被害者面前，他全身搖晃得好像中了風，接著他用雙手蓋住臉，嚎啕大哭起來。

「我沒殺他，各位父老兄弟，」他抽泣著：「我敢發誓絕對不是我做的。」

「誰說是你殺的？」有個聲音大聲叫著。

這麼一問倒把波特給問倒了。他抬起頭來，四周望去，眼神裡滿是慘悽悽的絕望。他看到了印第安喬，驚叫道：

「喔，印第安喬，你不是答應我你永遠不會——」

「這是不是你的刀？」警長將刀推向他面前。

波特差點摔在地上，幸好有人接住他，小心的將他置於地面。波特又說話了：

「我忽然想到如果我不回來拿——」他全身發抖，然後用他那已麻痺的手比了個潰敗的手勢說道：「喬，你告訴他們，告訴他們——不過現在講什麼也沒有用了。」

哈克和湯姆就這樣呆呆的站在那裡目不轉睛，聽著那個鐵石心腸的騙子滔滔不絕的把自己那套說詞說得滴水不漏。當時他倆每一刻都希望晴空裡會出現上帝的閃電打中那個騙子的頭，他們想知道那個閃電到底還要延遲多久。

他們原本還有點想要違背誓言拯救那個被陷害的可憐囚犯的生命，但是當他們看到那個騙子說完了，卻還好好的活著站在那裡，那股搖擺不定的衝動忽然慢慢消退，最後就消失了；因為很明顯的，那個大惡人已經將自己出賣給撒旦，跟那麼邪惡的勢力攪和可是會出人命的。

「你為什麼不一走了之？你回來這裡是為了什麼？」有人問。

「我拿我自己沒辦法——我就是拿自己沒辦法，」波特呻吟著。「我想要逃跑，不知怎的，我什麼地方都沒辦法去，只能來這裡。」說完他倒下又哭泣起來。

幾分鐘後驗屍時，印第安喬在宣誓下，用同樣鎮靜的口氣重複他的說詞；兩個男孩看到該來的閃電還是沒來，更加肯定喬已將自己賣給了魔鬼。對他們來說，他現在已經變成他們所看到最邪惡，卻也令他們產生興趣的對象。他們幾乎無法將他們受蠱惑的眼睛從他臉上移開。

他們私心裡已下定決心要找個好時機，在夜裡去好好看看他，說不定有機會看到他那令人畏懼的主人。

印第安喬幫忙將受害者的身體抬起，放在推車上好讓人推走；這時從膽顫心驚的群眾中有耳語傳著說傷口又流了一點血！兩個男孩原本希望這個幸運的跡象或許會使懷疑轉到正確的方向，但是他們失望了，因為有好幾個人評論說：

「傷口出血時，莫夫．波特果然就在不到三呎的距離內。」

這件事過後，湯姆心中可怕的祕密以及不安的良心擾亂了他的睡眠達一個禮拜之久；有一天早上吃早餐的時候，席德說：

「湯姆，你睡覺的時候，整夜都翻來覆去，不停的說夢話，害我有一半的時間都沒辦法睡覺。」

湯姆臉色發白，眼睛垂下來。

「那可是個壞預兆，」波麗阿姨嚴肅的說。「湯姆，你到底有什麼心事？」

「沒有啊，我不知道我有什麼心事。」但是他卻因手搖晃得太厲害，咖啡都灑了。

「可是你真的說了好些話，」席德說。「昨晚你說：『是血，是血，那個東西是血。』你一再說了又說。然後你又說：『不要那樣折磨我，我要說出來！』說出什麼啊？你到底要說出什麼啊？」

所有事都在湯姆眼前飄浮，湯姆真不知道今天要如何收場，但是很幸運的，波麗阿姨的臉忽然一掃原先的擔心神色，她不知道自己接下來的話解了湯姆的圍。

「當然了！他指的是那件慘絕人寰的謀殺案。我自己都幾乎每天做夢夢到呢！有時候我還會夢到是我殺的。」

瑪麗說她也同樣受到相當多的影響。席德看起來滿意了，不再追問下去。湯姆立即盡其所能的火速離開現場，之後他連續抱怨牙痛一個禮拜，每個晚上都將下巴固定用繃帶綁住。他一直不知道席德每個晚上都躺著觀察，經常故意把繃帶放鬆，然後把手肘靠上去，好聽聽湯姆在說些什麼。

聽夠了，再把繃帶放回原位。慢慢湯姆心中的煩惱消退了，也嫌假裝牙痛太麻煩，所以也不再假裝了。如果席德真的從湯姆嘴裡支離破碎的嘟囔中猜出什麼來，他也沒有說出來。

對湯姆來說，學校的同學好像老是玩不膩為死貓驗屍的遊戲，所以他腦海中的陰影總是揮之不去。席德注意到湯姆在這些遊戲中從來沒當過驗屍官，覺得有異，因為每次玩新遊戲，他的習慣是一定要當頭頭的；席德同時也注意到，湯姆也沒當證人——這也是很奇怪的；席德另外也沒漏看一個事實——湯姆甚至還對這些驗屍遊戲表現出嫌惡的樣子，只要可以，他都盡量避免。

席德對於湯姆的異樣表現感到好奇，可是他只是放在心上，沒有說出來。還好，即使像驗屍這麼好玩的遊戲也有退流行的時候，湯姆的良心總算擺脫了這個折磨。村子裡的人都極力希望能夠將印第安喬全身沾上柏油以及羽毛，趕他上街，遊街示眾，以嚴懲他盜屍的罪行；但問題是印第安喬這個人太可怕了，他們找不到願意領頭的人，所以這件事只有暫時擱下。

印第安喬在驗屍時兩次敘述打鬥都非常小心，並沒有說出之前的盜墓行為，所以大家都認為目前在法庭上先不要審那個案子是最聰明的。

12. 貓和止痛藥

湯姆可以將心思不再放在那件隱痛上的一個原因是，他另外找到一件新鮮重大的事來關心——蓓琪．柴契爾已經好幾天沒來學校了。

湯姆這段時間一直與他的自尊心掙扎著，他以為自己可以「揮揮衣袖不帶走一片雲彩」，瀟灑的把蓓琪忘掉，但是他錯了。

有一天他發現，自己每到晚上都不由自主的在她父親的房子附近晃蕩，情緒極為低落。她生病了！如果她死了怎麼辦？他滿腦子的胡思亂想，現在對於戰爭，甚至海盜遊戲都不再感興趣了。

生命的魅力已然消失，所剩唯有沉寂、荒涼。

他把他的鐵圈、球棒都收起來，因為他再也無法從中得到樂趣。他的阿姨非常擔心，找了各種藥來幫助他。她是那種對新藥以及各種可以製造或恢復健康的新發明方法非常著迷的人，所有的新產品她都非常堅持要試驗看看。

如果剛好有某種新藥出現，她會非常興奮的馬上買來試驗。

只不過不是她自己吃，因為她從來不生病，而是看看誰剛好適合吃。

她訂閱了有關健康方面以及騙人的腦相學類的所有期刊，這些書上充塞著煞有介事的無知，卻是她奉為圭臬的經典。這些書籍刊載著各種愚蠢建議，比如關於空氣流通、如何上床睡覺、如何起床、吃什麼、喝什麼、要做多少運動、要自己有什麼樣的心情、要穿什麼樣的衣服等等，對她來說都是福音。

她從來都沒觀察到這個月健康雜誌所寫的每件事，通常都與上個月所推薦的相互違背。她就是這麼一個單純的老實人，所以自然也是個容易上當的受害者。

她將她所有的密醫期刊以及密醫藥品都搜集齊全，她的醫病過程等於是騎著一匹蒼白羸弱的馬，以死亡作為武裝，其結果簡直可以說是「地獄緊隨其後」。但是她從來沒想過自己並不是那些生病鄰居的治病天使，更非神醫的化身。

這次的新方法是水療法，而湯姆這種精神不振的狀況對她來說是從天而降的良機。

每天早上她把他帶到陽光下，讓他站在小棚子裡，當頭一大盆冷水就潑了下去；接著她拿使用銼刀的方法來使用毛巾，使勁的在他身上摩擦，這下子湯姆整個醒了一半，她就把他捲進一條溼床單裡，再讓他睡在毯子裡，直到靈魂流汗，「黃色的污泥就從毛細孔排出」（湯姆是這樣形容的），這時他會有一個乾淨的靈魂了。

雖然做了這麼多工夫，湯姆還是越來越憂鬱，越來越蒼白，越來越沮喪。所以她又給他加了熱水盆浴、坐浴、淋浴，以及沖水浴。但是這孩子還是像部靈柩車一樣死氣沉沉。她開始在水中加入薄薄的一層燕麥以及水泡專用膏。她把他當成一個藥罐子來計算他的容量，每天就用這些蒙古大夫的「萬靈藥」來灌滿他。

湯姆這時對這些迫害已經麻木不仁了。他的表現讓老太太心中充滿了惶恐；她覺得無論如何一定要把他的面無表情治好。

這時她第一次聽到「止痛藥」這種東西。她立刻訂了許多，自己先試了味道，心裡充滿了感恩的心情。這東西活生生是種液狀火嘛！

所以她當即放棄水療法及其他雜七雜八的療法，把所有的希望都放在止痛藥上。她給湯姆一茶匙的分量，在旁邊十分焦慮的看著結果。

她的煩惱馬上得到了紓解，她的靈魂也再次得到平靜，因為湯姆不再面無表情。即使她在他腳下燒了一把火，這孩子也不會比此刻跳得更瘋狂，更健康。

湯姆覺得是清醒的時候了，這種生活在他不幸的狀況看來或許夠浪漫，但是卻漸漸的少了滋味，多了許多令人心煩的瑣碎事。他想過各種計畫來紓解，最後他決定假裝喜歡止痛藥。

他要求止痛藥的次數多到阿姨都受不了，所以阿姨最後叫他自行取用，不要再煩她了。如果吃藥的是席德，她就可以很放心的任他如此自動自發的吃藥，完全不用擔心什麼；但是對象是湯姆，她就得暗中察看藥瓶。她發現藥真的減少了，她卻想都沒想到那孩子是將藥拿來治療起居室地板上的裂縫。

有一天湯姆正在餵那個裂縫吃藥時，波麗阿姨的黃貓剛好走過來，嘴裡發出咕嚕嚕滿足的聲音，眼睛則貪婪的望著那個茶匙，要求湯姆讓牠嘗一口。湯姆說：

「彼得，除非你真的要，否則不要開口。」

但是彼得表示牠真的要。

「你最好很確定。」

彼得很確定。

「既然你堅持要，我就給你，我可是沒有任何壞心眼；可是如果你發現你不喜歡，除了你自己，可不要怪到別人身上。」

彼得同意了。

所以湯姆將牠的嘴撥開，把止痛藥倒了進去。

彼得當場在空中跳了兩碼高，接著發出開戰的一吼，然後開始在房子裡打圈圈，到處猛撞家具，弄倒花罐，總而言之，牠造成了一場大浩劫。

然後牠又舉起後腳四處躍騰，顯然牠正處於亢奮狀態，因為牠把頭抬高過肩，聲音宣示著牠無法止息的快樂。

然後牠在所經之處肆無忌憚的破壞東西，製造混亂及毀滅。波麗阿姨進來時，剛好看到牠在做雙滾翻，發出強而有力的歡呼聲，飛過敞開的窗戶，還將剩餘的花罐一起帶出窗外。

老太太站在旁邊嚇得目瞪口呆，從眼鏡上方盯了半天；湯姆則滾躺在地上，幾乎要笑岔了氣。

「湯姆，到底什麼東西搞得貓發狂？」

「阿姨，我不知道欸。」湯姆喘著氣說。

「哎喲喂，我一輩子也沒看過這種情形，到底是什麼使牠有這種反應的？」

「我真的不知道，波麗阿姨；貓咪玩得很開心時都是那樣瘋狂的。」

「都是那樣的，對不對？」阿姨聲調裡有點不對勁，使得湯姆警覺起來。

「是的，阿姨，我相信牠們都是那樣的。」

「你相信？」

「是的，阿姨。」

老太太彎下腰去，湯姆在旁邊看，他的不安加強了他看的興趣。

但是他對阿姨下個動作預測得太晚，那個掩飾不了的小茶匙就明顯的躺在床罩的幔帷下。波麗阿姨拿了起來。湯姆退縮了，兩眼往下看。波麗阿姨跟平常一樣抓起他的耳朵，用她的頂針大力的敲他的頭。

「先生，現在請問你當初是想要對那隻可憐的笨畜生幹嘛？」

「我是因為同情牠才餵牠吃藥的——因為牠沒有阿姨。」

「沒有阿姨！你這個傻瓜。這跟你那樣做有什麼關係？」

「關係才大呢！因為如果牠有阿姨，她就會餵牠那些藥，讓牠全身燒起來！她會烘烤牠的腸胃，毫無感情的把牠當成一個人來看！」

波麗阿姨聽了立刻覺得極為後悔。

這好比重新看過一件事情：如果那樣做是對貓殘酷，難道對小孩就不殘酷？她的心開始軟化，她覺得很難過。她的眼睛有點溼溼的，她把手放在湯姆的頭上，溫柔的說：

「我原本以為那樣做對你最好，湯姆。而且，那個藥的確對你有好處。」

湯姆抬頭看著她的臉，他嚴肅的眼神裡卻看得出閃爍著偷窺的意圖：

「我知道妳是為我好，阿姨，我那樣做也是為彼得好啊！那藥對牠也有好處，我好久沒看牠那麼興奮，到處跑來跑去。上次牠這樣還是——」

「好了，你出去玩吧，湯姆，趁你還沒再次惹火我之前。希望這次你可以努力試試，看可不可以做個乖孩子，一次也好；還有，你也不用再吃藥了。」

湯姆提早到了學校，大家都注意到這種奇怪的事情最近每天都在發生。今天，就像最近的每天一樣，他沒有跟他那夥玩伴一起玩，而是在學校大門口附近晃蕩。他說他病了，看起來也的確如此。他裝作四處看的模樣，但事實上他真正要看的是──馬路的盡頭。

這時，傑夫．柴契爾喘著氣走入視線，湯姆的臉整個亮了起來。他注視了好一會兒，然後悲傷的轉過身去。傑夫到的時候，湯姆過去跟他攀談，小心的將話題引到有關蓓琪的事情上面去。但是這個少根筋的少年卻總是沒能意會到這點。

所以湯姆還在那裡一直看，一直看，希望有個穿裙子的活潑女孩能跳入他的視線裡；但是當他看到穿裙子的主人並非他所期待的女孩時，他心裡真是恨哪！最後，沒有穿裙子的女孩再出現了，他的心沉到了谷底。

他走進一間空無一人的教室，坐在那裡靜靜受著折磨。

這時又有一個穿裙子的學生穿過校門，湯姆的心重重的跳了一下。下一秒鐘他已經走出教室，然後像個印第安人一樣，又叫，又笑，追別人，冒著跌斷手腳或喪命的危險跳過籬笆，翻觔斗，以頭著地站立──所有他能想出來的英雄行徑都做了；但同時也不忘偷偷的去看蓓琪．柴契爾是不是在注意他。

但是她看起來完全沒有意識到湯姆所為她做的一切；她看都不看他一眼。

可不可能她根本就沒發現湯姆就在那裡？所以他特別走到她的附近去做那些事：連續發出幾聲戰呼，搶走別人的帽子丟向教室屋頂，穿過一群小孩，害大家摔得東倒西歪，自己也跌個四腳朝天——剛好就跌在蓓琪的眼前，差點就撞到她了——她卻轉過身去，鼻子翹個老高。他聽到她說：「哼！有些人總是自以為聰明——老愛炫耀。」

湯姆整個臉頰都燒起來了，只有振作起精神偷偷溜走。他好似遭受嚴重的挫敗，覺得很氣餒。

13. 出航

現在湯姆下定決心了，他是個灰頭土臉、了無希望的人。

他對自己說，他是個被人拋棄，沒有朋友，沒人愛、沒人憐的傢伙；當他們發現是他們把他逼到那般田地，或許他們會很難過；他一直試著想要好好做人，想要跟他們處得來，可是他們不給他機會，對他做的唯一事情就是排拒他。

好吧，不要就不要嘛！有什麼了不起！

如果他們要把後果怪罪於他，就隨他們高興吧！

他們為什麼不應該怪罪於他？一個沒有朋友的人有什麼資格抱怨？

沒錯，他們最後迫使他走上這樣的路：犯罪的一生。他別無選擇。

此時他已經走到草原小路的盡頭了。學校的上課鐘在他耳邊似有若無的響著。

他抽泣著，心裡想他將永遠、永遠不會再聽到那個熟悉的聲音了——他很不願意如此，但情勢逼得他不得不這麼做。既然他被推進了冷酷的世界，他就必須屈從——但是他都原諒他們了。

他想得越多就哭得越快越密集。

就在這個節骨眼上，他竟然碰到了他結拜的好兄弟，喬．哈潑——他的眼光冷硬，顯然在他心中有個很大很灰色的念頭。明白的說，現在這裡是「兩個軀體一般情」。湯姆用袖子擦了擦眼睛，開始滔滔不絕的講自己下定決心要逃離家中的嚴刑峻罰及無情無義，然後他準備到海外的大世界去流浪，永遠都不要回來了。最後他說他希望喬不要忘了他。

沒想到這也正是喬要對湯姆宣布的，也正是他來找湯姆的目的。

原來他媽媽因為他偷喝奶油打了他一頓，而事實上他非但嘗都沒嘗過那個奶油，連有那個奶油都一無所知呢！他媽媽明擺著就是對他厭煩了，希望趕他走。如果她真心如此希望，他除了屈服別無他路；他希望她會因此快樂，而且永遠不要後悔自己曾經將自己可憐的孩子推向一個冷酷的世界裡受盡折磨而死。

當這兩人悲傷的走在一塊時，他們又重新立了一個契約，發誓從此以後要肩並肩成為兄弟，除非解除他們悲痛的死亡來臨，否則他們永不分離。

接著他們開始安排計畫。喬原本的計畫是要當個隱士，粗茶淡飯在遠處的洞穴裡過活，一段時日後因挨餓受凍以及悲痛而死去。

但是他聽了湯姆的計畫以後，他承認犯罪的一生聽起來有更多引人注目的好處，所以他同意一起去當海盜。

在聖彼得堡下面三哩處的密西西比河，在寬約一哩處的河上有一個長而窄、樹木繁茂的小島，島的上方有個淺沙灘，正是幽會的好地方。島上無人居住，離對面河岸有好一段距離；而對面也是一個高樹密集，幾乎無人的森林，所以他們就挑上這個傑克森島。

至於他們當海盜後要找誰下手這種問題，他們是想都沒想到。接著他找上哈克・費恩，要他一起來當海盜；他們一開口，他立刻滿口答應，因為對他來說，有什麼樣的一生都是一樣的，他根本毫不在乎。

他們約好先各自散去，然後在他們最喜歡的時刻——也就是午夜十二點——在小鎮上方兩哩的河邊一個無人的地點不聚不散，因為那裡停了一個小小的木筏，他們準備占為己有。到時每個人都要帶魚鉤、釣魚線，還要帶他們以最偷偷摸摸、最神祕的方法偷到美食——因為現在他們都是亡命之徒。

下午還沒有結束之前，他們就已經在鎮上到處散播著即將有「大事發生」的消息。散播的過程中，他們非常志得意滿於那種大人物的甜蜜榮耀。而得到這個模糊暗示的人都很小心的準備「靜觀其變」。

午夜十二點左右，湯姆帶著一個水煮火腿和一些雜七雜八的東西，先來到位於小斷崖的一個雜草堆，在這裡可以俯看集合地點。此時星光滿天，一片寧靜。這條寬闊的大河就像平和的海洋靜靜躺在那裡。

湯姆聆聽了一會兒，並沒有任何聲音來打擾這片寧靜。於是他吹了一聲低沉而清楚的口哨。斷崖下傳來了回應。

湯姆又吹了兩次，下面也傳來了相同的兩聲口哨。有個帶些許防衛的聲音問道：

「誰在那裡？」

「湯姆．索耶，西班牙海的黑色復仇者。你們也自報名號！」

「紅手哈克．費恩，以及七海恐怖分子喬．哈潑。」湯姆為他們取這些名號，這些都是從他最喜歡的文學作品中借來的。

「很好，傳暗語。」

兩個小小、沙啞的聲音同時在這個濃得化不開的夜晚傳來同樣可怕的字眼：

「血！」

接著湯姆先將火腿往斷崖扔下，自己也緊隨在後，其結果是皮膚及衣服都有相當程度的撕裂。

事實上在斷崖下沿著岸邊有條輕鬆好走的路，但是以一個海盜的價值觀來看，顯然缺乏了困難度以及危險性這兩項優點。

七海恐怖分子帶來了半爿的燻肉，為了把東西運來，幾乎把自己累壞。

血手費恩則帶來一個長柄淺鍋、大量半燻過的菸草，還有幾個玉米軸作為捲菸斗的工具。但是除了他自己以外，其他海盜都是不抽菸、不嚼菸草的。

西班牙海的黑色復仇者說如果不拿把火來開張的話，他們的事業就不會成功。

這種想法非常聰明；但火柴在那個時候那個地方幾乎還不為人所知，他們看到往前一百碼上游處的大木筏上，有個冒煙的火，所以他們躡手躡腳的走過去，準備去取一塊木頭。

他們把這段冒險過程弄得很壯觀，不時會突然停下來，舉起手指放在唇邊，發出「噓！」的聲音，還假裝手持短劍，一路揮舞。

如果「敵人」抵抗，就會以低沉令人害怕的聲音下令：「狠狠用力刺他一刀」，因為「死人開不了口」。

他們知道得很清楚，木筏上的人現在不是在鎮上採購雜物就是在狂飲作樂，但是也不能以此為藉口，就不裝模作樣的比出海盜的招式。

他們將木筏划出岸邊，由湯姆當指揮領軍，哈克划後槳，喬則划前槳。

湯姆站在船中央，皺著眉頭，交叉著手臂，以低沉而嚴厲的口氣小聲說：

「逆風航行，迎著風行駛！」

「是的，船長。」

「向前行駛，向前——行駛！」

「向前行駛，船長。」

「轉過去一點！」

「轉過去一點了，船長。」

這些孩子單調而穩定將這艘木船行駛到達中游，大家都知道這些口令是為了表現出「海盜風格」才發出的，其實是沒有任何特別涵義的。

「船上有什麼帆？」

「下桁大橫帆、上桅帆，還有船首三角飛帆，船長。」

「張起上桅帆！升到桅杆頂去，喂，你們六個——張起前桅中桅後桅的帆！振作精神，快！」

「是的，船長！」

「喔！風從左舷來了！風來了，保持不動迎著風！轉舵向左，轉舵向左！就是現在，老兄！精神點！向前直駛！」

「向前直駛，船長！」

木筏已經划過了河中心，孩子們將船頭往右，然後把槳置於一旁。河水不是很大，所以流速不會超過兩、三哩。

接下來的四十五分鐘內，幾乎無人開口說話。現在木筏已經離那個小鎮很遠很遠了。兩、三個閃爍的燈光標示出小鎮的位置，那是個平和沉睡的小鎮，依傍著如一條綴滿星星長帶子的模糊浩瀚河流，完全不知道有件驚人事件即將發生。

黑色復仇者交叉手臂動也不動的站在那裡，對著他過去的歡樂及稍後的苦痛「拋下最後的一瞥」，他希望現在「她」會看到他正在海外狂風暴雨的大海上，不屈不撓的面對危險及死亡，即使即將走上毀滅的命運，唇上仍帶著一抹頑強的微笑。

他不過用了一些想像力就將傑克森島搬到村子的視線以外，如此他就可以帶著破碎而滿足的心對著過去「拋下最後的一瞥」。

其他兩個海盜也在「拋下最後的一瞥」；他們眼光望得那麼久，差點讓木筏隨著水流飄到傑克森島的範圍之外。但是他們及時發現了危險，趕快移動木筏，避開危險。

半夜約兩點時分，木筏在島上方約兩百碼處的沙洲上擱淺，他們舉步維艱，來來回回數趟才把船上的貨物運齊。

這艘小木筏裡原本就有一個老舊的帆，他們把它拿來張開蓋在樹叢的隱匿處上方，當作遮蔽食物的屋頂；但是他們自己在天氣晴朗時還是會睡在露天，這樣才能配合他們亡命之徒的身分。

他們在離森林中心二、三十步一個陰森森的地方，靠著一塊大木頭邊生起一把火，用炒菜鍋燒了些燻肉當晚餐，還用掉他們帶來的一半玉米麵包。

能夠如此自由自在無拘無束的方式，在這麼一個無人居住、未曾開發的處女林裡盡情享樂，遠離人們的糾纏，他們覺得榮耀無比，也希望永遠不要回到文明生活去。

越燒越烈的火照亮了他們的臉龐，照紅了四周如梁柱的樹幹組成的森林殿堂，也照耀著表面磨光的樹葉以及花綵藤蔓。

當吃掉最後一片香脆的燻肉，吞下最後一口玉米麵包，孩子們伸展四肢躺在草地上，心中充滿了滿足感。他們原本可以找到一個較陰涼的地方，但是他們不願意放棄營火邊如此浪漫的情景。

「這樣還不快樂嗎？」喬說。

「樂瘋了！」湯姆回道。「不知道如果其他孩子看到我們這樣會說什麼？」

「說什麼？哼，他們來這裡會樂死——喂，哈克，你覺得呢？」

「我也這樣認為。」哈克說，「反正我自己很喜歡就是了。這已經是最喜歡的方式，不用更好的了，雖然說，我甚至沒吃飽呢！何況在這裡，沒有人可以隨便找個人挑他毛病、欺負他。」

「這正是我要的生活。」湯姆說。「你不必每天早起，不必上學、不必漱洗，所有那些愚蠢的事都不必做了。喬，你看，海盜上了岸就什麼事都不必做了，但若是隱士，他就得每天禱告，日復一日就他孤單一個人，一點都不好玩。」

「喔，真的，你說得很對。」喬說，「但是我之前並沒有好好的想清楚。現在我嘗試當海盜以後，當然認為當個海盜要好的多。」

「瞧！」湯姆說，「現在不再像古時候，已經很少有人要去當隱士，至於海盜則是一直都很受人尊敬。何況隱士還得挑最硬的地方來睡，然後還得頭上戴著粗麻布帽，抹上灰，下雨時還得站在外頭，而且——」

「他為什麼要在頭上戴粗麻布帽，抹上灰？」哈克問。

「不知道！不過他們一定要這樣做。隱士總是那樣做，如果你要當隱士也要那樣做。」

「我絕對拒絕那樣做。」哈克說。

「那麼你會怎麼做？」

「不知道，不過我知道我不會那樣做。」

「哎喲，哈克，你一定要那樣做。不然你怎麼當隱士？」

「嗯，我一定沒辦法忍受，然後就逃走了。」

「逃走！哼，你一定會是個懶鬼隱士，然後成為隱士之恥。」

血手沒有回應，因為他正專心在做他手邊的事。他已經挖空一隻玉米軸，現在他安上一根野草莖，裡面裝進菸草，然後再壓一塊燒過的炭在上頭以點燃菸，接著吐出一縷香香的煙來——他正在吞雲吐霧，真是快活似神仙。

其他兩個海盜非常羨慕他有這個高雅的惡習，私底下都下定決心要早點兒學會，這時哈克說話了：

「那麼海盜要做些什麼呢？」

湯姆說：

「喔，他們到處欺負人——搶別人的船，然後燒掉船，拿到錢以後就把錢埋藏在他們島上一些可怕的地方，好讓妖魔鬼怪來看守保護。他們還會殺掉船上的每一個人——叫他們走跳板。」

「他們會把女人帶到島上來。」喬說：「他們是不殺女人的。」

「沒錯，」湯姆同意：「他們不殺女人——因為她們太高貴了。而且女人也都長得很美。」

「而且都穿著最上等的衣服！喔，天哪！上面鑲滿金銀財寶以及鑽石。」喬興致勃勃的說。

「你是說誰？」哈克問。

「那還用問，海盜啊！」

哈克低下頭去絕望的看著自己的衣服。

「我想作為一個海盜，我穿得不夠稱頭。」他說，聲音中帶著遺憾的苦痛，「我全部的行頭都在這裡了。」

但是另外兩個人都告訴他，好衣服很快就可以到手，只要他們開始冒險生涯。他們讓他了解他那身可憐的破衣服已經夠開工當海盜了，雖然通常有錢的海盜都是穿一身得體的衣服開始他們的事業。

說著說著，他們的聲音越來越小，眼皮越來越沉重。血手的菸斗從手指間掉了下來，他了無良心負擔，疲憊不堪的睡著了。

七海恐怖分子以及西班牙海黑色復仇者較難入睡，他們直接在內心說睡前禱告然後躺下，因為沒有權威人士要求他們跪下來大聲念出；事實上他們甚至想放棄睡前禱告，只是他們害怕如果一下子就墮落到那種地步，他們可能會遭受從天而降、突如其來的特別閃電。

眼看他們受不了疲累就要步入沉睡的邊緣時，有個不速之客來了，而且請都請不走——那就是良心。

他倆開始有點模模糊糊的害怕，因為他們都做了壞事後逃跑；接下來他們想到他們偷的肉，那才是對他們最大的折磨。

他們一直想要安慰自己說自己以前也偷過幾十次的糖果及蘋果；但是良心對於他們的說詞並不買帳。

最後他們好像不得不承認一個鐵打的事實——拿糖果不過算是「小朋友偷吃」，而拿燻肉、火腿以外及那些有價值的東西就是切切實實的偷竊了——在聖經裡，那正是十誡中的一誡。

所以他們在心裡下了決定，只要他們留在海盜業裡，他們的海盜行徑絕不可再受偷竊罪行所污損。良心這次決定接受調停，這兩個矛盾得很奇怪的海盜因此祥和的入睡了。

14. 快樂營

早晨湯姆清醒時，還一時搞不清楚自己置身何處。

他坐了起來，揉揉雙眼，向四周張望，這才恍然大悟。在這個清爽而灰濛濛的黎明時分，林子裡所散發的深沉靜默中，透著一股香甜的安息與平和的意味。整個森林像個靜止的畫面：葉子一動也不動，也沒有任何聲音打擾大自然的冥想。如珍珠般一串串的露珠還停留在樹葉及草上。一層白灰覆蓋著火堆，一縷淡淡的藍煙直直升上天空。

喬和哈克還睡得正熟呢！

林子遠處現在傳來一隻鳥兒的叫聲；另有隻鳥也發出聲音回應，不久啄木鳥的啄木聲也傳來了。原本清涼灰暗的清晨逐漸發白，同時各種聲音也開始在四處響起，一日的生活就此展開。大自然搖掉了睡意，將其神奇的風貌在這個看傻了眼的男孩面前呈現。

這時一隻小綠蟲爬到一片沾有露水的葉子上來，不時抬起身子的三分之二來「到處嗅嗅」，然後繼續前進——「原來牠在丈量啊！」湯姆說。當那隻蟲自動往他這邊爬過來時，湯姆像一塊石頭一樣，坐在那裡動都不動，他的心情隨著那隻蟲的去向不明而上下起伏不定。

最後當牠決定要爬到湯姆的腿上，來一趟「湯姆之旅」時，湯姆的心真的是快樂的不得了——這（個迷信）表示他即將有一套新衣服了——這下子他就不用擔心自己當海盜時，沒有一件華麗的衣服！也不知道從哪裡跑來一群螞蟻開始在那邊做工；有一隻螞蟻奮力用手臂拖著一隻身體是自己五倍大的死蜘蛛直接往樹幹那裡去。

另外有隻棕色有斑點的瓢蟲爬上了一片草葉，懸在令人目眩的最高處，湯姆傾身說道：「小瓢蟲，小瓢蟲，趕快飛回家，你家失火了，只有小孩在。」瓢蟲一聽，立刻就揮展翅膀飛回去看個究竟——湯姆一點也不驚訝牠會有這樣的反應，因為根據老傳說，瓢蟲在這種突發狀況裡是最容易受騙的，湯姆利用牠們的單純，騙過牠們不止一次。

接著來的是一隻堅持舉著自己糞球的聖甲蟲，湯姆碰一碰牠，看牠會不會將腿緊靠身子裝死。

各種鳥類早就吱吱喳喳鬧翻天了；有隻貓鵲，是一種北方品種的模仿鳥，停在湯姆頭上的樹枝上，興高采烈的使用顫音模仿牠的鳥鄰居；接著是一隻聲音尖銳的藍樫鳥俯衝下來，像一團藍火焰。牠所棲息的樹枝離湯姆非常近，幾乎伸手可及。牠把頭歪向一邊，眼睛盯著他們那一夥陌生人，好奇的瞧個不停。

一隻灰松鼠以及一隻很像是狐狸類的大隻動物匆匆的跑過來，每隔一段時間就會看看男孩們在幹嘛，然後對他們評頭論足一番。因為這些野生動物可能以前都沒看過人類，不知道是否要怕他們。

現在整個大自然已全然甦醒過來，到處都有騷動；長矛狀的光線往下穿過或遠或近的濃密樹叢，幾隻蝴蝶在這個美麗的畫面上遽遽飛舞。

湯姆喚醒另外兩個海盜，然後三個人就一路叫喊著離開營地，不過一、兩分鐘，他們已經脫得光溜溜的，在白沙洲上的清淺水裡互相追逐或推撞。

對於那個離這一大片宏偉的水域有段距離的沉睡小村子，他們並不依戀。或許是變化無常的急流，也可能是河水輕微的上漲將他們的木筏沖走了，但是他們卻因此感到高興，因為木筏的離去象徵他們和文明之間的橋梁已然斷絕。

他們回到營地時全身好似充了電似的清爽無比，心情不但愉快，肚子也餓得什麼都吃得下，很快的營地的火焰又再度燃起。哈克在附近發現有一處清澈的冷水泉，他們用寬橡木或山胡桃葉做成杯子，覺得自然的魅力甜化了水，他們大可拿來將水當作咖啡來喝。

當喬切著早餐要吃的火腿時，湯姆和哈克要他等一下；他倆跑到河邊一個充滿希望的偏僻處，甩下釣魚線，幾乎是甩下的同時他們就有了斬獲。喬還來不及覺得不耐煩，他們已經帶著幾尾俊美的鱸魚、兩尾太陽鱸及一尾小鯰魚回來，分量多到可以餵飽一大家子的人。

他們用燻肉來炒魚，結果令他們驚訝不已——他們覺得自己從來沒嘗過如此美味的魚。他們不知道，越快把從水中抓到的鮮魚加以烹煮，吃起來就越鮮美。

另外，他們當然也沒考慮到諸多因素，如露天睡覺、露天運動、洗澡以及其中最大的一個因素——飢餓，都會使食物更加可口。

吃完早餐，他們躺在陰涼處休息，等哈克抽完菸，他們又出發到林子裡探險。

他們快樂的逛來逛去，一下子去拜訪腐朽的木頭，一下子穿過糾纏不清的草叢，在森林為數眾多如肅穆帝王的大樹中，他們用葡萄藤從樹頂一路吊到地面上來。每過一段時間，他們就會找一處鋪著草、點綴著花朵的舒服角落休息休息。

他們找到許多讓他們「見獵心喜」的東西，但是卻沒有可以讓他們「驚為天人」的。他們發現這座小島有三哩長，四分之一哩寬，有一處河岸以不到兩百碼的距離與對岸相隔。

他們差不多每個小時都要游一次泳，所以等他們回營時，下午已經快過一半了。他們餓到沒力氣去捕魚，不過還有豐盛的冷火腿可以吃，吃完就躺在陰涼處談天說地。但是很快的聊天變得索然無味，接著就戛然停止。

林子裡醞釀的沉靜、肅穆以及寂寥感，又開始撩動男孩們的情緒了。他們都陷入沉思。一股不知名的渴望爬上他們的心頭，不久漸漸成了形——那是萌芽的思鄉病。連血手費恩都夢想回到他借住的別人家門前階梯以及他用來睡覺的空心大桶。但是他們都為自己的軟弱感到羞愧，沒有一個敢勇於說出他們的想法。

他們三個好像隱隱約約聽到遠方傳來一種奇怪的聲音，這聲音已經響了好一陣子，就好像我們有時候會突然聽到平常不太注意的時鐘滴答聲。但是現在那個神祕的聲音越來越大聲，想要不聽到也難。

他們嚇了一跳，互相看著對方，各自擺出聆聽的姿勢。先是一段沒有間斷、長而深的寧靜；然後是深沉遲緩的轟隆聲從遠處飄浮下來。

「那是什麼啊？」喬壓低聲音問道。

「我也想知道。」湯姆輕聲說道。

「不是雷聲，」哈克說，聲音中充滿敬畏，「因為雷聲——」

「聽！」湯姆說，「仔細聽——不要說話。」

他們覺得自己好像等了一輩子，然後同樣隱約的轟隆聲打破了那片肅穆的寧靜。

「我們去瞧瞧。」

他們飛快的跑到靠近小鎮的河岸。他們將灌木叢分開，隔著水往對岸凝視。小小的蒸汽渡船就在村子下面一哩左右的地方，隨著水流漂蕩。渡船的寬甲板上看起來像擠滿了人。附近有許多小艇或划或漂的浮在小河上，但是他們三個實在看不出來船上的人到底在幹什麼。不久渡船的一側冒出一陣白煙來，白煙的範圍越擴越大，升上天空好似一朵懶洋洋的雲，接著群眾聽到同樣單調的聲音再度響起。

「我現在知道了！」湯姆大叫：「有人淹死了！」

「沒錯！」哈克附和：「去年夏天比爾．透納淹死那次，他們也這樣做過；他們往水面上發了一個炮彈，這樣可以使他的屍體浮到水面上來。對了，他們還會拿好幾條麵包，裡面放了水銀，讓它們浮在水面上，麵包就會往溺斃的人那裡漂浮過去，然後停在那裡。」

「沒錯，我也聽過。」喬說道：「只是我不知道麵包為什麼會有那種功能。」

「喔，其實不是麵包，不全然是。」湯姆說：「我認為大部分是由於他們在把麵包放下去前對麵包所說的話。」

「可是他們放下麵包前沒有說什麼話啊！」哈克說：「我看過那個過程，但是他們沒有說話。」

「是嗎？那倒有趣。」湯姆說：「但是他們有可能是喃喃自語。當然是這樣，大家都猜得到。」

另外兩個人都同意湯姆說得有理，畢竟一條無知的麵包如果沒有咒文的指導，怎麼可能被委以如此重任，並且期待它表現出色？

「天哪！我真希望我現在也在那裡。」喬說道。

「我也是。」哈克說：「我願意付出相當代價，只求知道到底是誰死了。」

他們幾個還在那裡仔細聽著看著。湯姆忽然靈機一動，大聲叫：

「告訴你們，我知道是誰淹死了——是我們！」

那一剎那，他們真心覺得自己是英雄。那真是甜美的勝利：大家懷念他們、哀悼他們、為他們心碎、為他們流淚，或是當他們想到以前對這幾個可憐的失蹤兒童的不好，良心就受到譴責，大家都沉溺在悔恨之中，但後悔也已經來不及了。

而整件事最好的是，身為死者，他們將成為整個鎮上談論的話題、男孩們羨慕的對象，而引人注目的惡名聲對他們來說，更是手到擒來。這實在是太好了，當海盜果然是值得的！

隨著黃昏的逼近，渡船又回去做生意了，小艇也已不見，海盜也回到營地。他們為自己的偉大及造成輝煌的麻煩，很是虛榮的大聲歡呼。

他們捉了魚，煮了晚餐，吃完後，又開始猜測村子裡是怎麼想的，又是怎麼說他們的；他們在心中描繪大家對這個不幸事件產生悲痛的畫面（完全以自己的觀點），越想越是心花怒放。

但是當夜幕低垂，他們之間的交談越來越少，只是坐在那裡盯著營火，思緒顯然飄到別的地方去了。那股興奮勁早就消失不見了，湯姆和喬無法不想到家中某些人可能無法跟他們一樣享受惡作劇的快感。

他們開始擔心，越來越煩惱，越來越不快樂，不知不覺的嘆了一、兩口氣。不久喬大著膽子怯怯而迂迴的放了一個試探的風向球——詢問大家回到文明的看法——當然不是現在，只是——

湯姆的嘲笑使他退縮了！目前保持中立的哈克選擇跟湯姆站同一邊，所以原本還猶豫不決的喬趕快為自己「辯解」。他很高興自己在膽小的思鄉病沾上身時能夠果決的甩掉它。此時海盜幫的窩裡反倒是得到有效的平息。

隨著黑夜越來越深，哈克的頭開始點個不停，不久就傳出打鼾聲。喬也追隨其後。湯姆毫無表情的把手肘撐著躺在地上，專心看著他倆好一段時間。最後他小心的跪起來，就著營火閃爍的火光開始在草堆中搜尋。

他撿起幾片大半圓柱形，白白薄薄的無花果樹皮來檢視一番，最後選了兩片他覺得最適合的。然後他跪在火邊，吃力的用他的紅色「克難筆」在樹皮上寫下字，其中一片樹片他捲起來放進外套口袋，另外一片則放進喬的帽子裡，然後把帽子放在離他主人有段距離的地方。他還放了一些學童視為無價的珍寶：一支粉筆、一個印度橡皮球、三個魚鉤，還有幾個號稱「純正水晶」的彈珠。接著他就小心謹慎的踮著腳尖穿過樹叢，直到確定他們不會聽到時，這才直接往沙洲的方向衝了過去。

15. 回家

幾分鐘後，湯姆已經走在沙洲的小水灘中，往伊諾那邊的岸上走去。在水深及腰之前，他已經走了超過一半的行程。現在水流已經不允許他繼續在水中行走，所以他信心十足的決定，剩下的一百碼以游泳完成。他奮力的往上游方向游去，但是他發現水流比他想像的還要快些，他一直被水流往下游沖去。不過最後他還是到達彼岸，在岸邊掙扎了一陣子才找到較低處爬上岸。

他把手伸進外套口袋，先確定他的樹皮還安穩的留在原處。然後他全身溼淋淋的沿著岸邊往林子的深處走去。不到十點，他走出林子，到了村子對面一片空曠的地方，看到渡船正靜靜的躺在樹蔭下，一個高高的岸邊。在眨眼的星星下萬物呈現一片寧靜。他爬下河岸，全心全意緊緊盯著看，慢慢滑入水中划了三、四下，爬進一個專門放在大船船尾的小艇裡面。他躺在小艇上的橫梁下，喘著氣等著。

不久粗嗄的鐘聲輕輕敲了起來，有個聲音下了「開船」的命令。一、兩分鐘後，大船的帆吃了風而整個膨脹起來，而小艇的頭也因此而高高舉起，航行就此開始。湯姆為自己的成功而感到高興，他很清楚那是這艘船當晚最後一次的航行。過了長長的十二或十五分鐘，輪子停止轉動，湯姆偷溜下船，在幽暗中游回岸邊，而且直到下游五十碼處才上岸，以免碰到什麼人或事壞了他的計畫。

他在人跡罕見的小巷道穿梭飛跑，很快就發現自己已到了阿姨家的後圍牆。他爬過圍牆，往側房方向走去，從起居室的窗戶看進去，發現裡面還有一處亮著燈火。波麗阿姨、席德、瑪麗以及喬．哈潑的母親正團團圍在一起談話。他們談天的位置在靠裡面的床邊，也就是床位於他們和大門之間。

湯姆走到門邊，輕輕的提起門閂，然後再溫和的壓下去，把門窄窄的開了一條縫。他繼續謹慎的推門，每次門發出嘰嘎聲都嚇得他全身發抖，最後他判定可以爬著擠進去，才小心的先把頭穿進去，開始往裡爬。

「奇怪，這蠟燭火怎麼會搖晃得這麼厲害？」波麗阿姨問。湯姆趁這個機會趕快衝進來。「我相信是因為門開著吧。嘿，門果然沒關！現在奇怪的事真是沒完沒了。席德，你去把門關上。」

湯姆及時躲進床下。他先躺在那裡，好好喘了幾口氣，然後往阿姨那邊爬去，現在他離阿姨近到幾乎伸手就可以碰到她的腳。

「但是，就像我一直在說的，」波麗阿姨說：「他不算壞，他只是——比較喜歡惡作劇。你知道，就是比較冒失、比較莽撞。他不會比一隻野馬要來得負責任。可是他從來沒有什麼惡意，事實上他是心腸最好的小孩。」說著說著，她哭了起來。

「我們喬也是同樣情形——總是一天到晚搗蛋，做盡各式各樣的惡作劇，其實他也有一顆無私善良的心——天可憐見，我竟然忘記我因為奶油酸了而倒掉，反而因為找不到奶油而賴在他頭上，鞭打了他一頓。現在我再也看不到他了，永遠，永遠，永遠也看不到了，我那可憐被我冤枉的孩子！」哈潑太太哭得好像心都要碎了。

「我希望不管湯姆去了哪裡，他的情況可以得到改善。」席德說：「但是如果他之前就變乖一點兒——」

「席德！」即使湯姆看不到老太太的眼神，他都可以感覺到此時此刻她一定怒目瞪著席德。「我們湯姆人都已經走了，你不准說他半點不是！上帝會好好照顧他——祢實在不該如此麻煩的，先生！啊。哈潑太太，我真的沒有辦法放棄他！我真的沒有辦法放棄他！雖然他常常折磨我這個老太婆，但是他也算是給了我許多的安慰。」

「上帝把孩子給了我們，又把他們收了回去——上帝保佑！但是太難了——喔，要我接受這個事實實在太難了！不過就在上個禮拜六，我們喬在我面前放了個鞭炮，我就打得他倒地不起，因為當時我完全沒有想到他會這麼快就——喔，如果重新再來一次，我會擁抱他，並為他祈福。」

「對，對，對，我完全了解妳的心情，哈潑太太，我完全了解妳的心情。不過就是昨天下午，我們湯姆把貓抓來餵了滿肚子的止痛藥，那時候我真的以為那隻貓會把房子都拆了。喔，上帝原諒我，我拿頂針敲了湯姆的頭，可憐的孩子，我可憐死去的孩子。不過他現在所有的苦痛也隨之而去，而我對他說的最後一句話卻是責備——」

但是這樣的痛苦回憶對老太太來說實在太血腥，她整個人都崩潰了。湯姆現在自己也在吸鼻子——而且他最同情的人不是別人，就是他自己！他可以聽到瑪麗在哭，不時的說他的好話。他發現自己原來有個比他原本認為的還要高尚的人格。

不過他還是深深的被阿姨的悲傷所感動，幾乎想要從床下跑出來，衝到她面前讓她高興一番

——但是若不出來，之後所造成的戲劇效果更是強烈吸引著他；所以他抗拒自己想衝出來的心，仍然躺在那裡不動。他繼續聽著，這邊一句那邊一句湊合起來後，才知道原來一開始他們都猜這三個孩子游泳時溺斃了，接著又發現小木筏不見了；然後有幾個小孩說他們三個曾經跟他們說過，村子裡快要有「大事」發生。

有一些比較聰明的人就把這幾件事拼湊起來，認定這三個孩子划著木筏離家出走，不久就會在下游的小鎮出現；但是一直到中午，小木筏在離聖彼得堡下方約五、六哩，靠著密蘇里那邊的河岸被找到了——這下子希望破滅，這幾個小孩想必是淹死了，不然沒有東西吃，他們最晚在入夜前也早該回家了。

大家都相信打撈屍體會徒勞無功，因為三個小孩一定是在河心溺斃的，不然這幾個小孩都是游泳好手，豈有游不上岸的道理。那時是禮拜三晚上，他們提到如果到禮拜天還找不到屍體，就表示毫無希望了，那麼當天早上將會在教堂舉行葬禮。湯姆聽了全身直打顫。

哈潑太太邊哭邊道別，轉身就要走了。忽然兩個傷心欲絕的女人很有默契的互相抱住對方，又好好哭了一陣，得到些許的安慰才分開。波麗阿姨也跟席德和瑪麗道晚安，態度要比平常溫柔許多。席德有些哽咽，瑪麗則是非常傷心的哭著離開。波麗阿姨跪下來為湯姆祈禱，她的祈禱裡有著數不清的愛，字字扣人心弦，她蒼老的聲音顫抖著，感人肺腑，令人鼻酸。離禱告結束還很久，一旁的湯姆早就哭得涕泗縱橫了。

波麗阿姨上床以後，湯姆還得繼續保持不動好一會兒，因為她一直會發出傷心的叫聲，翻來覆去，輾轉反側，似乎怎麼都睡不安寧。好不容易她終於安靜下來了，只是在睡夢中會發出點呻吟聲。

這時湯姆才偷偷的從床下出來，慢慢的站在床邊，他用手遮住了燭光，以敬愛的眼神注視著她。他的心充滿對她的同情。他拿出了樹皮來放在蠟燭旁邊。可是他忽然想到什麼，又開始猶豫不決。然後他的臉因為有了個快樂的解決之道而發亮，於是他很快的把樹皮收回口袋，彎下腰來親了阿姨蒼白的雙唇，再偷偷摸摸的出去，把身後的門閂上。

他順著原路回到渡船碼頭，發現那裡無人走動，就大大方方的走上大船，因為他知道此時這艘船除了一個守更的，沒有其他乘客，而那個守更的每次一上床都睡得像座雕像似的。

他解開了船尾的小艇，溜進小艇後，不久就小心的往上游划去。他往上划到離村子一哩的地方時，開始彎著腰用力划槳以圖橫渡過河，他完美的抵達對面岸邊，因為他對這種事相當熟練。他很想要強占小艇，還為自己辯護說，那可以當作一艘船，而那對一個海盜來說是天經地義的戰利品。

不過他也知道如果他們真的搜得很澈底，就可能會找到這艘小艇，那麼整件事就會被揭發開來，遊戲也就玩完了。所以他走上岸，進入森林裡。他坐了下來休息好久，強迫自己保持清醒，然後開始小心的走上最後一段路。夜已過了一大半，當他走到島上與小沙洲平行的地方時，發現天色已經大亮。

他又休息了一次，這次他等到太陽升上了高空，把大河照射得金光閃閃時，才再次投入河流中。過了一會兒，他停了下來，全身滴著水，站在營地的旁邊，他聽到喬在說話：

「不會的，湯姆最講道義了，哈克，他一定會回來的，絕不會拋下我們，他知道那樣做是海盜的恥辱，湯姆才不屑做那種事呢！他一定在忙什麼事。我很想知道他在忙什麼。」

「那麼不管怎麼說這些東西都是我們的了，對不對？」

「或許吧，不過時間還沒到，哈克。樹皮上寫著如果他在吃早飯前沒回來，這些東西就是我們的。」

「嘿，他剛好趕回來了！」湯姆大聲宣布，帶著完美的戲劇效果，優雅的步入營地。短時間內豐盛的燻肉及鮮魚早餐便準備就緒，當大家開始動手大快朵頤時，湯姆就報告（當然不免加油添醋）他的經歷。當故事講完了，他們成為一群洋洋自得而大言不慚的英雄。吃完早餐，湯姆找了個陰涼角落躲起來睡到中午，而另兩個海盜則準備釣魚及探險去了。

16. 第一根菸

吃完晚餐，海盜幫的人全部出動到沙洲去搜尋烏龜蛋。他們把樹枝戳進沙裡，如果戳到軟軟的東西，他們就會跪下來用手挖。

一個洞大概可以取出五十個或六十個蛋來。每個蛋都白白圓圓的，只比英國胡桃要小一點兒。那天晚上他們享用一頓頗負盛名的炒蛋餐，剩下來的作為禮拜五的早餐。

早餐結束後，他們又到小沙洲去跑跑跳跳、大聲呼叫，還有繞著圓圈互相追逐，邊跑邊脫衣服，直到脫光才又跑到遠遠的淺灘水中繼續玩樂，水流速度又急又快，好幾次絆得他們跌到水裡，但這也增加了遊戲的趣味性。

有時候他們會圍成一圈，彎下腰來互相用手掌往對方的臉上潑水，大家都別著臉，以免自己會被強勁的水潑得喘不過氣；大家越潑越往中間靠攏，最後就互相緊抓對方纏鬥起來，直到最厲害的人將旁邊的人整個按入水中時，他們就會全部沉到水底，幾雙白皙的手腳互相糾纏不清，浮上水面時，同時又嗆、又吐口水、又笑、又喘氣的，玩得不亦樂乎。

當他們都筋疲力竭時，就跑到乾熱的沙灘上，把全身弄成一個「大」字形躺下來，然後將自己埋在沙裡，過不了一會兒，又會跑進水裡，把剛才的遊戲再玩一遍。

最後他們忽然想到，他們赤裸的皮膚就像穿了一層膚色的「緊身衣」一樣，非常合身帥氣；所以他們在沙地上畫了一個大圓圈，一個馬戲團就此成立——團裡有三個小丑，因為誰都不願意將如此光榮的職位讓給同伴。

後來他們又把彈珠拿出來以「彈指神功」、「畫圈為限」及「勝者全拿」等規則玩了許久，直到玩膩為止。

接著喬和哈克又去游了次泳，但是湯姆不想冒險，因為他剛才在踢掉他的長褲時，不小心把腳踝上綁著的響尾蛇環也甩掉，他不懂沒有這個神祕護身符的保護，他怎麼會游這麼久腳都沒有抽筋。

後來他好不容易找到了響尾蛇環，才想要去水中探險，另外兩個人卻已經玩累了，正準備休息，他也只好放棄。

他們走著走著，漸漸的各走各的，心情也慢慢沮喪起來。不約而同的，他們思慕的眼光都跳過寬闊的大河往對岸的村莊凝視，那村子還靜靜躺在太陽下昏昏欲睡呢！湯姆發現自己不自覺的在用大腳趾在沙上寫「蓓琪」；他把它塗掉，同時為自己的軟弱生氣。

但是他又寫了一次，完全無法控制自己。他把它再次抹去，為了逃離那股再寫的誘惑力，他跑去跟另外兩個男孩湊在一起，然後三個人又玩在一塊兒。

但是喬的心情差到幾乎無可救藥的地步。原來他因為太過想家，所以完全無法振作精神，搞得自己慘兮兮。他的眼淚就在眼眶，眼看就要掉出來了。

哈克也很憂鬱。湯姆心情也不好，但他一直想辦法不讓自己的沮喪顯露出來。他有個祕密還不準備宣布；但是如果不能很快突破他們士氣低落的狀況，他就得提早說出來。他故意用興致高昂的口氣說：

「跟你們說喔，我敢打賭這個島以前一定有過海盜。我們再來一次環島探險。他們一定在某個地方藏了珠寶，如果我們能夠找到一個裝滿金銀的爛箱子，那種感覺一定很爽！你們覺得如何？」

但是這樣一番話只不過激起些許的熱情，很快就消退了，他們都沒有回答他。

湯姆又嘗試用其他活動來誘惑他們，但也都沒效果。湯姆試得自己都喪氣了。喬就坐在地上用樹枝撥動著沙子，看起來很是消沉。最後他開口說道：

「喂，我看我們還是放棄好了！我想回家了。這裡好寂寞。」

「喔，喬，拜託好不好，你一定會覺得越來越好的。」湯姆說。「只要想到在這裡自由自在的釣魚，就什麼都比不上。」

「我不想釣魚了，我只想回家。」

「可是喬，你再也找不到像這裡這麼棒的游泳地點了。」

「游泳有什麼好。又沒有人不准我游泳，我覺得我已經沒有那麼喜歡游泳了。我現在只想回家。」

「哼，我認為你就像個小嬰兒，只想回家看媽咪。」

「沒錯，我就是想回家看我媽——如果你有媽媽的話，你也會想要回家看媽媽的。我不會比你更像小嬰兒的。」喬的鼻子哼了一聲。

「是嗎？好啊，哈克，我們就讓那個哭著叫媽媽的小嬰兒回家找媽媽好了。可憐的傢伙，他是不是想回家看媽媽啊？當然是！你喜歡待在這裡吧，哈克？我們兩個人留下來，對不對？」

哈克回答說：「是——是啊。」聽起來沒什麼勁。

「我一輩子都不要再跟你說話了。」喬邊說邊站了起來。「你等著瞧好了！」他兇巴巴的走開，開始穿起衣服。

「誰管你！」湯姆說。「誰都不要理你。你回家好了，回家讓大家譏笑你，喔，你可真是個好海盜。我和哈克都不是哭著找媽媽的小嬰兒，我們都要留下來。哈克，對不對？如果他要回去，就讓他回去好了。我想即使沒有他，我們也可以過得很好的呢！」

但是湯姆顯然很不安，他看到喬穿衣服時一臉不高興的表情，也覺得很擔心。還有看到哈克眼睛盯著喬準備離去所露出來的豔羨及不祥的沉默，他也覺得很痛苦。

不久，一句告別的話都沒說，喬開始往伊利諾那邊的河岸走過去。湯姆的心也跟著往下沉。他看了哈克一眼。哈克受不了他那麼一眼，把眼睛垂下。然後哈克開口說：

「我也想走了，湯姆。反正在這裡越來越淒涼，現在感覺更糟了。我們也走好了，湯姆。」

「我才不走！如果你想走，都走好了。我是要留下來的。」

「湯姆，我還是走的好。」

「好啊，去啊——有誰擋著你了？」

哈克開始撿起散落在地上的衣服。他說：

「湯姆，我希望你跟我一塊兒走。你現在再好好想一下，我們到達岸邊時，會在那裡等你。」

「那我告訴你，可有你們等的，你們慢慢等吧！」

哈克很難過的動身出發，湯姆就站在後面看著他離開，他心中有股強烈的欲望想要放下他的驕傲，也跟他們一起走。

他希望他們會停下腳步，但是他們卻以緩慢但穩定的步伐前進。湯姆忽然發現四周非常寂靜，他又跟自己的自尊做最後一次的掙扎，然後衝向他的同伴，大聲叫道：

「等等！等等！我要跟你們說件事。」

他們停下腳步並轉過身來。他跑到他們面前，一五一十的把祕密說了出來。剛開始聽的時候，他們還一副不耐煩的表情，到後來當他們了解到他的計畫後，都發出一聲歡呼讚許湯姆，說這個計畫「太酷了」！還說如果湯姆早點告訴他們，他們是絕對不會走的。

他編一個好像挺合理的理由，解釋為什麼沒有早點告訴他們。但是其實他是怕祕密的功效有限，即使他真的早些說出來也不能留他們太久，所以他特別把它留在後頭，想作為最後的誘惑。

他們幾個就這樣快樂的回去了，然後努力的把他們的花樣又全部玩了一遍，邊玩還邊談到湯姆那個了不起的計畫，大家一致稱讚那個計畫很天才。

吃完美味的魚加蛋大餐，湯姆說他現在想學吸菸。喬一聽，也立刻說他也想學。

哈克做了菸斗，裡面裝了菸草。這兩個新手除了抽過用葡萄藤做的雪茄外，沒有吸過真正的菸，而那種葡萄藤雪茄會刺激舌頭，反正他們覺得不夠男子氣概就是了。

現在他們伸展四肢，用手肘撐著身子，開始小心翼翼的吸起菸來，抽得戰戰兢兢，不太有信心的樣子。這個菸有股令人不悅的味道，他們都有點反胃，但是湯姆卻說：

「哇！沒想到這麼容易！早知道不過這樣，早八百年前我就學了。」

「就是嘛。」喬說：「根本沒什麼。」

「好幾次我看到別人在抽菸，好希望自己也會抽，從來沒想到有一天我也會抽菸。」湯姆說。

「我的情形也是一樣，對不對，哈克？你也聽我那樣子說過——對不對，哈克？哈克你幫我作證，我真的說過。」

「真的，說了許多次。」哈克說。

「是啊，我也說過。」湯姆說：「喔，說了幾百次。有一次是走在屠宰場旁，記不記得，哈克？我說的時候，鮑勃．譚納也在那裡，還有強尼．米勒和傑夫．柴契爾。記不記得我說過那樣的話？」

「對啊，的確如此。」哈克說。「就是那一天我丟了一顆白彈珠。不對，不對，是前一天。」

「瞧——早就跟你說了！」湯姆說。「哈克都記得。」

「我相信我可以吸菸斗吸一整天，」喬說。「我不覺得有什麼不舒服。」

「我也不會不舒服。」湯姆說。「我可以吸一整天。可是我敢打賭傑夫．柴契爾就做不到。」

「傑夫．柴契爾！哎啊，他大概吸兩口就昏倒了。應該讓他試一次看看，他就知道了！」

「我猜也是。還有強尼．米勒——我真希望能看一次強尼學抽菸的樣子。」

「喔，我也好想看看！」喬說。「嘿，我敢打賭，強尼．米勒絕對受不了。只要小小一口，他一定投降。」

「你說得沒錯，喬。對了，我真希望那些男孩現在可以看到我們。」

「我也是。」

「喂，這樣子好了，先不要告訴他們我們會抽菸的事，以後找一次大家都在的時機，我就走到你面前說：『喬，有菸嗎？我想吸菸。』然後你就一副不在意，沒有什麼的樣子回說：『有啊，我還有一支舊的，另外還有一支，但是菸草不是很好。』我就說：『喔，沒關係，只要夠勁就好。』然後你就拿出菸斗來，把他們嚇得一愣一愣的。」

「太棒了，一定很好玩，湯姆！真希望現在就來玩。」

「我也希望！如果我們告訴他們，我們是在當海盜時學會抽菸的，他們一定恨不得他們也能跟我們來。」

「我想也是。我敢打賭他們一定也想來。」

然後他們又繼續說個不停。可是不久就逐漸失去樂趣，講得越來越支離破碎。接不上話的情形持續發生，而吐痰的情形則是大幅增加。

他們嘴裡的每個毛細孔都變成噴水的水池；水出來得太快，他們幾乎來不及汲出舌頭下的水，嘴裡眼看就要氾濫成災。

他們雖然盡量把水吐出來，但是口水還是不斷往喉嚨裡流，每次都引起一陣反胃。兩個孩子現在看起來都很蒼白、情況很糟。

喬的菸斗從他無力的手指間掉落，湯姆的菸斗接著也掉了下來。兩個噴水池越噴越多，幫浦也盡全力的工作。喬微弱的說：

「我刀子不見了！我想我最好去找找。」

湯姆也說了，嘴唇顫抖著，聲音斷斷續續的：

「我去幫你。你到那邊去找，我繞過泉水到另一邊去找。不用了，哈克，你不用來——我們去找就好了。」

所以哈克又坐了下來，等了一個小時後，他覺得很孤單，決定去找他的同伴。他們都在林子裡，但兩個離得很遠，臉色都很蒼白，也都睡得很熟。但是哈克看了看他們的狀況，覺得即使他們原先有什麼麻煩，顯然現在也已經解決了。

那天晚上吃飯的時候，他們兩個的話都不是很多，臉上都帶著點謙卑的神情。飯後當哈克準備菸斗時，正想也為他們兩個準備，卻被拒絕了，因為他們都覺得不太舒服——想必是晚餐吃到不對的東西了。

午夜時分喬醒了過來，把另外兩個也叫醒。空氣中似乎在醞釀著什麼，有股濃得化不開的沉鬱。即使無風的氣氛中死氣沉沉的熱氣令人鬱悶難受，他們幾個還是緊緊的縮在一塊，尋求火的友情陪伴。

他們靜靜的坐著，專心的等待。肅穆的沉靜持續著。火光所無法照射到的所有東西，全被黑暗所吞沒。

不久，有一條顫抖的光模糊的顯露出樹木來，可是不久就消失了。

逐漸的，又一條較強的光照射下來，然後又一條。接著一個隱隱約約的呻吟聲穿過森林的樹枝而發出，他們感覺臉頰上好像有股快速通過的氣息吹過，他們想像是午夜幽靈的來臨，不禁全身直打顫。

此時一切靜止。接著有道奇怪的閃光將黑夜轉換成白天，他們腳下每個小小的草葉都一片片的清晰可見。而亮光也凸顯出三張蒼白驚嚇的小臉蛋。隆隆作響的雷聲從天空一路響下來，但在遠處發出陰鬱的響聲後消失不見。

一股冷颼颼的風吹過，把樹葉都吹得沙沙作響，灰燼也在火堆附近如雪片般四處飛揚。另有一道強烈而炫目的光照亮了森林，緊隨其後的是一陣撞擊聲，好像要將他們幾個頭上的樹枝劈裂似的。他們在之後濃得化不開的黑暗中，害怕的緊抓對方。有幾顆大顆的雨滴墜下來輕拍樹葉。

「動作快！趕快跑回帳篷。」湯姆大聲嚷著。

大家都跳開了，在黑暗中踩過草根及樹藤，各自衝向不同的方向。一陣憤怒的風穿過樹叢怒吼，所經之處，每樣東西都隨之發出聲音，刺眼的閃光一道接過一道，繼之而來的是震耳欲聾的雷聲。現在傾盆大雨以及成形的暴風一陣陣的襲擊地面。

他們幾個互相叫喊著，但是強風的狂吼及隆隆的雷鳴全然蓋住了他們的聲音。不過他們最後還是一個接一個跑回帳篷尋求庇護，雖然那時的帳篷已經淹水，而且又冷又可怕。

但是在困境中能有人相伴似乎是件值得感恩的事。他們無法交談，因為即使其他的嘈雜聲全都停下來，單憑老舊的帆布在風雨中憤怒的揮拍聲就可以使談話變得不可能。

暴風雨越來越強烈，不久帆布從拴綁處鬆開，整片帆布在狂風中飄蕩。他們互相牽著手逃，一路上跌跌撞撞，全身傷痕累累，最後躲在一棵位於河邊的巨大橡樹下。

目前的戰役正處於高峰。在一陣又一陣突如其來的閃電攻擊下，天空像上了一層火焰，天空以下的所有東西看起來都輪廓鮮明，連影子都沒有；彎腰的樹木、波濤洶湧的大河泛起白沫、激起的浪花四處揮灑、對面高崖的模糊輪廓，都在飄浮的雲間及傾斜而下的雨幕間忽隱忽現。

每過一小段時間，總有一些巨大的樹屈服於暴風雨，倒下墜毀在較年輕的樹之間。不屈不撓的雷聲目前是以一種極端刺耳的爆裂聲出現，尖銳而激烈，毛骨悚然的程度無以名狀。

暴風雨以大無畏的姿勢所向披靡，小島無所遁形，似乎要在同一時刻裡將小島撕成碎片、燒得片甲不留、淹到樹梢、吹個無影無蹤、震聾島上所有生物。對於這幾個無家可歸的小孩來說，這樣一個瘋狂的夜晚，身處荒郊野外的確夠他們受的了。

不過戰役終有終止的一刻，狂風暴雨的威脅及嘮叨逐漸減弱，一切又歸於平靜。他們回到營地，十分驚訝於眼前所見。不過他們覺得還是有值得感恩之處，因為那棵無花果樹，也就是他們睡床的遮蓋物，被閃電擊中，目前已經倒在地上，他們運氣真好，慘劇發生時不在現場。

所有營地的東西都溼透了，包括營火；怎麼說他們就像他們那一代一樣，只是嘴上無毛辦事不牢的小孩，對於防雨措施一無準備。

這一刻真是慘到極點，因為他們不但全身溼透而且冷得打顫。他們看起來真的是糟透了，不過不久他們就發現火燒得很深，一直深到大木頭的下面，所以等於下面也燒到了（而且燒到的木頭是懸空沒有碰到地面），有一塊手掌大小的地方竟然因此逃過淋溼的命運。

他們耐下性子從沒淋溼的木頭下面搜集了小木屑及樹皮來引火，總算重新點著了火，使它繼續燃燒。然後他們又堆起一層層的大枯樹枝，直到堆成一個吼吼作聲的火爐，心中那份懸著的心總算放了下來，笑容也重新出現。

他們把熟火腿燒乾，好好吃了一頓。吃完後，他們坐在火邊開始誇張並炫耀起他們的午夜冒險，一直聊到天亮；反正到處都溼漉漉的，找不到一個乾燥的地方可以睡覺。

當陽光開始偷偷的爬上他們身上時，他們已是昏昏欲睡，所以他們跑到沙洲上去，躺下來睡覺。躺到後來全身幾乎都要被燒焦了，才精神委靡的起來準備早餐。吃完後他們覺得全身筋骨都不對勁，關節僵硬，思鄉的情緒再次侵襲。

湯姆看出來了，所以盡量拿出十八般武藝來逗樂這兩位海盜。但是他們現在不管是對彈珠、馬戲團，還是游泳，或其他的事情都不再感興趣。

他再次提醒他們那個深具戲劇性的計畫，算是發揮了一點效果，又使他們快樂起來。趁著他們還有興致，他又趕快想出新點子來玩。這次他們暫時不玩海盜，他們想改變一下，要玩印第安人。他們立刻被這個點子所吸引，沒有多久他們已經全身精光，像斑馬一樣，從頭到腳用一道道的黑泥抹上身子，當然了，他們每個都當酋長——然後一路殺出林子去攻擊一處英國殖民地。

不久他們分成三個敵對的部落，先埋伏後喊著可怕的戰呼衝出來攻擊對方，互相殺了對方割下頭皮數以千計。這真是血腥的一天，但也因為血腥，他們感覺過得十分充實。

快到晚餐時分，他們在營地集合，既飢餓又快樂。按照遊戲規則，敵對的印第安人要先講和，才能夠一起分食麵包；但是如果他們不先吸一口和平的菸斗，他們是不可能講和的。他們從來沒聽過有任何其他的方法可以講和。

他們中的兩個現在甚至希望自己當海盜就好了。但是既然沒有其他替代方案，他們只好盡量裝成雀躍的樣子，依照一定的形式，抽起菸斗，吞雲吐霧一番。

但是且慢，這下子他們又很高興他們玩印第安人遊戲了，因為他們有了收穫——他們發現自己現在可以連續吸一陣子菸，不用藉口離開去找一把不見的小刀子，也不會因為覺得噁心而太過不舒服。在這麼一個高度期待的目標上，要他們不花點力氣去學習就放棄是不可能的。

所以在吃完晚飯後，他們又小心的開始練習抽菸，結果成績斐然，於是歡歡喜喜的過了一晚。他們在這件新學到的本事上所獲得的驕傲及快樂，遠剩於剝掉六國聯軍的頭皮甚至他們全身的皮。

既然我們目前對他們沒有進一步的需要，就留他們在那裡抽菸、閒嗑牙和吹牛吧！

17. 參加自己的葬禮

但是在同一個平靜的週六下午，在聖彼得堡這個小鎮上卻一點都快樂不起來。不管是哈潑家還是波麗阿姨家，都穿上了喪服，每個人都是滿臉的哀戚及眼淚。

一股不尋常的寂靜籠罩了整個村子，憑良心說，平常村子就已經夠安靜的了。村民故意不提這件事以及裝出不在意的神情來表達他們的關心；但是他們依舊不停的嘆息。

禮拜六的假期對孩子們來說反而成了一種負擔。他們不管做任何活動都提不起勁來，逐漸地，他們什麼都不玩了。

那天下午，蓓琪．柴契爾獨自一人在學校空蕩蕩的院子裡，沒有意識的走來走去，心裡覺得很悲傷。但是她發現那裡找不到任何可以慰藉的東西。

她自言自語道：

「喔，真希望能夠再次擁有那把黃銅把手！現在我手中沒有任何可以懷念他的紀念品了。」她拚命壓抑自己的哽咽抽泣。

不久她停下腳步，又對自己說：

「就在這裡。喔，如果那件事再次發生，我不會再那樣說了——我再也不會那樣說了。但是現在他已經走了，我永遠、永遠、永遠都看不到他了。」

這樣的想法讓她心情很沉重，她的眼淚垂在臉頰上，不由自主的又走開了。

不久有一大群男孩女孩——都是湯姆及喬的玩伴——過來了，他們就站在那裡看著白圍牆，以尊敬的口氣提到湯姆是如何如何，上次看他和喬又是如何等等這個那個的瑣事（現在他們可以很輕易的看出，那些都是充滿凶兆的）。

每個說話者都明確的指出當時失蹤的小孩是站在哪個位置，同時還加上一句：「而我就站在那裡，就好像我還是我，而你是他，我們就靠得這麼近，然後他輕輕的笑著，就是這樣笑——那樣的記憶歷歷如在眼前，真的是好可怕，你知道的，當然了，當時我還不知道那有什麼涵義，不過我現在知道了。」

然後他們開始爭辯說誰是死去孩子生前最後見到的人，很多人都很難過的宣稱自己竟是最後見到他們的人，還提出了證據，但也都多多少少被證人反駁了。直到最後總算釐清誰是真正看到死者的最後一面，並且還跟他們做了最後一次交談，那是幸運的一夥人忽然都戴上光環，整個人都重要起來，其他的人都以瞠目結舌以及羨慕的眼光看著他們。

有個傢伙很可憐，他實在插不上話，他從記憶中強擠出可以跟湯姆沾上的事情，驕傲的說：

「湯姆．索耶曾經揍過我一次。」

但是他企圖獲取榮耀卻失敗了，因為有太多小孩都可以那樣說，這樣一來，那種經驗就沒什麼價值可言。

那群孩子不久就慢慢走掉，口中還念念不忘殞落的英雄，口氣中充滿敬畏。

隔天早晨當主日學校結束時，鐘聲以一種異於平常的方式開始響起。

那天是個非常平靜的安息日，哀悼的聲音好似與大自然的沉寂及安靜相配合。村民開始往教堂聚集，到了教堂門前他們會先停下來輕聲談著那件悲傷的事件。

但是到了屋裡，就沒有人再說話了，干擾那份清靜的只有女士坐上椅子時的葬禮服交錯所發出的沙沙聲。沒有人能夠記起這座小教堂上回同樣擠下這麼多人是在什麼時候。

接著是一陣等候的停頓，期待的沉默，然後波麗阿姨出現了，後面跟著席德、瑪麗，以及哈潑一家，都穿著深黑的衣服。

他們一進來，教堂裡所有的人，包括老牧師本人，都尊敬的站了起來，等喪家在第一排長條凳上入座後，大家才跟著坐下。

接著接受聖餐又是一片寧靜，只有間歇性壓低的哭泣聲打破了寧靜。然後牧師伸開雙手開始禱告。

再來是一首感人的聖歌，最後是一段經文：「我即是復活，我即是生命。」

在儀式進行時，牧師將幾個死去孩子的美德、迷人之處以及無可限量的前途都描繪得煞有介事，使得所有的聽眾聽了都心有戚戚焉，覺得以前自己都誤會了他們，一直以來都只看到那些可憐孩子的缺點及過錯。

牧師又講了他們生前許多感人的小故事，把他們甜美、大方的天性表露無遺，大家聽了自然而然的認為那些小故事是多麼高尚美麗。

他們回想起事件發生時，他們竟然把那些行為當成小壞蛋的惡行，真是太不應該了！原來該挨鞭子的是他們呢！

感人的故事一個接著一個，群眾聽得越來越感動，最後整個教堂都控制不住，加入喪家痛哭的行列，牧師本人也放縱自己的感情，就在講道壇上哭了起來。

在走廊上有一陣窸窣聲，可是沒人注意到；不久教堂門開了一條細縫，牧師把手帕拿開，抬起他淚流成河的雙眼，站在那裡整個人都呆住了！

陸續有人跟著牧師的眼光也往大門望去，然後幾乎整個教堂全體一致猝然站了起來，盯著那三個死去的男孩走在走道上，湯姆最前，接著是喬，最後是哈克，穿了一身破爛的衣服，羞怯的從後面偷偷溜進來！

他們早就藏在不用的走廊好一會兒了，專心聆聽自己葬禮的布道！

波麗阿姨、瑪麗以及哈潑一家都立刻衝過去抱住他們失而復得的孩子，不斷的親吻他們，不斷的感謝上蒼，只有可憐的哈克羞愧而不自在的站在一旁，不知道在這麼多歡迎的眼光下要做什麼，或是要躲到哪裡。

他搖擺著，然後準備要逃開，但是湯姆抓住他說：

「波麗阿姨，不公平。一定有人也很高興看到哈克吧！」

「當然了，我就很高興看到他，可憐沒有媽媽的孩子。」只是波麗阿姨對哈克關愛的注意比先前更讓他覺得不自在。

忽然牧師以他最高音量大聲叫道：「讚美主，所有祝福，皆為主賜——唱吧——全心全意的唱吧！」

大家都唱了起來。

百首聖詩以耀武揚威的姿勢唱了出來，當歌聲震動教堂的柱子時，湯姆眼睛把那群羨慕他的少年掃了一遍，承認那一刻是他有生以來最光榮的一次。

被騙的民眾在離開教堂時都說，他們幾乎願意再被戲弄一次，好用那種方式再聽一次百首聖詩。

湯姆那天得到許許多多的耳光及親吻——全依波麗阿姨當時變化無常的心情而定——甚至於比他一整年所得到的還要多。他實在不知道到底是耳光還是親吻才真正代表阿姨對上帝的感激及對他的摯愛。

18. 洩密

計畫跟他的海盜兄弟一起回家參加自己的葬禮正是湯姆的大祕密。

他們在週六黃昏就乘著一塊大木頭一路划經密蘇里那邊的河岸，在村子下面五、六哩的地方上岸；他們在小鎮邊的林子睡到天快亮才醒來，然後就專挑後街小巷偷偷摸摸的溜回來，最後到了教堂，就在頂層的樓座一堆廢棄的長凳中睡了一個回籠覺。

週一早餐時，波麗阿姨及瑪麗對湯姆充滿憐愛，所以對他所有的需要都非常注意。在飯桌上很少像這一餐說了這麼多的話。早餐進行一半時波麗阿姨說：

「嗯，我不是說你這個玩笑開得不好，真的，搞得大家痛苦一整個禮拜，你們卻好好的玩個痛快，這也算是本事。但是我真的很難過你竟然可以那麼狠心讓我受盡折磨。既然你可以坐一塊大木頭回來參加你的喪禮，你就可以回來給我些暗示讓我知道你還活在世上，只是跑掉而已。」

「就是啊，最少你可以那樣做的，湯姆。」瑪麗說：「而且我相信如果你曾經想到，就一定會那樣做。」

「你有想到嗎，湯姆？」波麗阿姨問，她的臉上亮著渴望。「你現在可不可以告訴我們你是否曾想到過？」

「我——嗯，我不知道欸。那樣會破壞所有的事。」

「湯姆，我真希望你有那麼愛我。」波麗阿姨說，她聲音中的悲傷讓湯姆聽了很不安。

「其實你有沒有做並沒有關係，只要你考慮到我的感受，想到要那樣做就夠我高興的。」

「阿姨，他想不想有什麼關係，」瑪麗為湯姆求情，「湯姆本來就年輕不懂事嘛——他做什麼事都是隨性所至，怎麼可能想到其他什麼。」

「我只是覺得很遺憾。席德就會想到那樣做。而且席德不但會想到，而且還會直接回來通知我。湯姆，你再回想這件事，你會希望你能多關心我一點，畢竟那只是花你一絲絲的心力。」

「可是阿姨，妳知道我很關心妳的。」湯姆說道。

「如果你裝得像一點，我會多知道一點。」

「我真希望我曾想到，」湯姆的聲音帶點後悔，「不過我倒真的做夢夢到妳呢！這樣也算關心妳，對不對？」

「這哪算，連貓都做得到，不過怎麼說，總比什麼都沒有好。你做了什麼夢？」

「嗯，就是在禮拜三晚上我夢到妳坐在床邊那裡，席德坐在木箱子旁邊，瑪麗則坐在他旁邊。」

「沒錯，我們的確是那樣坐的，只是我們一直以來都是那樣坐的！你會這樣費心夢到我們，我已經很感動了。」

「我還夢到喬．哈潑的媽媽也來了。」

「哇，她那天真的來到這裡呢！你還夢到什麼？」

「嗯，好多，但是現在已經很模糊了。」

「那你多花點腦筋回想嘛，不行嗎？」

「不知道為什麼我好像覺得有陣風吹來，吹掉了！吹掉了！」

「再用力想，湯姆！風的確把一樣東西吹掉。加油！」

湯姆用手指壓著額頭壓了整整令人焦慮的一分鐘之久，才說：

「想到了！我現在想到了！是把蠟燭吹熄了！」

「老天爺保佑！你再繼續講，湯姆，再繼續下去。」

「我好像記得妳說：『我相信那個門……』」

「再繼續，湯姆！」

「讓我想一會兒嘛，只要一會兒。喔，想到了，妳說妳相信門是開著的。」

「當我坐在那裡時，我的確說了那樣的話！是不是，瑪麗！再繼續！」

「然後……嗯，我不太確定，但是好像妳叫席德去——去幹嘛什麼的。」

「然後呢？然後呢？我叫他做什麼事，湯姆？我叫他做什麼事？」

「妳叫他——妳——喔，妳叫他去把門關上。」

「哇，好傢伙！我一生中從沒聽過做夢做得那麼準確的。以後有人告訴我不要相信做夢，我再也不要聽他們的。我一定要趕快告訴莎瑞妮·哈潑。她每次都說『那些都是迷信』這種鬼話，我倒想看看她知道這個以後的反應。再講啊，湯姆！」

「現在我的夢境清楚多了，好像在白天一樣。接下來妳就說，我其實不算壞，只是比較愛惡作劇，比較冒失莽撞，不會比一隻野馬要來得負責任，是說野馬吧，或是其他什麼動物。」

「沒錯，就是那樣！我的老天爺！再說啊，湯姆！」

「然後妳就哭了起來。」

「我真的哭了，真的。但那也不是頭一回哭了。然後……」

「然後哈潑太太也哭了起來，她說喬也是同樣情形，她說她希望她沒有因為找不到奶油就把他鞭打了一頓，其實那奶油是她自己倒掉的——」

「湯姆！你一定被上了身！你簡直是在預言嘛——你在做的事就是預言！上帝有靈！再說吧，湯姆！」

「然後席德就說，他說……」

「我不記得我說了什麼。」席德說道。

「席德，你的確說了些話。」瑪麗說道。

「你們都閉嘴讓湯姆說！湯姆，他說了什麼？」

「他說——我想他說不管我去了哪裡，只希望我的情況可以得到改善。但是如果我之前就變乖一點兒。」

「老天，就好像你在現場聽到的一樣！他就是那樣說的。」

「但是妳立刻就嚴厲的阻止他說下去。」

「我真的阻止他了！當時一定是有天使！雖然不知道是在哪裡，但是當時一定有個天使在現場！」

「然後哈潑太太提到喬用鞭炮嚇她的事，妳也提到彼得及止痛藥的事……」

「就像我活著一樣真！」

「後來又談到許許多多關於到河裡打撈我們，還有禮拜日舉行葬禮的事。最後哈潑太太和妳又摟又哭的，才離開。」

「沒錯，那個晚上就是那樣！發生的情形跟你講得一模一樣，就像我坐在這裡一樣真。湯姆，你即使親眼看到，也不能說得更真了！然後呢？再說啊，湯姆！」

「我想後來妳就為我禱告——我可以看到妳，也可以聽到妳說的每一句話。然後妳上床睡覺，我心裡覺得很抱歉，所以就拿出一片樹皮上面寫：『我們沒死——只是去當海盜了！』然後把它放在桌上的蠟燭邊；然後妳看起來很好，躺在那裡睡覺，我想我就走過去，彎下腰來親了妳的唇。」

「真的嗎，湯姆？你真的那樣做了嗎？只要你真的那樣做，你做的所有事我都會原諒你。」她抓住湯姆緊緊的抱住他，緊到湯姆以為自己是罪惡深重的歹徒。

「那樣做真的很好，雖然那只不過是——一場夢。」席德用別人剛好聽得到的聲音自言自語。

「席德，閉嘴！一個人做夢時做的事跟醒著時沒有什麼兩樣。我這裡有個大蘋果是我一直為你留著的，湯姆，準備在找到你時要給你的，現在你帶著這個蘋果去上學吧！感謝上帝！感謝天父！你可以重回我的懷抱，對於相信上帝以及信守上帝指示的人來說，這段折煞人的時間很長，但結果卻得到上天的保佑。

「我雖無德無能，但是如果只有那些有德有能的人才能在困境中得到上帝的祝福及幫助，當漫漫長夜來臨時，恐怕沒有什麼人可以在這裡微笑或是得到永恆的安息。好了，席德，瑪麗，湯姆，你們快去上學吧——你們已經耽擱我不少時間了。」

他們三個就離家上學去了，而波麗阿姨則出門去找哈潑太太，要用湯姆不可思議的夢來打破她那可笑的實事求是。

席德在離家時心中做了些判斷，但是他覺得他還是不要說出來的好。他的判斷是：「不太可能吧——一個那麼長的夢，竟然連一點都沒說錯。」

湯姆變成多大的一個英雄啊！現在他走路不會蹦蹦跳跳，也不會橫衝直撞，因為身為一個海盜，群眾的目光都在他的身上，所以他現在走起路來是昂首闊步，一派威嚴。

當他走過人群時，他總是要裝成看不到別人的眼光，或是聽不到別人對他評頭論足的樣子，但是他們其實是他的精神糧食，他就是靠他們才能存活的。比他小的孩子們會圍在腳邊，覺得能夠跟他一起出現，被他容忍是種很大的榮耀，就好像他是行進行列中帶隊的鼓手，或是領著一群動物進城的大象。

跟他一般大的孩子則根本假裝不知道他曾經離開過；但是他們的假裝是帶著羨慕的。他們願意拿所有東西來換湯姆曬得黑黝黝的皮膚以及閃閃發光的惡名，而即使有人拿一整個馬戲團來跟他交換這兩樣，湯姆也不會答應的。

在學校裡，孩子們把他及喬都捧得太高，眼裡也總是傳達著滔滔不絕的讚賞，使得這兩個英雄不久就變得令人受不了的「趾高氣昂」。

他們開始對那些飢餓的聆聽者講那些冒險的經歷——但是他們只講開頭不講結尾，因為像這種冒險經歷不太可能有結尾，只要用些想像力就可以編出許多，所以講都講不完。最後，他們拿出菸斗來，然後平靜的噴出幾口煙時，他們的榮耀終於達到了最高點。

湯姆決定自己已經擺脫蓓琪．柴契爾的陰影了，因為他擁有的一切已經夠他榮耀了。他靠著那榮耀就可以過活。

現在他已經成名立萬，或許她比他還希望「講和」呢！那就讓她來講和吧！她應該看看他也可以跟某些人一樣冷漠不在乎。不久她也到了學校。

湯姆假裝沒有看到她，他故意走開去加入一群男生女生，開始跟他們交談。

他很快就觀察到她的臉發紅，眼睛閃爍，不斷的來回走來走去，假裝在追逐同學；他也注意到她總是在他附近追到同學，而且有幾次她看起來似乎有意識的向他這個方向看了好幾眼。這真是滿足了他不可言喻的虛榮。

就因為被他看出來了，所以她不但沒有「贏得他」，反而把他慣得更壞，使他更努力掩飾自己知道她在幹什麼的事實。

不久她停止胡鬧，有點手足無措的走來走去，嘆了一、兩次氣，私底下以渴望的眼光瞥了湯姆好幾眼。然後她觀察到湯姆目前跟艾咪．勞倫斯說話說得特別多。她立刻有股刺痛的感覺，心裡覺得不安及煩躁。

她想走開，但是她的腳不聽她的使喚，反而把她帶到那夥人那裡。她裝成很活潑的樣子，對一個幾乎就站在湯姆肘邊的女孩說：

「哎呀，瑪麗．奧斯丁！妳這個壞女孩，主日學校怎麼沒來？」

「我去了啊──妳沒看到我嗎？」

「真的嗎？我怎麼沒看到！妳坐在哪裡？」

「我在彼得斯小姐的班上，我一直都在那一班的。我倒是看到妳了。」

「真的？哇，好好玩，我竟然沒有看到妳。我是想要告訴妳野餐的事。」

「喔，那太棒了。是誰舉辦的？」

「我媽媽答應讓我辦一個野餐。」

「喔，太好了；我希望她能夠讓我參加。」

「她當然會請妳。野餐是為我辦的，只要我想請誰，她就讓誰參加，而我想請妳參加。」

「太好了。哪一天要野餐？」

「不久吧。可能是在放假的時候。」

「喔，到時候一定會很好玩！妳會請所有的男孩和女孩嗎？」

「對，我會請我所有的朋友——或是想做我朋友的人。」她又偷偷看了湯姆一眼，但是他在跟艾咪．勞倫斯說話，正說到島上遭遇到如何可怕的暴風雨，閃電是如何把大無花果樹劈成「碎片」，而他那時「正站在離樹不到三呎的距離」。

「我也可以去嗎？」葛瑞西．米勒問道。

「可以。」

「我呢？」莎莉．羅杰斯問道。

「可以。」

「我也可以嗎？」蘇西．哈潑問道，「還有喬呢？」

「都可以。」

就這樣一個接著一個，那一夥人全都要求參加野餐，並且高興的拍起手來——除了湯姆和艾咪。然後湯姆很酷的轉身走開，走的時候還把艾咪帶走，口中還說著話。蓓琪的嘴唇顫抖著，眼淚在眼眶裡打轉，但是她強迫自己用歡樂的語氣繼續聊天來掩飾她的失態。

但是現在對她來說，野餐在她生命裡已經毫無意義，其他所有的事情也都毫無意義；她一找到機會就立刻走開，找個地方把自己藏起來，然後像女孩子常說的，好好哭一場。哭完了，帶著受傷的自尊，她陰晴不定的坐好，直到上課的鐘聲響起。

她站了起來，眼中閃著懷恨的眼神，甩一甩辮子，她對自己說，她知道她該怎麼辦。

下課的時候，湯姆繼續志得意滿的跟著艾咪打情罵俏。但是他同時也晃來晃去的找著蓓琪，想要讓她看看他的威風好傷害她。

最後他發現了她的蹤影，但剎那間他的心往下掉。

她正和阿弗列德．鄧普一起舒服的坐在校舍後面的小長凳上看著一本畫冊，他們看得非常專心，兩顆頭近得幾乎就要碰到一塊兒，看起來好像完全無視於外面的世界。

湯姆的血管裡流著因嫉妒而發紅發熱的血。

他開始恨自己竟把蓓琪提供給他的和解機會，拱手讓人。他不禁要罵自己笨蛋，甚至把他所想得到的罵人話都拿來罵自己一頓。

他氣得想哭。一旁的艾咪還跟著他邊走邊快樂的說笑著，心中還在唱著歌呢！但是湯姆的舌頭已失去了功能，他完全聽不到艾咪在說什麼。

每當她停下來等候他回應時，他就只能結結巴巴的附和她，每次都回答得牛頭不對馬嘴。他不停的晃到校舍後面，一次又一次，讓他的眼珠裡烙上令他痛恨的景象。他完全無法控制自己。當他看到，或是說他以為他看到蓓琪．柴契爾想都沒想到過世上有他這麼一個人存在，他就忍不住要發狂。

其實蓓琪全都看在眼裡，她也知道她贏了這場戰役，既然她曾經吃過苦頭，她很高興看到他也吃苦頭。

湯姆開始不能忍受艾咪快樂而幼稚的言論，所以他暗示她他有別的事要做，很重要的事，時間就要來不及了。

但他全都白說了，因為艾咪還是嘰嘰咕咕講個不停。

湯姆心裡想：「喔，該死，我到底有沒有可能甩掉她？」最後當他非離開做那些事的時候，她還心無城府的說，放學時她會等他，他匆匆忙忙走開，心中很恨她的不識實務。

「任何其他男孩都行！」湯姆咬牙切齒的想。「任何其他男孩都行，只除了從聖路易來的那個自作聰明的男孩不行，哼，他以為他穿得體面，就高人一等。很好，我既然可以在鎮上見到你的第一天就揍你一頓，先生，我就可以再你揍一頓！等著瞧，我一定會逮到你！我會好好的……」

然後他開始模擬打鬥的動作，跟一個假想敵人對打起來——對著空氣揮拳頭，左踢右勾，「哼，你討饒，是嗎？你大叫『夠了』是嗎？好，這算是給你的一點教訓！」

湯姆中午的時候溜回家了，他的良心再也無法忍受艾咪那種表達感謝的快樂，同時他的嫉妒心也使他無法忍受另外一件不幸。

蓓琪繼續跟阿弗列德一起看畫冊，但是度秒如日，也沒看到湯姆過來吃醋，她的勝利被烏雲遮住，她失去了看下去的興趣。她先是覺得壓力很大，再來是心不在焉，繼而代之的是憂鬱，有兩、三次她都豎起耳朵看看有沒有腳步聲；但是希望都落空了，湯姆沒來。

最後她覺得心情非常糟糕，她只希望自己沒有顯露出來。可憐的阿弗列德雖然不知道為什麼，但是已經看出來他要失去她了，所以他企圖挽救的說：「嘿，這幅畫很棒！看這個！」她終究還是失去了耐心，說道：「喔，不要再煩我了！我一點兒都不喜歡這些畫！」說完，眼淚也迸了出來，然後她站起來走了。

阿弗列德跟在她身邊想要安慰她，可是她說：

「你可不可以走開不要理我！我討厭你！」

阿弗列德停下腳步，不知道自己做錯什麼事，是她自己要求，說要在整個中午休息時間都看畫冊的，現在她卻哭著走掉。

阿弗列德跑回無人的教室靜坐沉思。他覺得既羞辱又生氣。他輕易的就猜到了事實——那女孩不過利用他來讓湯姆．索耶吃醋。

當他一想到是這樣的緣故時，就壓抑不下對湯姆的怨恨。他希能夠想到一個不用冒太多險，卻可以使湯姆惹上麻煩的辦法來整整湯姆。

這時湯姆的拼寫簿落入他的眼裡。這正是他的機會，他滿懷感激的打開下午要上的那個練習，然後把墨水潑在那一頁上。

蓓琪剛好在那一刻從教室外面走過，從窗戶瞥見那一幕，她繼續往下走，沒讓阿弗列德發現自己。

她走上回家的路途，想要找到湯姆，告訴他這件事；湯姆一定會很感激她，那麼他們之間的誤會就會冰釋。

但是當她走到一半時，她改變了主意。她想到她提起野餐時湯姆對她惡劣態度的那一幕，心中充滿了羞恥。

她除了決定要讓他為了那本毀損的拼寫簿挨鞭子，還決定要恨他一輩子。

19. 「我沒想那麼多」的殘酷

湯姆帶著陰鬱的心情回家，而阿姨開口對他說的第一件事，更是讓他知道他的哀傷將被帶到一個沒有前景的市場：

「湯姆，我真的很想活剝你的皮！」

「阿姨，我做了什麼？」

「你做的壞事可多著呢！今天我跟個傻子一樣去找莎瑞妮．哈潑，原本還準備讓她相信你所講的夢那些狗屁話，沒想到她從喬那裡早就知道原來你那晚真的回來這裡聽到我們說的那一番話。湯姆，我不知道是怎樣的鬼迷心竅會讓一個小孩表現得那樣壞。只要想到你竟然讓我像個傻子一樣去找莎瑞妮．哈潑，而不出言阻止，我的心情就非常惡劣。」

這倒是同一件事的另外一面。早上的時候，他還因為自己開了一個很好、很聰明的笑話，自覺英明過人。而現在那個笑話卻像一個卑鄙上不得檯面的惡作劇。他垂下頭，有好一會兒都想不出要說什麼。最後總算開了口：

「阿姨，我希望我沒那樣做，只是當時我沒想那麼多。」

「喔，孩子，你根本從來就沒花腦筋想過。你從來就什麼都不想，只是很自私的想到自己。你可以想到夜裡大遠從傑克森島跑回這裡來嘲笑我們的悲痛，你也可以想到騙我做夢來愚弄我，你就是沒想到要可憐同情我們，讓我們不要太過悲傷。」

「阿姨，我知道我那樣做實在太不應該，可是我真的不是故意的，我不是有意的，真的。而且，那晚我也不是特意回來嘲笑你們的。」

「那麼你是回來幹嘛的？」

「我是為了回來告訴妳，不要擔心我們，因為我們並沒有淹死。」

「湯姆，湯姆，如果你當真有那麼好心想到那樣做，我會是全世界最感恩的人了，但是你自己也知道你沒那樣做，而且湯姆，我也知道。」

「真的，我真的那樣做了，阿姨，如果我沒那麼做，我願意馬上死掉。」

「喔，湯姆，不要說謊了，不要這樣做。你說謊只是使事情糟一百倍。」

「可是我沒有說謊，阿姨，我說的是實話。我那時不希望妳太過悲傷，我才會特地回來的。」

「我真的非常願意相信你，如果你真的那樣做，那倒可以抵非常多的罪惡，那麼即使你離家出走，表現得那麼差，我還可能很高興呢！但是想想都覺得不合理，因為如果你真的那樣做，為什麼那時你不告訴我呢，孩子？」

「哎呀，那是因為，當時你們講到關於葬禮的事，所以我就想到可以在葬禮時回來先躲在教堂裡，如果我先告訴妳了，那就會壞了那個計畫。我才會把樹皮放回口袋，保持沉默。」

「什麼樹皮？」

「就是寫在上面告訴妳我們去當海盜的樹皮啊！現在我真希望那時我親吻妳的時候，妳醒過來，我真的希望，真的。」

波麗阿姨臉上原先的粗硬線條鬆緩下來，一股溫柔忽然在她眼裡浮現。

「你真的親了我嗎，湯姆？」

「那當然了，阿姨。」

「你確定你親了我嗎，湯姆？」

「喔，當然確定，我真的親了妳，阿姨，千真萬確。」

「你為什麼要親我，湯姆？」

「因為我非常愛妳，我看到妳躺在那裡呻吟，我真的好難過。」

他說得好像真的。當老太太再次開口，她沒辦法掩飾聲音中的顫動：

「再親我一次，湯姆！親完後趕快去上學，不要再來煩我。」

現在他已經出門了，她跑到衣櫥那裡去把那件湯姆穿去當海盜的破外套拿出來。正在搜查，卻又放了下來，手裡拿著外套自言自語道：

「不行，我不敢檢查。可憐的孩子，我想他一定是在說謊。但是這個謊撒得多麼善體人意啊，聽起來讓人覺得很安慰。我知道上帝會原諒他的，因為這表示他心腸好才會這樣說。但是我不願意血淋淋的揭穿這個謊言，所以我不看。」

她把外套收起來，又靜靜站在那裡沉思了一會兒。有兩次她都伸手去拿外套了，但兩次她都縮手了。她又再次伸手，這次她這樣安慰自己來鼓勵自己檢查：「他說的是好心的謊言，好心的謊言呢，即使沒有，我也不會生氣。」

說完她伸手到口袋裡摸索。接下來她已經流著淚在看湯姆所寫的樹皮了，她說：「即使他犯了一百萬個過錯，我也都會原諒他了。」

20. 代為受過

由於波麗阿姨在親湯姆時，她的態度中有某種東西觸動了湯姆，湯姆一掃原先的陰霾，覺得心情再次輕鬆愉快。

他去學校時，運氣很好，一走上草原小路就碰到了蓓琪．柴契爾。他的情緒總是牽動著他的態度，所以他一看到她，就毫不猶豫的走上前去跟她說：

「我今天的表現實在太差勁了，蓓琪，我很抱歉。我發誓我這輩子再也不會那樣做了——我們講和好嗎？」

蓓琪停下腳步，臉上充滿鄙夷的看著他：

「如果你離我遠一點兒，我會很感激，湯瑪士．索耶先生，我永遠都不要再跟你說話了。」

頭一甩，她就走了。湯姆太驚訝了，一時沒有回過神來，回她一句「有什麼了不起，自作聰明小姐」。等他想起來時，已經錯過了好時機，所以他什麼也沒說，但是他真的是氣壞了。

他悶悶不樂的走進校園，滿心希望她是個男孩，而且想像如果她真是男孩，他要如何海扁她一頓。

不久他又碰到她，所以經過時他故意說些刺激的話氣她。

她也回了一句，他們算是因為生氣而真正絕交了。對蓓琪來說，她滿腔怒火，似乎等不及要到學校去，親眼看到湯姆因拼寫簿弄髒了而挨打。她原先或許有些許猶豫是否要揭發阿弗列德．

鄧普，但是湯姆侮辱人的言詞將那個念頭一掃而空。

可憐的女孩，她還不知道她自己大難即將臨頭。

他們的老師達賓先生已屆中年，但是他對自己的成就很不滿意。他一直希望自己能成為一位醫生，但是貧窮使他注定只能當個鄉下的小學教員。

每天只要沒課的時候，他都會從他的書桌裡拿出一本神祕的書來專心的讀它幾段。當他不讀這本書時，都是將它鎖在抽屜裡的。

學校裡沒有哪個頑童不想死了要偷看那本書一眼，但都苦無機會。每個學生都對那本書的性質有自己的一套想法，不過每個人的想法都不同，但是究竟事實是如何，實在也沒有辦法知道。

此時，蓓琪正經過老師位於門邊的書桌，她注意到鑰匙就插在鑰匙孔上！這個機會太難得了。她四處張望，發現四周只有她獨自一人，所以她大膽的將書拿起來放在手中。

從封面——某位教授的解剖學，她覺得得到的資料還不夠，所以她開始掀開扉頁。她一翻就翻到印刷精美的彩色書頭插畫，一張全身赤裸的人像。

這時候有個人影落在書上，湯姆．索耶正走進門來，剛好瞥見了蓓琪偷看的畫面。蓓琪抓住書想要闔上它，但是她運氣太差，把那張圖撕裂了一半。她將書丟回書桌裡，鎖上鑰匙，因為羞恥和焦急而哭了出來。

「湯姆．索耶，你真是卑鄙到了極點，竟敢偷偷跟在我後頭，偷看我看東西。」

「我怎麼知道妳在看東西？」

「你應該覺得很慚愧，湯姆．索耶，我知道你一定會去跟老師告發我，喔，我要怎麼辦，我要怎麼辦！我一定要挨鞭子的，而我在學校從來沒有挨過鞭子。」

接著她又跺著她小小的腳說：

「如果你要當個小人去告密就去啊！我知道會出什麼事，你就等著瞧！恨死了！恨死了！恨死了！」說完她又開始大哭了起來並衝出門外。

湯姆靜靜站在原地不動，因為蓓琪連珠炮的猛擊而有些狼狽。好一會兒，他自言自語道：

「女孩子真是奇怪的傻瓜。在學校沒有挨打過！哼！挨打有什麼了不起！女孩子就是女孩子！她們真是皮薄兼膽小。我當然不會去老達賓那裡告發這個小傻瓜，因為我自然另有其他不那麼卑鄙的方法可以報復她，但是這件事情怎麼辦？老達賓一定會問是誰把書撕破的。到時一定沒人回答。這時他會使用每次使用的方法——一個一個的問。

「當他問到撕破書的人時，他會因為對方不敢回答而知道是誰幹的。女孩子就是臉皮薄，什麼都寫在臉上瞞不住，真是一點骨氣都沒有。那麼她就會挨鞭子。這下子蓓琪．柴契爾可就慘了，她毫無其他選擇，只能乖乖被打。」

湯姆又仔細想了一下，又加了一句：「那也沒什麼，這種事若發生在我身上，她也喜歡看我出糗呢——讓她自作自受吧！」

湯姆跟著同學到外面玩鬧蹦跳。不久老師到了，全校也就「收心」進教室了。湯姆對於上課沒有什麼很大的興趣，每當他的眼光飄到女生那邊，看到蓓琪的臉就使他煩心。

如果考慮他們之間所有的恩恩怨怨，他並不想同情她，但是他唯一做得到的也只是不同情而已。因為他真的沒有一絲高興的感覺。

不久就爆發拼寫簿事件，所以之後他的心思有一段時間，完全被自己的事所占滿。蓓琪也因此振奮起原本因心情不好而覺得懶洋洋的情緒，看起來對進展頗感興趣。

她並不認為湯姆用否認自己倒翻墨水就可以脫罪，她也猜得沒錯，否認只是讓事情更糟。蓓琪以為自己應該會覺得高興，她也試著要自己相信她會因此高興，但是她發現她並不確定。

這時湯姆的情況很糟，她有股衝動想要站起來告發阿弗列德．鄧普，但是她頗費了股勁才強迫自己保持中立不動——因為，她對自己說：「他一定會說出我撕破書的事。我不要說任何救他命的話。」

湯姆挨了鞭子後回座位，他並沒有太傷心，因為他認為有可能是他跟別人打打鬧鬧的時候，自己不自覺的把墨水撥翻在拼寫簿上——他會否認不過是做點形式上的事，也是他的習慣，更是為了原則問題而堅決否認。

一個小時過去了。老師坐在他的寶座上打瞌睡，空氣瀰漫著讀書的嗡嗡聲及昏昏沉沉。不久，達賓老師坐直身子，打了個呵欠，打開上鎖的書桌，伸手進去摸他的書，看起來好像一時還未決定是拿出來還是先不拿出來。

大部分同學看看他的舉動，都沒有什麼興趣，但是其中有兩個人則是以熱切的眼睛盯著老師的一舉一動。

達賓先生有一陣子心不在焉的用手指撥弄著書，然後才把書拿出來，坐定位置開始讀了起來。湯姆偷瞥了蓓琪一眼。在她身上，他好像看到一隻遭獵人追捕而無助的小兔子，正被槍抵著頭的模樣。他立刻忘掉她曾跟他吵過架。

快！他一定要救她！而且行動也要快如閃電！但是由於這件緊急事件是如此急迫，反而使他的機智使不出來。好極了！他有一個靈感了！他可以衝過去搶了書就跑，跑出大門飛出校外。但是他的決定動搖了片刻，結果痛失機會，老師已經打開扉頁了。湯姆真希望他能讓時光倒流，拿回失去的機會！但是太遲了！現在再也沒有任何方法可以救得了蓓琪了，他想。

下一刻老師已將臉對著同學。在他的注視下，每隻眼睛都垂下去。他眼睛裡似乎有著什麼，即使連無辜的人也會因為害怕而不敢直視。沉默持續了一會兒，大概夠時間從一數到十，老師就在這段時間內聚集了他的怒氣。然後他開口了：「誰撕了這本書？」

完全沒有任何響聲，靜到連一根針掉下去大概都聽得見。靜止狀態持續著，老師檢視著一張張的臉，看誰臉上露出了罪惡感。

「班傑明．羅杰斯，是你撕的嗎？」

他否認了。空氣再度凝結。

「喬瑟夫．哈潑，是你嗎？」

他也否認了。湯姆的不安因為進度進行緩慢的折磨而加劇。老師一個一個的問過男生後——花了好一陣子的時間——然後轉向女生：

「艾咪．勞倫斯？」

一陣搖頭。

「葛瑞西．米勒？」

同樣的回應。

「蘇珊．哈潑，是妳撕的嗎？」

再度否認。下個女生就是蓓琪．柴契爾了。湯姆因過於激動以及對當時情況的毫無對策，從頭到腳全身打顫。

「瑞蓓琪．柴契爾（湯姆看了她的臉一眼，那張臉因為害怕而整個發白了），這是不是妳撕的，不對，看著我的臉（她的手舉了起來似在懇求）——妳是不是撕了這本書？」

這時一個念頭像閃電一般閃過湯姆的腦袋，他跳起來大聲說：「是我撕的。」

全班同學都因為湯姆不可思議的愚行而不解的盯著他。

他站了一會兒，好讓他四分五裂的身心恢復平靜；當他走到前面去接受處罰時，他從可憐的蓓琪眼睛裡接收到那份驚訝、感激及崇拜，似乎足以抵擋一百下鞭打。

他被自己光榮的行為所鼓舞，所以即使面對達賓老師有生以來最無情、最嚴厲的鞭打，他也沒有發出一點聲音來。

另外對於老師冷漠殘酷的額外處罰——放學後再留下來兩個小時——也沒有半點怨言，因為他知道誰會在外面等他，直到他被放出來，而且那個人也不會覺得冗長的等待時間是種損失。

湯姆那晚上床睡覺時，計畫著要如何報復阿弗列德．鄧普；原來蓓琪因為慚愧及後悔，把所有的事都一五一十的告訴他了，也沒忘了說出自己陰險的行為；雖然他急切的渴望報仇，但是不久他還是把那件事放一邊，好好的在心中反芻那份甜蜜的思念。

最後他進入夢鄉，而蓓琪最後那句話如夢似幻的還在他耳邊迴盪：

「湯姆，你的品格怎麼可以如此高尚！」

21. 口才表演

暑假即將來臨，平時就很嚴厲的老師現在要比往常更加嚴厲，要求學生要更精確無誤，因為放假前所謂的「考試日」即將來到，他希望學生能有好的表現。他的棍子及教鞭現在幾乎沒有閒置的機會，尤其是在教導年幼的學生時。只有最大的那些男孩以及十八、二十的大姑娘才能逃過鞭劫。達賓先生的鞭打非常活潑有勁，他的肌肉裡絲毫沒有退縮懦弱的跡象。

隨著那個偉大的日子逼近，老師體內的暴虐成分全都跑到表面上來；從處罰最小的過錯中，他似乎能得到報復的樂趣。

結果是，小一點的男孩在白天都提心吊膽，生活在恐懼中，而晚上就計畫要如何報復。他們不浪費任何在老師身上惡作劇的機會，但是老師總能洞燭機先，每次都未能真正得逞。

他們每次惡作劇之後總會得到如秋風掃落葉的巨大報應，因此潰不成軍的孩子們只好退出戰場。最後他們聚在一起共謀策略，終於想到一個可以保證得到閃亮勝利的超完美計畫。

他們也把招牌油漆工的兒子找來一起參加，告訴他這個計畫，要求他的援助。招牌油漆工的兒子很高興的加入了。他的高興是有理由的，原來老師就在他父親家搭伙及住宿，所以有很多機會讓他恨老師。老師的太太要去鄉下好幾天，這樣一來就沒有任何人、事來阻礙這個計畫了。

老師每次迎接大事的方法，就是把自己喝個爛醉，招牌油漆工的兒子說在「考試日」那天晚上，當老師醉到不省人事時，他就會對在椅子上打瞌睡的老師「行其所該行」；然後在口才表演快開始，才把他叫醒，讓他匆匆忙忙趕到學校去。

趣味盎然的盛典終於來臨了。晚上八點一到，整個校舍就燈火通明，到處都裝飾著花草做成的花圈和花綵。老師就坐在他位於高高講臺的大寶座上，平常他使用的黑板就放在他身後。他看起來相當溫良。

他的兩旁有三排長板凳，面前則有六排，坐的都是鎮上的高官顯貴以及學生家長。他左手邊那三排民眾後面有個臨時搭蓋的寬大平臺，上面就坐著當天晚上要上臺參加口才表演的小學者；一排排清洗乾淨且盛裝到讓他們全身不舒服的小男孩、笨拙的大男孩，以及穿著全身雪白細麻或細棉的女孩或年輕小姐，她們裸露出引人注目的臂膀，身上還戴著她們老祖母時代的小裝飾，插著花、結著粉紅或藍緞帶在頭髮上。除了這些人以外，其他的就是沒有參加表演的學生了。

口才表演開始了。有一個年紀非常輕的小男孩站了上去，害羞而支支吾吾的背出如「你們看到像我年紀這麼小的學童也會上臺來公開表演，一定相當驚訝」之類的話——同時他還痛苦的使用生硬而突發性的手勢，好像機器一樣——而且機器可能有些故障。但是他卻安全過關了，雖然他被嚇壞了，不過當他機械式的鞠躬然後下臺時，獲得了滿堂彩。

一個看起來很害羞的女孩口中喃喃的背著「瑪麗有一隻小綿羊」等短詩，表演時還做了個引人同情的曲膝禮，所以全場回以她應得的掌聲，她才帶著羞紅的臉頰，快樂的坐回去。

湯姆．索耶躊躇滿志的站上講臺，狂飆那首顛撲不破、永垂不朽的「不自由、毋寧死」的著名演講稿，他適度的加上憤怒以及狂暴的手勢，可是念到一半時，他原先的氣勢戛然止住，這時一股舞臺恐懼攫住了他，他的雙腿開始搖晃，他就要窒息了。沒錯，他的表現的確引起全場的憐憫——但是卻也造成全場的靜默——那股凝結的氣氛比憐憫還糟糕。

老師皺著眉，更是使這場災難雪上加霜。湯姆掙扎了一會兒，還是下臺一鞠躬，覺得整個人都被打敗了。這時響起一陣微弱的掌聲，不過很快就停止了。

接下來是「那個男孩站在著火的甲板上」、「亞述人南下來了」等有名的背誦經典作品。之後則是朗讀表演以及拼音比賽。人丁單薄的拉丁班也光榮的表演一段朗誦。

晚上最精采的節目上場了——由年輕小姐朗讀自己撰寫的作文。每個輪到的女孩就會站到講臺邊上，清清喉嚨，雙手舉起她們的手稿（手稿上還綁著講究的緞帶），然後就開始朗讀起來了，不過她們似乎太過強調表情和標點符號了。

她們所使用的題材，是她們上一代的母親，或是兩代的祖母，甚至是可以毫無疑問的一直往上回溯到十字軍東征時代的女性祖先，在寫作或朗讀時早就用過的。「友誼」是其中一個，其他的不外乎「往事回憶」、「歷史上的宗教」、「夢鄉」、「文化的優勢」、「各政體間的比較與對照」、「憂鬱」、「孝道」，以及「衷心期盼」等等。

這些作品普遍有個特色，就是都帶著一段特意栽培且親暱的憂愁，另一個特點是用了大量「精雕細琢的美麗詞藻」，似乎浪費了點；還有一大特色就是很喜歡硬扯進那些陳腔濫調的成語或字句，好像要把它用濫、用舊，方罷甘休。其中最致命的特點就是在每一篇作文結尾，一定有一段積習以久、令人無法忍受的說教文字出現，搖著它殘缺的尾巴，一舉破壞了整篇文章。

不管這篇文章的主題是什麼，作者絞盡腦汁、千方百計的就是為了要造成一種效果——那些有道德心、有宗教信仰的人，會因為那段文章的啟示而有所沉思。

這種說教明顯的毫無誠意，但這樣的理由卻還不足以使這種說教習慣退出校園，即使到了今天也還不夠；可能只要這個世界還存在著，那樣的缺失可能就永遠不足以使說教習慣退出校園吧。

在我們國家裡，每一個學校的年輕小姐都覺得自己有義務在結束一篇作文時加上一段說教，而且你會發現學校裡最輕浮、宗教信仰最不虔誠的女孩，她們寫出的說教最長，表現出來的虔誠最嚴苛。不過我們就此打住吧，畢竟平凡無華的實話是最不討好的。

讓我們再回到「考試」上面吧！第一篇朗讀的文章是一篇題目叫「難道這就是人生嗎？」的文章。我們隨意抽出一部分來，或許讀者可以忍受：

在人生一般的路程上，每當我們年輕的心盼著可預期的快樂事件時，情緒是多麼的歡愉！我們的想像力忙著勾勒出充滿歡樂的玫瑰色圖畫。耽迷於追求時尚的女孩幻想自己身處歡慶群眾的注目焦點，是「所有觀察者觀察的對象」。她優雅的姿態，全身雪白的禮服，在快樂舞蹈的迷亂中旋轉穿梭；在歡聚中她的眼神最明亮，她的步伐最輕盈。

在如此香甜的幻想時段裡，時間總是過得特別快，歡迎她進入狂歡世界的時刻終於到了，在那個世界裡她已經編織了許多綺麗的夢。在她著了迷的視線裡，任何東西看起來都像神話故事一般！每個景象都比以前來得更迷人。但是過了一會兒，她發現在那些美好的外表底下，一切都是浮華不實的；過去迷惑她靈魂的阿諛諂媚，現在聽在她的耳裡卻都成為刺耳不堪的噪音。舞廳的魅力不再。最後她拖著她形容枯槁的身體以及悲慘的心靈轉身離開了，心中堅定的相信，世俗的歡樂無法滿足心靈的飢渴！

如此這般，諸如此類。當臺上的表演者在朗讀時，臺下就不時會傳來一陣滿足的嘈雜聲，伴隨著小聲的叫好聲，如「真甜美！」「口才真好！」「說得很有道理！」等等。等到文章最後那段獨特磨人的說教念出時，掌聲更是熱烈感人。

這時上來一個纖細憂鬱的女孩，她臉上的慘白立刻引人注目，因為看起來像是因為吃藥和消化不好而造成的；她讀了一首「詩」，一共有兩個小節：

〈密蘇里少女告到阿拉巴馬〉
阿拉巴馬，別了！我真的好愛你！
但是現在我卻要暫時離開你了！
悲傷，是的，我的心滿漲著悲傷之情，
而燃燒的回憶湧上我的眉頭！
因為我曾在你的花草叢林中徘徊不忍離去；
曾在塔拉布沙的河流附近流連以及閱讀；
曾經仔細聆聽塔拉西湍急的洪水，
還曾在庫沙山腰對著黎明之神的光芒求愛。
承受如此滿盈的心，我卻一點兒也不羞愧，

帶著我熱淚盈眶的雙眼回首，一點也不臉紅；
現在我必得與這一片我不陌生的土地分開，
我忍不住發出幾聲嘆息聲，離開我不陌生的人民。
在這個州裡，我獲得的是歡迎與甜美的家，
我就要離開你們的溪谷——你們的小山也將迅速離我遠去；
當我的心，我的眼，我的顱都對你的感情冷卻時，
親愛的阿拉巴馬！那表示我整個人都已冷卻！

雖然少有人知道「顱」是什麼東西，但是這首詩顯然使觀眾相當滿意。下一個表演者是一個深色皮膚、深色眼珠、深色頭髮的年輕小姐，她上臺以後還先停了好一段時間，令人印象深刻，然後她用一種悲劇式的表情，以測量精準的嚴肅聲調，開始朗讀。

〈幻景〉

這是個黑黝黝而風雨交加的夜晚，高聳的天幕上沒有一顆閃爍的星星。但打雷聲深沉的音調持續在耳邊顫動；而驚人的閃電則穿過多雲的天庭而耽溺於憤怒的情緒中，看起來對著名的富蘭克林無視於它的可怕而使用電力的行為，相當鄙夷！連不知何處跑來的各種狂風也相當一致的吹了過來，咆哮呼號，似乎藉著它們的幫助，當時那種狂暴的場面更添狂暴。在這樣既黑又可怕的時刻裡，我的心因為人類的憐憫心而嘆息了；但就在這個時候——

「我最親愛的朋友，我的顧問，我的安慰者，及我的指導者——我悲傷時的歡樂，我歡樂時的第二快樂」傳到我的耳邊。

她像那些浪漫的年輕人描繪的發光小精靈一樣，在幻想的伊甸園裡漫步在陽光小道上，她是個天生麗質的美麗皇后，除了驚人的美麗之外，她沒有任何的外加裝飾。

她的腳步曼妙輕盈，幾乎聽不到任何聲響，要不是她像其他不冒犯人的美女一樣，親切的撫摸給人一種神奇的興奮，她就會從我們身邊溜掉，不讓我們察覺到——也讓我們遍尋不著。她伸手指向窗外抗爭的群眾，然後囑咐我要默默觀察其中兩個人時，她的臉上出現奇怪的悲傷，就好像十二月的袍子上冰凍的淚珠。

這個惡夢大概寫了有十頁之多，最後的說教更是將所有不是長老會教徒的人都打入地獄，所以得到了第一名。這篇作文被視為當天晚上最努力的成果。村長本人頒獎給這位作者，同時說了一番話讚美那篇文章，說那是他所聽過最動人心弦的演講，即使連丹尼爾・韋伯斯特（譯註：美十九世紀著名的外交家兼演說家）也會引以為榮。

順帶一提，這次的文章裡「絢麗」這個詞過分的被使用，而把人類經驗形容成「人生的一頁」也超出一般的平均量。

現在老師整個人飄飄然幾乎到了溫良的最高點，他把椅子推向一旁，背對著觀眾，開始在黑板上畫一幅美麗地圖，準備開始上地理課。但是他的手非常不穩定，結果畫得很不理想，這時整間教室傳來了一陣陣憋著不發出聲音的偷笑聲。他心裡有數知道是怎麼回事，想要設法導正。他拿板擦把線條擦掉，然後重畫，但卻越畫越糟，這下子偷笑聲比先前還要大聲了。

現在他把全副精神都放在他的畫圖工作上，好像下定決心不因大家的恥笑而沮喪。他覺得所有的眼光都集中在他身上，他想像自己成功的畫下地圖，但是偷笑聲還是持續著，甚至已經不能裝作沒聽見了。

其實這也難怪。這裡的樓上有個閣樓，老師頭上剛好有一個通向閣樓的天窗，這時有一隻貓就從這個天窗被放了下來，腰部還綁著一條繩子；這隻貓的頭及下巴纏了一些破布，免得牠叫出聲來；當牠被慢慢的放下來時，牠整個身子是往上踡縮的，腳爪則緊抓著繩索，這時牠往下搖晃著身子，爪子就在空氣中亂抓著，但什麼都抓不到。

偷笑聲音越來越大——現在這隻貓只離這位專心畫圖的老師的頭不到六吋的距離了——再下來，再下來，再低一點，這時牠那無處可抓的腳爪抓到了老師的假髮，然後就緊緊的抓住它，說時遲，那時快，牠和那還在腳爪上的戰利品突然很快的被提上閣樓！這時大家都看到老師的光頭上閃閃發亮——原來是招牌油漆工的兒子在上面漆了金油漆！

這場盛會就此結束。孩子們報了仇，暑假也開始了。

這章所使用的「作文」，絲毫未改的援引「西部一位女士的韻文與詩篇」這本書——這些作品完完全全的依照女學生的寫作方式所寫成的，因此遠比我去模仿要來的更逼真些。

22. 引述聖經

湯姆參加了新成立的節制幹部團，他想參加的原因不外是被他們「王室的標誌」所吸引，覺得看起來很拉風。他答應只要身為會員，他就戒掉一切的壞習慣──包括抽菸、嚼菸草以及說出瀆神的話。

現在他有個新發現，那就是──答應不去做某件事，即是讓你急切想去做那件事的不二法門。湯姆不久就發現自己正被想要喝酒和說髒話的欲望所折磨得死去活來。那股欲望越燒越旺，要不是希望能有機會帶著紅綬帶炫耀一番，他早就退出幹部團了。七月四日的國慶日即將到來；而他套上幹部團的枷鎖不過四十八小時，他就後悔不已，他熬不到那個時刻──所以他又把希望放在年事已高的治安法官弗瑞澤的身上，因為弗瑞澤法官很明顯的已經奄奄一息，隨時都可能舉辦盛大的葬禮──畢竟他的地位是如此崇高。

足足有三天，湯姆深切關心法官的身體狀況，非常渴望獲得相關的消息。有時候看起來有很大的希望──大到他甚至敢冒險拿出綬帶站到鏡子前面練習。但是法官的病況忽好忽壞，害他無所適從，不知要不要等待。後來他們說他逐漸恢復健康，最後甚至復元了。湯姆覺得結果很令人發嘔，他有受傷的感覺。他立刻退出幹部團──沒想到那天晚上法官就舊疾復發，壽終就寢。湯姆決定以後再也不要相信法官那種人了。

葬禮盛大的舉行。幹部團在遊行時那股威風勁，真把我們這位前幹部團員嫉妒得要死。但是最起碼湯姆現在又是自由身了——自由畢竟也是很不錯的。他可以喝酒、罵髒話——但是他驚訝的發現自己並沒那麼想做那些事。簡單的事實就是他的自由驅趕了欲望，而那些事的魅力就在欲望上。

才放假不過幾天，湯姆就察覺到他期盼已久的暑假竟然開始有點無聊無趣起來了。

他想寫日記——但過了三天他發現沒有任何事發生，所以放棄了。

第一個黑人吟唱團體來到鎮上，造成很大的轟動。湯姆和喬．哈潑自己組了個樂團表演，好好樂了兩天。

即使是光輝的國慶日，在某種層面上也稱得上是個大敗筆，因為那天雨下得很大，所以沒有安排什麼閱兵或遊行，而「見面不如聞名」，全世界最偉大的人（湯姆所認定的）美國參議員班頓先生原來是個十足令人失望的角色——因為他竟然沒有二十五呎那麼高，甚至離那個高度還遠得很呢！

還來了一個馬戲團。馬戲團走後，男孩子在破布當地毯的帳篷裡玩馬戲團遊戲玩了整整三天——門票男孩三個別針，女孩兩個別針——最後玩膩了，這個遊戲又被放棄了。

另外還來了一位腦相學專家以及一位催眠師——他們走了之後，村子比先前更覺枯燥無味。

其中也間歇為男孩女孩舉行一些聚會，但是因為每次都玩得太高興，而舉辦次數卻太少，使沒有活動的空白時間更加痛苦難熬。

蓓琪．柴契爾跟她父母一起回到他們康斯坦丁諾堡的家中去過暑假了——這更使得這個假期沒有光明面可言。

然而那個謀殺案的可怕祕密是個久治不癒的不幸，真的可以稱得上是冥頑不靈兼痛苦不堪的癌症。

之後來的是痲疹。

在得痲疹這長長的兩個禮拜之間，湯姆幾乎成了一個囚犯，對於這個世界及所發生的事，他像死了一樣，完全沒有感覺。他病得很嚴重，對任何事情都引不起興趣。最後當他好不容易下了床，舉步維艱的走到城裡，卻發現所有事情及所有生物都有了令人悲哀的轉變。最近有個宗教復興活動，結果每個人——不只大人，連男孩、女孩都有份——都變得對宗教很虔誠。湯姆會去城裡，是希望在絕望中能夠看到一張張快樂的邪惡面孔，但是他碰到的只是一次又一次的失望。他發現喬·哈潑在讀聖經，只好悲傷的轉身離開，免得繼續看到那令人沮喪的一幕。他找班恩·羅杰斯，發現他帶著一籃子的傳教小冊子到窮人家去。他去找吉姆·何力斯，沒想到吉姆竟然叫湯姆要特別注意，因為他覺得湯姆會得痲疹是來自上帝珍貴的祝福，是為了警告他。每當湯姆多見一個朋友，他的沮喪就多增加一噸，最後在絕望中，他避難到他的心腹好友哈克貝瑞·費恩那裡，沒想到哈克竟然也對他引用聖經裡的名言，這下子湯姆的心碎了，他無精打采的走回家，爬上床，了解到他是整個鎮上唯一迷失的人，永遠永遠都是如此。

那天晚上，來了一個可怕的暴風雨——強勁的雨一陣陣的下來，雷聲轟隆隆不斷，閃電也是一段一段炫目的打了下來。他用床單蓋住頭，在懸疑的震驚中，他等待著他的最後審判；因為他完全認定這些吵鬧聲就是針對他而來。他相信他已經預支了太多上帝的容忍，那個極限既然已經超過，現在就是他的下場。對他來說，使用整個戰爭的軍火來殺一隻小蟲，他覺得太浪費彈藥，太小題大作了。但是發動如此奢侈的暴風雨來鏟除像他這樣一隻蟲下的草皮，他卻看不出有任何不合情理的地方。

不久暴風雨用完所有的精力，竟然沒有完成任務就離開了。湯姆第一個念頭就是感謝上蒼，並且下定決心要重新做人。但是他立刻就有了第二個念頭——等等，或許，不會再有暴風雨了。

隔天醫生再來拜訪，湯姆舊疾復發。這次他在病床上整整躺了三個禮拜，感覺真像過了一輩子。最後等到他可以出來玩的時候，卻對自己的痊癒，一點都不感恩，因為他記得他在家裡是多麼的寂寞，沒有人來陪他，他覺得自己被所有人拋棄。他無精打采的在街上閒晃，他看到吉姆・何力斯在一個少年法庭上扮演法官，正審判一隻犯了謀殺罪的貓，地上躺著被害者——一隻鳥。他也看到喬・哈潑和哈克・費恩正在巷子裡吃一個偷來的西瓜。

可憐的孩子們！他們就跟湯姆一樣，也「舊疾復發」。

23. 得救

沉睡的氣氛終於被喚醒了——而且醒得很澈底；謀殺案已進入到法庭審判的階段，所以也一下子成為村子裡人人關心、談論的話題。

湯姆怎麼也無法逃開這個陰影，每當有人談起謀殺案，都會使他打心裡發毛，因為他良心不安又草木皆兵，他幾乎都要相信，那些評論都是為了試探他是不是知道才故意說的。

即使他知道，別人不會懷疑他對謀殺案有所知悉，但是身處八卦暴風中心，他還是覺得渾身不對勁，老是在打冷顫。

他把哈克帶到一個偏僻的地方去好好談談。畢竟能夠暫時敞開胸膛說出心中的話，然後將一半的心理負擔分給另一個同病相憐的人，也算是一種紓解。還有他也想確定，哈克是不是還很謹慎小心。

「哈克，你是否曾經告訴任何人有關——那件事？」

「什麼事？」

「你知道是什麼事。」

「喔——當然沒有。」

「一個字都沒說？」

「當然一個字都沒說。你為什麼要問？」

「嗯，我怕你會說出來。」

「老天，湯姆．索耶，如果那件事說出去，我們連兩天都活不了。這你很清楚的。」

湯姆覺得比較安心了。停了一會兒，他又說：

「哈克，沒有人可以逼你說出這件事來，對吧？」

「逼我說出來？當然可以，如果我希望那個混血殺人魔把我淹死，他們就可以逼我說出來。其他時候，想都別想。」

「喔，那就好。我想只要保持緘默，我們就會很安全。不過我們最好再來發誓一次，這樣比較保險。」

「同意。」

所以他們又舉行極為可怕的儀式，再發誓一次。

「現在四處都在傳些什麼啊，哈克？我看他們傳得挺起勁的。」

「傳什麼？哼，還不就是莫夫．波特，全都在講莫夫．波特。我每次聽了都會冒一身大汗，真想找個地方好好躲起來。」

「我的情形完全一樣。我想這次他完蛋了，你會不會為他感到難過？」

「差不多隨時——差不多每分每秒都為他難過。他本來就不是什麼英雄，但是他也從來沒有做過什麼事來害過人。他不過就釣些魚，賺點錢買醉，到處遊蕩而已；可是天哪，我們都是這樣的——最少大部分的人都是這樣——包括牧師什麼的也是這樣。可是他已經算不錯的——有一次他釣的魚不夠兩個人分，他還是分給我半條；還有很多很多次當我運氣不好時，他都為我撐腰。」

「是啊，哈克，他也幫我修過風箏，還幫我把魚鉤裝上釣魚線。我希望我們可以幫他離開監獄。」

「老天！我們千萬不能幫他出來啊，湯姆。何況那樣做也於事無補，他們還是會抓到他。」

「沒錯——他們的確會。但是我實在很討厭聽別人亂講話，為他沒做的事而糟蹋他。」

「湯姆，我也是。老天，我還聽到有人說他是全國看起來最窮凶惡極的歹徒，然後他們還說不知道他從前為什麼沒被處以絞刑呢！」

「是啊，他們就是用那種口氣說個不停。他們還說如果他們放了他，他們就要用私刑解決他。」

「而且他們會說到做到。」

他們兩個說了好久的話，但是並沒有因此就好受一點。黃昏即將來臨，或許他們偷偷希望能夠發生什麼事剛好可以排除萬難，所以他們不知不覺走到那個與世隔絕的小監獄附近。但是什麼事都沒發生，似乎天使或仙女對這個倒楣的囚犯一點也不感興趣。

他們做了他們常做的事——跑到牢房的窗欄杆外，給莫夫帶來一些菸草及火柴。他在一樓，沒有守衛在旁。

以前每當莫夫表達對禮物的謝意時，他們兩個總會覺得良心不安——但都比不上這次的良心不安。尤其當莫夫開口時，他們更覺得自己真是懦弱陰險到極點。波特說：

「你們兩個對我真的是非常好——比鎮上任何一個人都來得好。我永遠也不會忘記，永遠也不會。我常常對自己說：『我以前總是幫每個小孩修風箏，告訴他們哪裡釣魚最好，盡量把他們當朋友，但是現在當老莫夫惹上了麻煩，他們就忘了他了；但是湯姆沒有忘，哈克沒有忘——他們都沒有忘掉老莫夫。

「我老是這樣說：『所以我也不會忘了他們。』我跟你們說，我做了件可怕的事——當時我又醉又瘋，這是我唯一可以解釋的原因，所以現在我罪有應得，這樣是對的。不但是對的，而且還是最好的。

「我認為——我希望那是最好的。好吧，我們不要再說那個了，我不想你們聽了不舒服；你們一直把我當朋友。但是我想要說的是，永遠不要喝醉酒，這樣你們就不會落到我這樣的下場。你們往旁邊靠一點，對，就這樣；當自己一個人搞得一團糟時，能看到友善的臉孔是最幸福的，而且除了你們以外，再也沒有人來這裡了。

「你們其中一個踩過另一個人的背爬上來，讓我摸摸你們的臉。就是這樣。和我握個手吧，你們的手可以穿過欄杆，我的手太大了。小小脆弱的手——但是它們卻可以賜給我力量，而且如果它們願意，它們還可以幫更多。」

湯姆心情慘澹的回家，那晚他做了惡夢。接下來兩天，他都在法院附近晃蕩，幾乎就要控制不住跑進去，可是每次他都強迫自己留在外頭。

哈克也有相同的經驗。他們都故意避著對方。有時他們晃啊晃的，就離開法院周圍，但是同一個令人害怕的魔力總是會再把他們拉回來。

每當有人從法院出來時，湯姆總是豎起耳朵，但是千篇一律聽到的都是令人沮喪的消息——最後的苦難已無情的日益逼近可憐的莫夫。

第二天快結束時，村裡傳說印第安喬的證據鐵證如山，所以陪審團會做出什麼樣的判決幾乎已經確定。

那天晚上湯姆在外面待到很晚，最後是爬窗回家的。他處於一種極度興奮的狀態。等他真正入睡已過了好幾個小時了。

隔天一早，整個村子的人都湧進法院，因為這是個大日子。擠得滿滿的座席上，男女大致各半。

等了許久，陪審團的人才入續入座。過了不久，蒼白憔悴、怯懦無望的波特被帶進來了，手上銬著鐵鍊，被安置在一個全場觀眾都可以盯著他看的位置上。另外一個也很引人注目的是印第安喬，他跟平常一樣面無表情。

一段空白時間後，法官到了，警長宣布開庭。接著是律師間常有的輕聲交談以及收集文件。這些細節以及伴隨而來的延遲營造了一種「準備中」的氣氛，引人入勝又令人印象深刻。

現在傳喚了一名證人，這名證人在發現謀殺的當天清晨看到莫夫·波特在溪邊清洗，而且後者一發現被人看到就立刻跑掉。經過一連串的詢問，負責起訴的檢察官宣布道：

「辯方詢問證人。」

犯人將眼睛抬起片刻，但是當他的辯護律師說出「我沒問題問他」時，又再度垂下雙眼。

下一個證人則證明他在屍體附近發現了那把凶刀。檢察官再度宣布：

「辯方詢問證人。」

「我沒問題問他。」波特的律師回答。

第三個證人發誓他常常看到波特帶著那把刀。

「辯方詢問證人。」

辯方律師再度拒絕詢問證人。這時觀眾的臉上開始流露出不以為然的表情。難道這個律師試都不試就要把他的客戶的性命輕易交出去？

好幾個證人都作證當波特被帶到謀殺案現場時，的確表現出畏罪行為。辯護律師一概放棄交叉質詢，就讓他們離開證人席。

那天早晨在墓場所發生對被告不利的細節，證人全都記得清清楚楚，他們在法庭上一一陳述，但是卻沒有一個人接受辯方律師的交叉質詢。

整個法庭對這件事的不滿及困惑以耳語聲表現出來，法官也因此出聲斥責。檢察官此時開口說：

「在此作證的公民都是在宣誓下提供證詞的，所以他們的證詞是無庸置疑的，這個可怕的罪行毫無疑問就是被告席上悲慘的囚犯所犯下。本案在此告一個段落。」

可憐的波特口中發出呻吟的聲音，他把臉埋在雙手裡，身體前後輕輕搖晃，法庭裡被一種痛苦的寂靜所籠罩。許多男人都被感動了，許多女人也以眼淚證明她們的感情。辯方律師這時站起來說道：

「庭上，此審判在開庭初期時，我們的辯詞一直想要證明，我們的客戶會犯下如此可怕的罪行，是因為喝醉酒才會有如此盲目而不負責任的精神錯亂，現在證明那是錯誤的方向，所以我們已經改變主意，不再以原先的證詞抗辯。」這時他轉向書記說：「傳喚湯瑪士·索耶！」

深覺困惑與驚奇的情緒使法庭裡的每張臉都清醒過來，即使連波特也不例外。每隻眼睛都帶著探求真相的好奇看著湯姆站起身坐到證人席的位子上。湯姆看起來夠瘋狂的，其實他是因為嚇壞了。他先宣了誓。

「湯瑪士．索耶，六月十七日大約午夜十二點時你在哪裡？」

湯姆看了印第安喬剛毅的臉一眼，舌頭就像打了結似的說不出話來。觀眾此時靜默的聽著，但是湯姆什麼都沒有說。過了好一段時間，湯姆的氣力回復了一點兒，所以他盡量用足夠的力氣發出讓法庭可以聽到的聲音：

「在墓場！」

「請大聲一點。不要怕，你是在——」

「在墓場。」

印第安喬的臉上露出一抹輕蔑的微笑。

「你是在何斯．威廉的墳墓附近嗎？」

「是的，先生。」

「大聲點——只要再大聲一點點。有多近？」

「就像你我之間的距離。」

「你有躲起來嗎？還是沒有？」

「我躲起來了。」

「躲在哪裡？」

「就躲在墳墓旁的榆樹後。」

「有人跟你一起嗎？」

「有，我是跟……」

「等——等一下。你先不要說出是跟誰一起的。我們在適當時機再請他出來。當時你身上有帶什麼東西嗎？」

湯姆開始猶豫，看起來有點不知所措。

「說出來，孩子，不要膽怯。事實總是可以獲得大家尊敬的。你帶什麼東西去那裡？」

「不過一隻——一隻——死貓。」

觀眾席上傳來一陣陣的笑聲，庭上予以制止。

「我們將會出示那隻貓的骨架。現在，孩子，告訴我們發生的所有事情——用你自己的方式——一絲不漏的告訴我們，什麼都不要怕。」

湯姆開始敘述了——剛開始還有些吞吞吐吐，但是等他講到自己感興趣的話題時，他的話就像流水一般輕易的流了出來，沒有多久，除了他的聲音以外，所有聲音都停止了，每隻眼睛都盯著他看；觀眾由於心懸湯姆所說的話，嘴巴都微張著，呼吸聲緩和下來，一點也沒注意到時間的流逝，只是全神貫注於故事致命的吸引力。緊繃的情緒達到最高點，當湯姆說：

「——然後醫生一拿起那塊木板，莫夫．波特就不支倒地，印第安喬拿著刀子跳過去——」

匡啷一聲，那個混血兒快如閃電的跳出窗外，排除所有阻礙的力量，奮力逃出，一下子就溜得不見人影！

24. 榮耀的白天和心驚的夜晚

湯姆再次成為金光閃閃的英雄——老的寵、幼的羨。他的名字甚至印在紙上永垂不朽——因為村子裡的報紙對他做了大幅報導。甚至有些人相信他會當上總統，當然是在沒被吊死的前提下。

如同往常一般，這個無常不合理的世人將莫夫．波特摟入懷中，像以前過分的虐待他一樣，現在又過分的寵愛他。但是世人這種行為還算是優點，所以故意去挑毛病不太好。

對湯姆來說，白天是既榮耀又快樂，但是夜晚卻是既擔驚又受怕。印第安喬總是到他所有的夢裡來騷擾，眼裡還帶著毀滅之光。

幾乎沒有任何誘惑可以在入夜之後說服湯姆外出。可憐的哈克也同樣處於悲慘且膽顫心驚的狀態，因為湯姆在偉大的審判日前一晚把所有的事情都告訴了律師，哈克極害怕他的部分也會洩漏出來，沒想到印第安喬的逃跑倒是救他一命，讓他在法庭上不用忍受作證的折磨。

哈克這可憐的傢伙要求律師為他保密，但那又怎樣？既然湯姆不安的良心都能夠驅使他趕在前一個晚上跑到律師家，硬擠出那個曾經發下最可怕的毒誓，在任何情況都不說的故事，哈克對人類的信心幾乎都要泯滅殆盡。

莫夫．波特的感激使得湯姆在白天時很高興自己說出祕密來；但是到了晚上，他就希望當時他能管得住自己的嘴巴才好。

有一半的時間湯姆希望印第安喬永遠都不要被逮著；但另一半時間，他又覺得除非那個人死了，他親眼看到屍體，不然他知道他永遠也不能感覺到真正的安全。

政府提出了捉拿酬金，整個國家也已布下天羅地網，但是完全沒有印第安喬的蹤跡。在各路人馬追蹤的過程中，其中有一個情節很有趣。

一個無所不知令人敬畏的偵探從聖路易跑來這裡，他像老鼠一樣偷偷的到處搜尋，不時搖搖頭，一副很聰明的樣子，最後他完成了那個行業的人常常達成的「豐功偉業」，那就是說，他「找到了一個線索」。但是他們總不能把「線索」依謀殺案施以絞刑吧！所以之後偵探就結案打道回府了，湯姆還是跟先前一樣充滿不安全感。

日子緩慢的過著，每過一天，湯姆就稍減一分心中的憂慮。

25. 尋寶

每個男孩都會有一段時期極度渴望到某個地方去挖掘寶藏。

有一天湯姆就忽然產生這樣的欲望。他衝出家門去找喬．哈潑，但是沒找到。接著他又去找班恩．羅杰斯，不巧他去釣魚了。不久他在路上就巧遇紅手哈克．費恩，哈克倒是挺適合的。

湯姆把他帶到一個隱密的地方，跟他推心置腹的講了尋找寶藏的事，同時要求他保密。哈克很願意。

哈克對於所有提供娛樂又不需要資金的事情都很願意插手，因為他有多得花不完的時間可以讓他隨便揮霍——跟別人不一樣，他的時間不是金錢。

「我們要去哪裡挖？」

「喔，大部分地方都要去。」

「你是說財寶藏得到處都是？」

「當然不是，財寶是藏在某些特定的地方——有時候是藏在小島上，有時候是藏在枯死的老樹主枝末端——因為子夜時分樹影恰好會落在那個地點——下面腐朽的木箱裡，但大部分都是在藏鬼屋的地板下面。」

「是誰藏的？」

「那還用說，當然是強盜嘍——你以為是誰？主日學校的校長嗎？」

「我不知道。如果寶藏是我的，我不會把它藏起來；我會把它花個精光，好好痛快的玩它一場。」

「我也會，只不過強盜不那麼做。他們通常會把財寶藏起來，然後就把它留在那裡。」

「難道他們就不再回來拿了嗎？」

「不是那樣的，他們原以為他們以後會回來，但是他們通常會忘記到底藏在哪裡，也有可能藏的人後來就死了。反正財寶藏在那裡已有相當時日，都生了鏽；隨著時間消逝，就會有人發現一張老舊發黃的紙，上面就會告訴你如何去找寶藏——那張藏寶圖通常要花一個禮拜才能解開謎題，因為上面大部分是符號和圖象。」

「圖——什麼？」

「圖象——就是類似畫一些圖什麼的，你知道，看起來好像毫無意義。」

「湯姆，你有沒有藏寶圖？」

「沒有。」

「那麼你怎麼知道藏寶地點在哪兒？」

「我不需要藏寶地點。反正我知道寶藏大部分都是藏在鬼屋或是小島上，或是有主枝突出的枯死樹下。我們曾經到傑克森島上稍稍探過一次險，我們可以找時間再去一次；另外在靜居支流上的那棟老舊的鬼屋，以及那裡附近還有好多好多有主枝的枯樹——那些地方都可能有寶藏。」

「那些地方都有財寶嗎？」

「你怎麼會那樣說！當然不是！」

「那麼你怎麼知道哪裡才對？」

「每個都找啊！」

「老天，湯姆，那要找整個暑假呢！」

「那有什麼關係？說不定你可以在一個長滿銅綠的銅罐子裡找到一百塊錢，或是在一個腐朽的木箱子裡找到滿箱的鑽石，你覺得如何？」

哈克眼睛都亮了

「太酷了！對我來說夠酷了。不過你只要給我一百塊，我不要鑽石。」

「好。不過如果我是你，我不會放棄鑽石，有些鑽石的價值要高到一顆二十塊——只有極少數的鑽石價值七毛五或一塊錢。」

「不會吧！真的嗎？」

「當然——每個人都會這樣告訴你。哈克，難道你從來沒看過鑽石？」

「我記得應該沒有。」

「喔，國王就有好多好多。」

「可是我不認識什麼國王。」

「我想也是。不過如果你去過歐洲，你就會看到成群的國王到處亂跳。」

「他們會到處亂跳嗎？」

「到處亂跳？老天！當然不會！」

「那麼你為什麼要說他們到處亂跳？」

「天哪，我意思是說你到處都看得到他們——當然不是真的到處亂跳——他們到處亂跳幹嘛？我的意思是你會看到他們——到處都可以看到他們，你知道，一般情形就是那樣。就像那個老駝子國王理查。」

「理查？他姓什麼？」

「他沒姓，國王只有名沒有姓。」

「沒有姓？」

「沒錯。」

「好吧，只要他們高興就好；不過我不想當個只有名沒有姓的國王，好像黑奴一樣。不管了，你要先到哪裡挖？」

「嗯，還不知道。要不要先去靜居支流另一邊山上的枯樹那裡找找看？」

「贊成！」

他們帶著一個殘缺不全的十字鎬和鏟子，開始三哩的徒步旅行。等到他們到達目的地時，兩個人都全身發熱，累得直喘，所以他們趕快跑到鄰近的一棵榆樹下躺下來，抽一口菸。

「我喜歡這樣！」湯姆說。

「我也是。」

「喂，哈克，如果我們真的在這裡找到寶藏，你準備怎樣處理你那一份？」

「嗯，我要每天都吃一塊派和一杯汽水，還有每次有馬戲團來時都去看。我敢打賭我一定會過得很快樂。」

「喔，難道你不想存一點錢嗎？」

「存錢？幹嘛？」

「沒幹嘛，可以用那個錢來過日子啊！」

「喔，存錢沒有用的。我老爸有一天一定會回到鎮上來，如果我動作不快點，他一定會來跟我搶，而且我敢說，他一定會一下子就把它花個精光。湯姆，那你呢？你要怎麼處理你那一份？」

「我要買一個新鼓，一把貨真價實的劍，一條紅領帶，一隻小牛頭犬，然後結婚。」

「結婚！」

「沒錯。」

「湯姆，你——你不會是頭腦不清楚吧！」

「你等著瞧吧！」

「天哪，結婚恐怕是你能做的最愚蠢的一件事。看看我老爸和我老媽，老打架！老天，他們以前一天到晚都在打架。這我記得非常清楚。」

「那有什麼。我要結婚的對象不會跟我打架。」

「湯姆，我相信她們都是一個樣，會拿梳子打人的。我想你現在最好仔細的考慮一下。我說你最好多做考慮。那個馬子叫什麼？」

「不是馬子——是一個女孩。」

「還不是一樣嘛；有人說馬子，有人說女孩，兩個都對，都差不多。她到底叫什麼名字，湯姆？」

「我以後會告訴你——不是現在。」

「好吧——以後再告訴我。只不過你一結婚，我一定會更加寂寞。」

「不會的。你要搬來跟我一塊兒住。先不要講了，我們現在來挖吧！」

他們持續工作、流汗了半個小時。毫無結果。所以他們又做了半小時的苦力。還是毫無結果。哈克說道：

「他們通常都挖得這麼深嗎？」

「通常——不過不是每次。沒有一定的。我想我們可能挖錯地方了。」

所以他們又挑了一個新地點，重新開始。這次他們的動作比先前要慢了些，但是還是有些進度。他們不發一語努力不懈了好一陣子。最後哈克身子靠著鏟子，把聚集在眉毛處的成串汗滴用袖子抹掉，說道：

「如果這個挖完，你下一個要挖哪裡？」

「我想我們可以試試到卡地夫山後面寡婦家那邊的老樹附近碰碰運氣。」

「那倒是一個不錯的地點。但是，湯姆，如果我們挖到了寶藏，寡婦會不會來跟我們搶？畢竟那是她的地。」

「她敢搶！她來試試看啊！不管是誰找到埋藏的寶藏，就可以擁有那些寶藏。在誰的地找到並沒有什麼關係。」

哈克聽了很滿意，所以他們又繼續工作。不久，哈克又說：

「混蛋，我們一定又找錯地方了。你覺得呢？」

「這的確挺詭異的，哈克，我實在不明白。不過有時候女巫會來搗蛋。我想問題可能就出在這裡。」

「老天爺，女巫大白天的哪有什麼法力？」

「你說得是。我倒沒想到。喔，我知道是怎麼回事了！我們真是一對大傻瓜！我們應該先要確定子夜時分，主枝的影子落在什麼地方，然後再挖才對。」

「太慘了，白白浪費這麼多時間和精力在這裡。去他的，我們晚上還得大老遠再回來這裡，挺累人的。你出得來嗎？」

「我想沒問題。我們今晚也一定要來，因為如果有人看到這些洞，他們會立刻知道怎麼回事，然後也來分一杯羹。」

「好吧，今晚我會到你家學貓叫。」

「好，我們把工具藏在樹叢裡。」

那晚他倆在約定的時間內來到了那裡。他們坐在樹陰下等著。這是個淒涼的地方，而這等待的一個小時也因為古老的傳說而顯得更嚴肅。幽靈在沙沙作響的樹葉中輕聲細語，鬼魂在黝暗的角落潛伏，有隻獵犬嗥叫聲連續地從遠處傳來，貓頭鷹則以來自墳墓的調子回應。

兩個男孩子完全被這份凝重所驚懾住，幾乎都沒有開口。

不久，他們覺得十二點差不多到了，他們在影子落下的地方做個記號，開始挖了起來。他們的希望揚了起來，興趣越來越濃，他們也隨之挖得越勤。洞越挖越深，但是每當他們的心都要因為聽到鐵鏟敲到東西的聲音而跳出來時，得到的卻是一次又一次的失望。敲到的不過是石頭或木塊。最後湯姆說道：

「沒有用的，哈克，這次我們又錯了。」

「怎麼會，我們不會搞錯的，我們的確是在樹影上開挖的。」

「我知道，不過還有一件事，我們沒有考慮到。」

「什麼事？」

「我們的十二點是猜的。我們只不過認為時間差不多就挖了，說不定太早了，也可能太晚了。」

哈克放下鏟子。

「你說對了，」哈克說：「那的確是個問題。這裡我們不能再挖了，既然我們無從知道正確的時間，而且做這種事實在太可怕了，夜晚這個時間所有的孤魂野鬼、女巫精靈都出來外面到處飄蕩。我就一直覺得身後有什麼東西在跟著，也不敢回頭，因為我怕或許前面有東西正在等機會，搞得我從到這裡以後，全身雞皮疙瘩沒有下去過。」

「哈克，我的情形不會比你好到哪裡去。因為我知道每當他們在樹下埋金銀財寶，通常也會埋下一個死人來看管。」

「老天！」

「沒錯，他們真的那樣做。我一直都這樣聽說。」

「湯姆，我不太喜歡在死人出沒的地方晃蕩，只要有他們在，一定會惹麻煩的，真的。」

「我也不喜歡吵醒他們。想想看，如果這裡的這位伸出骷髏頭來說話，那可怎麼辦！」

「湯姆，不要嚇我了！好可怕！」

「我講的都是事實，哈克。我自己也不好受。」

「湯姆，那我們乾脆就放棄這裡，去試試別的地方。」

「好吧，我想我們最好如此。」

「要換到哪裡去？」

湯姆考慮了一下，才說：

「去鬼屋！對，就去鬼屋！」

「老天，湯姆，我不喜歡去鬼屋。那裡比死人更恐怖。死人或許可能會說話，但是他們不像鬼魂一樣，蓋著白布到處飄來飄去，當你不注意時，就突然越過你的肩膀，露出他們的牙齒來嚇你一大跳。我絕對不能忍受那種驚嚇，而且，湯姆，沒人可以忍受。」

「是啊！可是哈克，鬼魂只在夜晚才出來活動。如果我們白天去挖寶藏，他們是不會來搗蛋的。」

「你說得倒是。但是你很清楚，一般人不管在夜晚還是在白天都是不去鬼屋的。」

「那主要是因為他們不喜歡去一個死過人的地方——而事實上在鬼屋裡除了在晚上，沒有人看到什麼可怕的景象——不過就是從窗戶流洩出一些藍色的燈光——沒有一般的鬼魂。」

「湯姆，當你看到藍光在屋裡閃爍時，那就表示有鬼魂在那藍光後面，這種講法是很有道理的，因為你知道，除了鬼魂以外還有誰會用藍火？」

「那倒是。不過既然他們白天不出來，我們幹嘛害怕？」

「好吧，如果你想要去鬼屋，我們就去試試吧——但是我認為那挺冒險的。」

這時候他們已經走下山了。在月光中，他們的腳下，聳立著那棟與外界隔絕的「鬼屋」，原本的圍牆好久以前就不見了，叢生的野草掩蓋了整個門階，煙囪已經損壞，窗框都是空的，屋頂的一角塌陷下來。

他們兩個瞪著眼睛看了好一會兒，他們以為自己已經要看到藍火從窗戶穿出，他們低聲交談著，以符合當時的時間以及情景，然後他們一直往右靠去，遠遠的離開那棟鬼屋，穿過卡地夫山的林子往家中走去。

26. 一箱金子

隔天差不多中午時分，他倆來到枯樹那裡取他們的工具。湯姆對於去鬼屋有些迫不及待，哈克也差不多——但是他突然說道：

「聽著，湯姆，你知道今天是星期幾嗎？」

湯姆把一個星期的日子在心中盤算了一下，然後很快的抬起眼睛，眼裡盡是驚恐的神色——

「老天！我想都沒想到呢，哈克！」

「是啊，我也是，只不過剛才我忽然想到今天是禮拜五。」

「該死，一個人實在不能有半點疏忽，哈克。如果我們在禮拜五做這種事，很難講不會碰到什麼倒楣事。」

「什麼很難講！你最好說一定不會碰到！平常你還是可能因為運氣好而不會碰到，但是禮拜五就不一樣了。」

「就是笨蛋也知道這個。我想你不是第一個知道這個的人，哈克。」

「我有那樣說嗎？而且今天不只是倒楣的星期五，昨晚我還做了一個糟糕的惡夢——我夢見老鼠。」

「不會吧！那真是個凶兆。牠們有打架嗎？」

「沒有。」

「那還好，哈克。如果牠們沒有打架，那僅僅表示周圍有些倒楣的事，你知道。我們只要保持警覺，離倒楣事遠一點兒就沒事。今天我們先把這件事丟一邊，好好的玩一玩。你知道羅賓漢嗎，哈克？」

「不知道，誰是羅賓漢？」

「哎喲，他是英國有史以來最偉大的人——也是最好的人，他是一個強盜。」

「哇，我真希望我是個強盜。他都搶些什麼人？」

「他都搶警長、主教、有錢人以及國王等等，不過他從來不搶窮人，因為他愛窮人，他每次都很公平的把搶來的東西分給他們。」

「那他一定是個好人。」

「我敢說他一定是。喔，他大概是有史以來人格最高尚的人。我可以告訴你，像他這樣的人現在根本不存在了。他可以一隻手綁在後面，打倒任何英國人，而且他還可以使用他的紫杉弓射中遠在一哩半外的一毛錢銅板，沒有半次例外。」

「什麼叫紫杉弓？」

「我也不知道。反正是一種弓就是了。如果他只射中那個一毛錢的邊邊，他會氣得坐下來哭——還罵髒話。我們來玩羅賓漢吧——好玩的不得了。我來教你怎麼玩。」

「贊成。」

所以他們就玩了整個下午的羅賓漢。每隔一段時間，他們會以渴望的眼光往鬼屋那邊望去，然後對明天可能會做的事及可能發生的事交換一下意見。當夕陽開始下山時，他們就橫過樹的長影，踏上回家的歸途，很快的他們的影子就消失在卡地夫山的森林中。

禮拜六那天，中午一過，這兩個男孩又來到那棵枯樹邊。他們先在樹蔭下抽口菸，聊聊天，然後在上次他們挖的洞上，再挖上幾下，只不過他們並不抱什麼希望，純粹是因為湯姆說有許多例子都是說他們在挖得只剩下六英吋時放棄而功敗垂成，然後讓下一個人占到便宜，因為那個人只不過揮了一下鏟子就挖到了財寶。不過那樣的事情，這次沒有發生，所以他們兩個扛起工具離開。邊走時他們還邊想，雖然他們沒有挖到財寶，但是挖寶藏這一行所需要的專門知識，他們倒是都具備了。

當他們到達鬼屋時，炙日下死寂所營造出的詭異以及恐怖感，還是那個地方的荒涼及孤單都使他們害怕，所以到了好一會兒了，也不敢貿然進入。

最後他們還是緩慢的走到門邊，全身顫抖的往裡偷看。他們看到一個沒有地板、沒有油漆、野草叢生的房間，裡面有個老式的壁爐、沒有玻璃的窗戶、毀損的樓梯，還有這裡、那裡，到處都掛著不整齊、自由發展的蜘蛛網。他們輕輕的走進屋內，脈搏加快，聲音放輕，耳朵靈敏到連最細微的聲音都聽得到，他們緊繃肌肉，隨時準備拔腿就跑。

過沒多久，由於覺得較熟悉了，他們的恐懼稍減，也就開始用批評而帶著興味的眼光好好檢查了一遍。他們對於自己的大膽，覺得相當佩服，也相當不解。

接下來，他們想要上樓去看看。上樓對他們來說需要點破釜沉舟的勇氣，但是他們靠著互相說些「你一定不敢怎樣」的話，果然導向一個唯一的結果——把他們的工具丟向某個角落，然後爬到樓上去。樓上是同樣一副破敗相，但是在角落邊倒是有個看起來很神祕的衣櫥，但是那股神祕感卻是騙人的——打開來什麼都沒有。現在他們的勇氣被激起來了，似乎可以狠狠幹它一票。正要下樓開始工作時，忽然——

「噓！」湯姆說。

「是什麼？」哈克小聲說，臉上的顏色因害怕而褪去。

「噓……在那裡……聽到了嗎？」

「聽到了……喔，老天！我們快溜！」

「別說話！你別亂動！他們就要走到門這邊來了。」他們趴在地板上，把眼睛貼近木條板的細縫間，躺在那裡等待著，心中著實因為害怕而覺得悽慘。

「他們停下來了……不對——來了……他們又來了。哈克，現在一句話都別說。老天爺，我真希望我不在這裡！」

兩個大人進來了。兩個小孩各自想著：「原來是最近出現在鎮上一、兩次，那個又聾又啞的老西班牙人——另一個倒是沒見過。」

那「另一個人」是一個衣衫襤褸、全身髒兮兮的傢伙，在他臉上找不出任何令人愉快的地方。那個西班牙人裹著一個墨西哥大披肩，嘴上留了濃密的白鬍鬚；長長的白頭髮從他的墨西哥帽瀉下，臉上還戴著一副綠色的太陽眼鏡。

他們走進來時，「另一個人」正以低沉的聲音說著話，他們坐在地上，面對著門，背對著牆，說話的人還一直說個不停。他的態度越來越疏於防衛，話說得越來越清楚：

「不對，」他說：「我已經整個想過一遍，而且我一點兒也不喜歡。太危險了。」

「什麼危險！」這位「又聾又啞」的西班人竟然開口埋怨，把這兩個小孩嚇了一大跳。「真是娘娘腔！」他的聲音又使得兩個男孩倒抽一口氣直發抖。竟然是印第安喬！接著是一陣子的沉默。然後喬又說話了：

「還有什麼工作比得上那邊那件工作危險的——而且到現在都沒事！」

「這個不同。上次是在河那邊，而且附近也沒有別的房子。只要我們沒成功，就永遠不會有人知道我們曾經在那裡試過。」

「說得是，還有什麼比大白天來這種地方更危險的——每個人都會懷疑說看到我們。」

「我知道。但是在上次那件傻事以後，沒有其他什麼地方像這裡這樣方便。我想要離開這個破房子，昨天就想要離開了，但是有那幾個可惡透頂的小孩在山頭那裡玩，把這裡看得清清楚楚，我可不敢輕舉妄動。」

「那幾個可惡透頂的小孩」聽了這些話更是嚇得全身打顫，他們心中想，他們能夠事先想到昨天是禮拜五而決定將事情緩一天，實在運氣有夠好的。不過他們心中也想，如果能夠緩一年那就更好了。那兩個大人拿出一些食物，做了午餐。經過長久而且考慮周密的寂靜後，印第安喬說道：

「聽著——你先回去你所熟悉的河邊，在那裡等我進一步跟你聯絡。我會找機會偷偷溜到城裡一趟，去探個究竟。然後等我將四處的形勢都觀察一下，把整個事情好好想過，我們就做那件『危險』的事。然後我們就去德州！我們一起逃跑。」他們覺得很滿意，所以不久都打了呵欠，然後印第安喬說道：

「我睏死了！這次該你守衛了。」

他蜷縮在野草叢中，不久就開始打鼾了。他的同伴推了他一、二次，他才又漸趨平靜。不久看守的人自己也開始點頭了，他的頭越垂越低，現在兩個人都開始打呼了。

兩個孩子深深呼了感激而長久的一個氣。湯姆小聲說：

「現在這是我們的機會了——來吧！」

哈克說：

「我沒辦法——如果他們忽然醒來，我一定會死。」

湯姆一直催促哈克——而哈克卻一直退縮。最後湯姆緩慢而輕柔的站起，準備一個人走，但是當他踏出第一步時，他的腳踩在年久失修的地板上發出一個可怕的嘰嘎聲，他立刻蹲了下來，整顆心幾乎都要蹦出來。

他不敢再試第二次。兩個小孩就躺在那裡，一秒一秒數著永無止盡的時間，直到對他們來說，時間必定到了盡頭，永恆已經褪了色時，他們才滿懷感激的發現太陽終於下山。

現在有一個鼾聲停止了。印第安喬坐了起來，向四周望望——望著他的同伴冷冷的笑一聲，他同伴的頭正垂在雙膝上——印第安喬用腳把他踢醒，說道：

「醒醒吧！不是該你當守衛嗎？不過沒關係，反正也沒有事發生。」

「老天！我睡著了嗎？」

「喔，差不多，差不多。我們現在該走了，夥伴。剩下的那些小戰利品要怎麼處理？」

「我也不知道——我想就像以前一樣把它留在這裡吧。在我們出發去南部前，沒必要把它帶著走。六百五十塊銀幣提起來可不輕。」

「那麼——就這樣吧——再來一趟也沒有什麼關係。」

「是啊——不過我想還是跟以前一樣在晚上來——這樣比較保險。」

「好。不過你聽著，要找到好時機開始動手，可能需要好一會兒。這樣的話，誰知道會不會發生什麼意外，何況這裡也不是非常好的藏匿處；我們不如正正式式把它埋藏起來，埋得深一點兒。」

「好主意。」他的同伴說道，同時穿過房間，跪下來，把背後砌爐的石塊舉起一塊來，從中取出一個發出清脆好聽聲音的袋子來。他拿出二、三十塊錢給自己，也幫印第安喬拿了同樣多的錢，然後把錢交給跪在角落邊，正在用他的單刃短獵刀挖洞的印第安喬。

兩個男孩在那一刻，已忘記他們所有的害怕以及所有的不幸，用著喜不自勝的眼睛，仔細的看了每個動作。運氣真好！這種好運道真是超乎他們的想像！六百塊大洋夠讓半打男孩富有！這是尋寶人夢寐以求的好兆頭，他們不會有「要到哪裡挖」這種不能確定的煩惱。

他們每隔一小段時間就以肘輕碰對方——這個持續不斷的小動作，明明白白代表唯一的意思——「喔，你現在一定很高興我們來這裡了吧！」

印第安喬的刀子敲到了什麼東西了。

「喂！」他說道。

「是什麼？」他的同伴問。

「半腐爛的木板——不對，我想是一個箱子。來，來幫我點忙，我們就可以知道這到底是什麼東西了。沒關係，我來弄出一個洞來。」

他伸長手臂把它拉出來——

「老天，是錢呢！」

他們兩個人檢查手上滿滿的錢幣。是金幣呢！上面的男孩也跟他們一樣興奮，一樣滿心喜悅。

喬的同伴說道：

「我們趕快把錢都挖出來。壁爐另一邊的角落的野草叢中有一把生鏽的舊十字鎬——我剛才才看到。」

他跑過去拿了男孩們的十字鎬及鏟子。印第安喬拿起十字鎬，用批判的眼光好好看了一遍，搖搖頭，口中喃喃自語，然後開始使用那把工具。箱子很快的出土了。那個箱子不是很大，是包鐵的，在無情的漫長歲月侵蝕之前，是一個很堅固的箱子。兩個人恍如置身天堂般，安靜的注視這份意外之財。

「夥伴，這裡有好幾千塊錢呢！」印第安喬說道。

「我以前就一直聽說莫瑞幫的人夏天常常在附近出沒。」那個陌生人說道。

「我知道。」印第安喬說：「而且我敢說，這應該就是那筆錢。」

「那麼現在那個案子你就不必做了。」

混血兒聽了皺了皺眉頭，然後說：

「你不了解我，至少你不了解整件事的來龍去脈。這件事不是為了要搶劫，而是為了復仇！」他的眼裡閃著邪惡的火焰。「這件事需要你的幫忙，如果做完了，我們就去德州。你可以回到你的南西及孩子身邊，然後在那裡等我的消息。」

「好吧，你怎麼說就怎麼做。那麼這些錢要怎麼辦——再把它埋起來嗎？」

「對。（樓上的人真是欣喜若狂。）不行！看在偉大的酋長份上，當然不行！（樓上的人滿心苦惱。）我幾乎都要忘了。那個十字鎬還有新鮮的土在上頭！（那兩個男孩有一會兒幾乎都要嚇死。）為什麼這裡會有十字鎬和鏟子？為什麼上面沾有剛挖過的土？是誰把它們帶來這裡的——他們又去哪裡了？你聽到附近有人在嗎？或是看到其他人了嗎？說什麼把錢再埋回去，難道你要把錢留在這裡，然後等他們來把錢拿走嗎？那樣不行的——那樣不行的。我們把錢帶回我的窩。」

「你說得是！我實在該早點兒想到。你是說一號？」

「不是——二號——畫了十字那裡。一號不好——太普通了。」

「好。現在天已經快黑了，我們可以動身了。」

印第安喬站了起來，走到窗邊，一個窗戶一個窗戶的小心往外看去。不久他開口道：

「誰有可能帶著那些工具來這裡？你想他們會不會就在樓上？」

兩個男孩幾乎都忘了呼吸。印第安喬把手放在刀上，停了一會兒，他一時不能決定該怎麼做，最後他轉身走到樓梯間。

兩個男孩想要跑去躲到衣櫥裡，但是他們只覺全身使不出半點力氣來。腳步聲從樓下嘰嘰嘎嘎的傳上來——在如此情況下，這種無法忍受的壓力使得兩個男孩更加下定決心——他們正要跳往衣櫥時，忽然傳來朽木斷裂聲，接下來印第安喬就整個人跌落一樓地板，一堆樓梯木頭碎片的中央。他一邊罵著髒話，一邊勉力站了起來。他的同伴說：

「現在那個樓梯已經沒用了。如果真的有人來，而且就在樓上，那麼就讓他們待在樓上吧——誰在乎？如果他們現在要跳下來，惹上麻煩，又有誰會反對？不到十五分鐘天就要黑了——如果他們高興，那就過來跟蹤我們吧，我很願意讓他們跟。我是這樣想的：不管是誰把那些工具丟在這裡，即使看到我們，也一定把我們當成鬼啦、妖怪之類的東西了。我猜他們早就逃之夭夭了。」

印第安喬喃喃抱怨了一會兒，然後贊同他朋友的意見，也認為天快黑了，他們應該把東西趕快收拾好，準備走了。過了不久，他們就在逐漸加濃的夜色裡，帶著他們珍貴的箱子，往河那邊前進。

湯姆和哈克站了起來，雖然很虛弱，但是心中的負擔倒是大大減輕，他們從木頭的隙縫間盯著他們的背影看。跟蹤？他們不會。他們對於自己能夠跳到一樓而沒摔斷脖子感到滿足，立刻就走過山頭往城裡去。

他們沒什麼交談，因為太專心恨自己了——恨自己運氣那麼差，竟然把鏟子和十字鎬帶到那裡去。要不是那些工具，印第安喬是絕不會懷疑的。他會把銀子和金子放在一起，藏在原來的地方，然後等他滿足了「報仇」的欲望，他就會發現他的厄運——因為他的錢都不見了。但是現在運氣差的是他們兩個小孩，如果他們沒帶工具來就好了！

他們決定如果那個「西班牙人」來到城裡找機會報仇時，要好好盯著他，然後跟蹤他到

「二號」去，不管那裡是什麼地方。忽然一個可怕的念頭跑到湯姆的腦袋裡，他說道：

「報仇？哈克，你覺得他指的會不會就是我們？」

「天哪，不會吧！」哈克叫道，他快要昏過去了。

他們把整件事說了一遍，等他們走到城裡時，他們兩個都一致相信，他所指的可能另有他人——最少他指的可能是除了湯姆以外的他人，畢竟只有湯姆一個人曾經作證過。

對於湯姆來說，獨自一個人處於險境的這種安慰實在不要也罷。如果有伴的話，情況倒是會明顯的改進，湯姆想。

27. 追蹤

湯姆白天的歷險在那天夜裡的夢境裡猛烈的折磨著他。有四次他已經伸手拿到了那些豐富的寶藏，但是四次他都因為夢突然結束而什麼都沒到手，醒來又回到他冷酷而不幸的現實裡。

清晨當他躺著回想那個大冒險事件時，他注意到那些事竟然很奇怪的，看起來很薄弱、很遙遠——好像是發生在另一個世界的一樣，要不然就是發生在很久很久以前。他甚至會以為那次的大冒險不過是一個夢！有個很強的理論可以支持這個想法，那就是，他所看到的錢幣數量太大，不可能是真的。他以前連五十元放一起都沒見過，他就像當時同年齡、同身分的小孩一樣，在他們的想像裡，每當有人提到「數以百計」或是「數以千計」，他們會覺得那一定是誇張的說法，只是讓語言更多變化而已，世上怎麼可能真的存有那麼大的數字。

他從來沒有一時片刻想過像一百塊這麼大面額的錢可能會是屬於某個人專有。如果分析一下他對寶藏的觀念，我們會發現那不過是一整把十分鎳幣和許多模糊、閃亮而抓不住的一元硬幣。

但是他冒險的事件在他一再回想後，變得越來越清楚，所以不久他發現自己已經完全有了個印象，那就是那些事或許並不是夢境。為了要掃除那種不確定性，他應該抓了早餐就跑，而哈克是他唯一的解答。

哈克坐在一葉小扁舟的邊邊上，百無聊賴的把雙腳放在水中晃啊晃的，看起來很憂鬱。湯姆決定要讓哈克自己提起那個話題，因為如果他沒有，一定表示前一天的冒險不過是一場夢。

「哈囉，哈克。」

「哈囉，湯姆。」有一段時間的靜默。

「湯姆，如果我們把那些肇禍的工具留在枯樹那裡的話，那些錢就會到我們手裡了，唉，實在太糟糕了！」

「這麼說來，那真的不是夢，真的不是夢呢！不知怎的，我竟然非常希望那乾脆是一場夢算了。我不騙你，哈克，我真的是那麼希望的。」

「什麼東西不是一個夢？」

「喔，就昨天那件事嘛。我有一半以為那是一場夢。」

「什麼一場夢！如果那樓梯沒有壞的話，你的惡夢真是夢都夢不完！我昨晚做的夢已經夠多了——夢裡都是那個單眼戴著眼罩的西班牙魔鬼在後面追我——去他的！」

「不對，不是去他的，而是去找他！把錢追回來。」

「湯姆，我們永遠也找不到他。每個人一生都有一個千載難逢的機會——但是如果你錯過了那個機會，那就再也不會碰到了。而且如果我真的看到他，我想我一定會全身發抖，還是算了吧！」

「是啊，我想我也是一樣；不過不管怎麼說，我還是很想看到他——跟蹤他——然後找到『二號』。」

「『二號』，對，就是那裡。我一直在想著『二號』呢！但我怎麼想也毫無頭緒。你想到那是哪裡了嗎？」

「我不知道。太難了。對了，哈克，那會不會是某個房子的號碼？」

「太好了……不對，湯姆，不會的。如果真的是房子的號碼，也不會是在這個鳥不生蛋的地方，這裡的房子是沒有門牌號碼的。」

「你說得是。讓我想一會兒。對了——那可能是一個房間的號碼——你知道，就是在旅館的那種房間。」

「喔，原來是玩這種花招！城裡不過就兩間旅館，我們很快就可以找出來。」

「你留在這裡直到我回來。」

湯姆立刻就離開了。他不想與哈克一起在公共場合出現。他去了半個小時，發現在城裡最好的旅館裡，二號房一直住著一位年輕律師，他現在也還住在那裡。而在另一個設備沒那麼豪華的旅館裡，二號房則是個謎。旅館老闆的兒子說，那個房間一直是鎖著的，除了晚上，他從來沒看過有人從那扇門出來或進去；他對於為什麼會那樣也無法說出個所以然來，的確有些奇怪的地方，但是說起來又很薄弱；他甚至還讓自己相信那個房間「鬧鬼」，將房間的神祕性推到最高點；另外老闆兒子還注意到前一天晚上那個房間有燈光。

「這就是我的發現，哈克。我相信那就是我們在找的『二號』。」

「我想也是，湯姆。現在你要怎麼做？」

「我想想看。」湯姆想了很久。然後他說：

「我來告訴你。那個二號房的後門通往旅館和磚店老爺車中間有一條死巷子。現在你盡量找所有你能找到的房間鑰匙，我也把阿姨的鑰匙都偷來，然後一等到天黑，我們就去試開看看。還有我要提醒你，要提防印第安喬，他不是說他隨時會到城裡來一趟，找機會報仇嗎？如果你看到他，你就跟蹤他；如果他並沒去那個二號房，就表示那個地方不對。」

「老天，我可不想一個人跟蹤他。」

「怎麼了，反正那一定是在晚上，他不會看到你的——如果他真看到你，或許也不會懷疑什麼。」

「好吧，如果真的很黑很黑，我想我會跟蹤他。不知道唉——我不知道。我會試試看吧……」

「如果天很黑，我敢說我一定會跟蹤他，哈克。怎麼說，或許他發現報仇是不可能的，乾脆就去拿錢了。」

「一定就是那樣，湯姆，一定就是那樣。我會跟著他，我發誓，我一定會的。」

「這樣說話才對嘛！哈克，永遠不要軟弱，我就不會。」

28. 窩穴

那天晚上湯姆和哈克都準備好要開始他們的冒險。他們在旅館附近徘徊到九點，一個在離巷子有一段距離的地方守衛，另一個則在旅館門口。

沒有人走進巷子，也沒有人走出來；也沒有長得像西班牙人的人走進或走出旅館門口。

看來那天晚上會是個行動的好日子，所以湯姆就回家了，他知道如果天黑到一個程度，哈克就會到他家外面「學貓叫」，然後他就會跟出去，去試開所有的鑰匙。

但是那天晚上什麼也沒發生，哈克在十二點左右就結束監視，回到他那原本裝糖的空心大桶子裡睡覺。

禮拜二，兩個男孩運氣都很差；禮拜三，情形還是沒有好轉。但是禮拜四情形看來有轉好的趨勢。

湯姆找了個好時機，提著阿姨的老舊提燈，還有一條可以包住提燈的毛巾，溜了出來。他把提燈藏在哈克的糖桶裡，監視正式開始。

十一點時旅館關門，燈火（附近唯一的燈火）也熄滅了。沒有任何西班牙人的蹤影。也沒有人走進或走出巷子。

看起來一切都很順利，在黑暗中，黑色成為主宰，唯一打破絕對寂靜是遠方間歇發出的低沉雷聲。

湯姆拿出提燈，在桶子裡燃起燈火來，然後用毛巾緊緊包住，兩個冒險家就在幽暗中躡手躡腳的走向旅館。

哈克站衛兵，湯姆則摸索著走進巷子裡。這時候有一段時間的等待，焦慮像座山一樣重重的壓在哈克的心上。

他開始希望他可以看到那個提燈的閃光，儘管那會嚇著他，但是至少會告訴他湯姆還活著。從他上次看到湯姆到現在，似乎已經過了好幾個小時。

湯姆想必是昏倒了，也有可能死了，也有可能心臟因為太過興奮、太過害怕而爆裂。身處不安的哈克不由自主的越來越向巷子走去，他害怕各式各樣可怕的事情，隨時都預料會發生一個大慘劇，把他嚇斷了氣。

事實上他也沒剩多少氣好嚇斷的，因為他現在似乎能吸進的氣非常少量，他的心也會因為跳動次數太多而很快耗竭。

忽然來了一道燈光，湯姆慌慌張張的跑到他身邊來。

「快跑！」湯姆說：「趕快逃命！」

他完全不需要重複，一次就夠了，因為在湯姆還沒開口時，哈克已經以一小時三十或四十哩的速度開跑了。兩個孩子一直跑到村子南邊一個廢棄屠宰場的柴棚處才停下來。

等他們一到達棚子，暴風雨突然來襲，大雨傾盆而下。湯姆才喘了口氣，就立刻說：

「哈克，太可怕了！我以最輕最輕的手法試了兩把鑰匙，但是發出的聲音卻大得驚人，我怕得幾乎不敢呼吸，而且兩把鑰匙都打不開，然後，還不清楚自己在幹什麼，我就去轉動那個門把，門竟然就打開了！門沒鎖呢！我就跳了進去，把毛巾甩掉，後，我的媽咪喲！」

「你到底——到底看到什麼了，湯姆？」

「哈克，我幾乎就要踩到印第安喬的手了！」

「不會吧！」

「就是！他躺在那裡，躺在地板上睡得相當沉，兩隻手臂胡亂伸展著，眼睛上還戴著眼罩。」

「老天爺，你當時怎麼辦？他醒來了嗎？」

「沒有，動也沒動。我想是喝醉了吧！我趕緊抓了毛巾就跑。」

「如果是我，我敢打賭，我一定會忘了拿毛巾！」

「我不會忘的，因為如果我把毛巾丟了，我阿姨不會饒過我的。」

「對了，湯姆，你有沒有看到那個箱子？」

「哈克，我待在那裡的時間實在不夠我四處看。我沒看到那個箱子，也沒有看到那個十字。我只看到印第安喬身旁的地上有一個瓶子還有一個錫杯。是的，在那房間我還看到兩大桶和更多的瓶子。難道你現在還猜不出那間鬧鬼的房屋是怎麼回事嗎？」

「怎麼回事？」

「老天，那個屋子鬧的是威士忌！說不定所有的禁酒旅館都有個鬧鬼的房間呢！喂，哈克！」

「喔，我想或許吧！誰會猜得出有這種事？但是，湯姆，現在倒是拿那個箱子的好時機，既然印第安喬喝醉了。」

「你說得沒錯！你去拿吧！」

哈克全身直打顫。

「嗯，不了——我想最好不要。」

「我也認為最好不要，哈克。印第安喬身旁只有一瓶酒，我想那是不夠他沉睡不醒的。如果有三個酒瓶，那表示他夠醉，那麼我就敢動手了。」

他們都停了一陣子不說話，反芻剛才的交談。然後湯姆開口說道：

「聽著，哈克，我想我們在印第安喬還在這裡的時候，就不要再去想那件事了。那樣做太可怕了。現在，如果我們每個晚上都在外面看守，就有相當把握能夠看到他出門，反正他一定有出門的時候吧！然後我們快如閃電的拿了那個箱子就跑。」

「好啊，我也贊同。我會整晚看守，而且每晚都來看守，不過你得負責去拿箱子出來。」

「沒問題，你只要跑到胡潑街去，走過一條街後學貓叫就行了——如果我睡著了，你就對窗戶丟幾顆石子，這樣一定可以叫醒我。」

「同意，我沒問題！」

「好，哈克，現在這場風暴已經結束，我要回家了。再過兩個小時天也要亮了，你可以回去旅館看守整夜嗎？」

「湯姆，我已經告訴你我可以，那麼我就可以。我要好好的看住那個旅館整整一年！以後我白天睡覺養足精神，晚上就可以整夜看守。」

「那太好了。現在你要去哪裡睡覺？」

「去班恩．羅杰斯家的乾草棚那裡，他答應了；另外他爸爸的黑奴傑克大叔也答應了，交換條件是他需要的時候，我就去幫他搬水，而如果我跟他要東西吃時，他也會省下他的食物，分一些給我。他實在是個好黑人呢，湯姆。他喜歡我，因為我從來不會擺出自己身分比他高的樣子。

「有時候我會乾脆坐在他旁邊，跟他一塊兒吃。但是你不要跟別人說這件事，當一個人餓到一個程度時，他就會做出一些他平常不會做的事，但那並不表示他願意那樣做。」

「好吧，如果我在白天不需要你，我就讓你好好睡吧，我不會跑去煩你的。若你在晚上有任何的風吹草動，別忘了要趕快跑去我家外面學貓叫喔！」

29. 拯救

湯姆在禮拜五那天一早所聽到的第一件事，就是一件令人高興的消息——柴契爾法官一家在前一晚回到城裡來了。現在在湯姆心中，印第安喬和寶藏都降到第二重要的位子了，而蓓琪則穩穩居於首要地位。

湯姆見過蓓琪，兩人還跟一群學校同學一起玩過「偵探遊戲」及「守溝員」，玩得不亦樂乎。那天過得很充實，特別的滿足——蓓琪一直纏著媽媽，要她答應隔天舉辦那個很早以前就答應卻遲遲未辦的野餐，而媽媽竟然答應了。蓓琪真是高興透了，而湯姆的高興也不少於蓓琪。在日落前邀請函全都發了出去，整個村子的年輕人都陷入一片準備的狂熱以及期待的歡樂中。

湯姆也因為興奮過度，晚上一直撐到很晚都沒睡，才有希望可以聽到哈克那一聲「貓叫」，這樣，他或許可以隔天拿那份財寶跟蓓琪及參加野餐的人誇耀，讓他們嚇一跳；但是他失望了。那天晚上他沒收到任何的訊息。

早晨終於來了，十點或十一點以前就陸陸續續有些愛玩、愛鬧的年輕人聚集到柴契爾法官家來，那個景象看來，野餐隨時都可以開始了。通常這個聚會年紀大一點兒的人是不會來參加的，以免礙手礙腳，掃了興。這群小孩就交到幾個十八歲的少女和幾個大約二十三歲左右的男士手中，大人覺得這樣應該夠安全了。

他們特別租了一艘渡船來共襄盛舉；不久這群快樂的年輕人個個手拿裝滿食物的籃子，在大街上排著隊伍往船那邊走去。席德生病了，不得不放棄這個好玩的機會；而瑪麗也只得留在家裡陪他解悶。柴契爾太太對女兒說的最後一件事是：

「孩子，妳不會在天黑前回來的，或許妳最好能在渡船附近的女孩家借住一宿。」

「媽媽，那麼我就住在蘇西．哈潑家好了。」

「很好。別忘了要守規矩，可別惹上任何麻煩。」

不久，當湯姆和蓓琪輕快的走在一塊時，湯姆對蓓琪說：

「喂，我告訴妳我們要做什麼。我們不要去住喬．哈潑家，我們乾脆爬過山頭，去住在道格拉斯寡婦家。她家一定會有冰淇淋，因為她每天都有準備——成堆成山的冰淇淋。如果我們去她家，她一定非常高興。」

「哇，那一定很好玩！」但是蓓琪又想了一會兒，說道：「不過媽媽會怎麼說？」

「她怎麼會知道？」

蓓琪把這個念頭反覆想了一遍，「我認為這樣做是不對的，但是——」

「不要再但是了！妳媽媽不會知道的，而且知道了又有什麼關係？她只不過希望妳一切很平安；而且我敢打賭，如果她知道有這樣的新計畫，她一定會鼓勵妳去。我知道她一定會的。」

道格拉斯寡婦無與倫比的好客是個誘人的餌。而這個餌加上湯姆的遊說就這樣決定了那天的命運。他們決定不告訴任何人他們那晚的計畫。不久湯姆想到或許哈克那晚會來家裡打訊號給他。這個想法使他對晚上計畫的期待少了許多興致，但是他還是捨不得放棄道格拉斯寡婦的歡樂。

他自我辯解：為什要放棄？前一天並沒有接到任何訊號，為什麼今天晚上就一定會有訊號？當天晚上打了包票的歡樂，遠遠要比不確定的寶藏要來得吸引人。最後他做了一個正常男孩會有的決定：屈服於較強烈的傾向，那天不讓自己再想到那箱錢一次。

城裡往下走三哩處停了那艘渡船，就在一個滿是樹林的山谷口那裡。他們一群人蜂擁進岸邊，很快的整個森林及崎嶇的山區裡到處都迴響著或遠或近的叫喊聲及笑聲。

所有可以玩得樂不可支或精疲力竭的遊戲都讓他們玩遍了，最後那群迷途知返的流浪兒才拖著疲累不堪的腳步以及大開的胃口，回到營區，接著是一陣對美食的掃蕩活動。吃完盛宴，他們就在樹蔭濃密的橡樹下休息、閒話家常。不久就有人大聲叫：「有誰準備好去洞裡了？」

每個人都準備好了。大家舉起一根根的蠟燭，就直接成群結隊的往山上爬去。那個洞的洞口是在山腹——洞口的形狀像字母A，厚重的橡木門是敞開著的。裡面有個小房間，冷得像一個冰窖，牆壁則是石灰岩自然形成的，上面沾有一層露水，好似冷汗一般。

黑暗中站在這裡往外看到綠色的山谷在陽光下閃爍，是很羅曼蒂克而神祕的，但是那種氣氛卻一下子就被破壞殆盡，緊接而來的是遊玩喧鬧的開始。只要有人一燃起蠟燭，大家就會衝向那個人，接著是一陣掙扎和英勇的防衛。但是最後蠟燭不是被打掉就是被吹熄，然後又是一陣嘻笑怒罵，以及另一個新的追逐的開始。

不過所有的事都會結束，不久他們又排成一排前進，沿著陡峻的下坡路走到主要通道，那一排閃爍微弱的燭光把高聳的石壁照出，幾乎照到離他們頭頂六十呎高的兩石連接處。這個主要通道不會超過八或十呎寬，每走幾步，就有其他高聳、更狹窄的裂口從這條通道的兩邊分了出去——

因為麥克道格洞是一個彎彎曲曲的走道組成的大型迷宮，走道相互交錯，也不知道通往何處。

據說如果有人在其中紛亂複雜的裂口及斷層胡亂穿梭，他可能要花上幾天幾夜，都找不到山洞的出口；而且他可能只是一直往下走，往下走，然後再往下走，最後走到地底，然後發現一切都一樣，迷宮下面還有迷宮，沒有哪個迷宮是有出口的。沒有人真正「熟悉」這個洞，那是個不可能的任務。

大部分年輕人都是只熟悉其中一小部分，而其他不熟悉的部分，大家通常是不去冒險的。湯姆‧索耶對這幾個巖洞的了解跟別人差不多。

行進的隊伍在主要通道上向前走了約四分之三哩，然後一夥一夥的，或一對一對的，就開始往支線走去，順著幽暗的走廊走去，然後在走廊與走廊的交接處互相嚇對方一跳。在他們熟悉的巖洞部分，他們可以避開其他人四處走動達半小時之久。

不久一夥又一夥的人就陸陸續續回到洞口來，大家都喘著氣，心情非常亢奮，從頭到腳都沾著蠟燭滴油，身體也被泥土弄髒。他們對於當天玩得淋漓盡致感到高興，這時候他們才驚訝的發現，他們一直沒有注意時間，而黑夜竟然即將來臨。為了召喚他們，船上的鐘已經敲了半個小時了。

不過不管怎麼說，如此結束一天的歡樂也是夠浪漫，夠讓他們心滿意足的了。當渡船帶著瘋狂的船客駛向河流時，除了船長可惜那浪費的時光以外，沒有其他人亦作如是觀。

當渡船的燈光照過碼頭時，哈克已經開始守衛了。他並沒有聽到船上的吵鬧聲，因為當人們累得要死時，即使是年輕人也會變得較溫和、較沉靜。哈克心裡還想，不知道那是艘什麼樣的船，為什麼沒有停在碼頭，然後很快的他就把這件事拋到腦後，專心於自己的事情上了。

夜晚變得越來越黑，雲也越來越厚。十點鐘了，汽車的吵鬧聲已然停止，四處散布的燈光也一點一點的熄滅，三三兩兩的路人也消失了，這個村子都睡覺了，只留下這個小小守衛一個人與寂靜和鬼神同處。

十一點了，旅館的燈火也熄了，現在到處都是黑暗一片。哈克等了一段他覺得非常長的時間，但是沒有任何事發生。他的信心逐漸產生動搖。這樣等有用嗎？真的有任何的用處嗎？他為什麼不放棄然後回去睡覺？

這時有個聲響落入他的耳裡。他專心的聽了好一會兒。巷子的門輕輕的關上。他跳到磚店的角落，接下來兩個人從他旁邊擦身而過，其中有一人的腋下好像夾了什麼東西。一定是那個箱子！這麼說來，他們現在要移動那筆錢。現在哪能通知湯姆，那樣做太可笑了，因為這樣一來，他們就會帶著錢跑掉，以後就再也找不到他們了。

不行，他一定要緊跟著他們，反正現在天那麼黑，他應該沒有被發現之虞。哈克在心裡與自己交談一番後，就開始跟蹤起那兩個人來了，他就像一隻貓一樣，赤著腳躡手躡腳的跟著，保持著不被他們看到的距離。

他們沿著河邊的街道走了三條街，然後在一個十字路口處左轉。他們直接往前走，然後走到一條通往卡地夫山的小路，他們才走了上去。他們經過位在半山腰的老威爾斯人的家，依舊毫不猶豫的爬上山。哈克心裡想，非常好，他們要把那筆錢埋在採石場裡。

然而到了那裡，他們並沒有停下來，經過那裡，繼續往上爬上山巔。他們走入兩邊種著高大漆樹的狹窄小道上，然後很快的消失在夜色中。哈克縮短與他們之間的距離，往前更靠近些，因為現在他們不可能看得到他。

有一陣子他踩小跑步，然後又緩下腳步，害怕走得太快了；他又向前走了一段，然後整個停了下來，仔細聆聽，沒有任何聲音；沒有聲音，只是他好像聽到自己的心跳。山的另一頭傳來貓頭鷹「呼呼」的叫聲——不祥之兆！但是他已經聽不到腳步聲了。老天，難道他跟丟了？他正要加快腳步，卻聽到有人在離他不到四呎的地方清喉嚨！哈克的心臟跳得快要從他的口裡跳出來了，但是他把它又吞了回去。

然後他站在那裡發抖，好像有十個瘧疾同時在他身上發作；他覺得自己虛弱到隨時可能倒在地上。他知道自己的所在位置，就在離道格拉斯寡婦住宅的梯階不到五步的距離。很好，他心裡想，就讓他們把錢埋在那裡吧，那不會太難找。這時傳來一個聲音——一個非常低沉的聲音——印第安喬的聲音：「去她的，可能她還有客人——這麼晚了，燈光竟然還亮著。」

「我沒看到有燈。」

這是那個陌生人的聲音——在鬼屋那個陌生人。哈克從心裡打了一個涼透了的寒顫——那麼這就是那個「復仇」行動嘍！他唯一的想法就是——快溜！但是這時他忽然記起道格拉斯寡婦不只一次對他好，而這兩個人可能就是來殺她的。他真希望他有勇氣冒著生命危險去警告她；但是他知道自己不敢，他們可能會來抓他。他就在陌生人說了話，而印第安喬還沒開口前把整件事想了一遍，還想到其他一些事——這時印第安喬說話了：

「那是因為樹叢擋住你的視線了。現在——你過來一點兒——現在看見了吧！」

「看見了。好吧，我想裡面真的有客人，那麼我們最好放棄了。」

「什麼放棄！我就要永遠離開這個國家了，如果現在放棄，我可能以後再也沒機會了。我以前就已經跟你說過，不過我再跟你說一次，我是不在乎她的那些財物——我可以全部都給你。但是她先生對我非常壞，好幾次真的對我很壞，就因為他是治安法官，把我裁決成流浪漢。這還不算什麼，還不及他惡行的千萬分之一呢！

「他命令人用馬鞭鞭打我，而且就在監獄前鞭我，簡直把我當黑奴，整個城裡的人都在看！用馬鞭鞭我！你了解嗎？他欺負了我，自己卻死了。不過我還是可以把仇報在他太太身上。」

「喔，你不要殺她！不要那樣做！」

「殺？有誰說要用殺的？如果那個法官還活著，我會殺了他，但是我不會殺他太太。如果你要在一個女人身上報復，你不用殺她——那太笨了！你只要讓她破相。你可以扯裂她的鼻孔——你可以把她像豬一樣在耳朵上刻記號。」

「老天爺，那不是——」

「我不想聽你的意見！這樣做你比較安全。我會把她綁在床上，如果她因流血過多而死，算是我的錯嗎？如果她死了，我是不會哭的。我的朋友，這件事你要幫我，這就是你為什麼來這裡的原因，我一個人沒辦法做。如果你敢臨陣脫逃，我會殺了你。了解了嗎？如果我必須殺你，我也就必須殺她——我想這樣就沒有人知道是誰幹這件事的了。」

「好吧，既然一定要幹，現在就來吧！越快越好，我全身都在發抖了。」

「現在就來?當客人還在的時候?聽著——我現在真要開始懷疑你了,不——我們要等到燈火熄滅時才動手——不急。」

哈克覺得他們兩人之間的沉默一直在持續著——而沉默對他來說,比說那些謀殺的話更可怕。所以他屏住氣息,小心翼翼的倒退幾步,腳步踩得既穩又謹慎,一隻腳懸空,然後努力取得平衡,這種走路方式非常危險,他差點都要跌倒了,他就這樣一次換一邊腳的走。

然後他又往後退了一步,一樣費勁,一樣危險;然後又一步,又一步,接著——他踩到一根樹枝發出「啪」一聲!他停止呼吸,仔細聆聽。沒有任何聲響——如此的安靜令人欣慰,他的感激無以名狀。現在他又回到他原來來的小路上——兩邊夾著漆樹樹叢的小路——把自己當一艘船一樣小心轉身——然後他加快腳步,但是仍然保持謹慎的態度。

當他跑到採石場時,他覺得安心多了,所以他振作起矯健的雙膝,飛快的跑了起來。他一直往下跑,往下跑,最後終於到達那個威爾斯人的家。他用力敲著門,不久,那個老人和他那兩個體格結實的兒子把頭從窗戶探了出來。

「怎麼回事?誰在敲門?你要什麼?」

「讓我進來——快點!我告訴你全部的事。」

「什麼,你是誰?」

「哈克.費恩——快,讓我進去!」

「哈克.費恩——真的呢!不過我猜這個名字恐怕不會讓很多人開門!但是,孩子們,還是讓他進來吧,我們看看他到底惹了什麼麻煩。」

「請不要說出是我說的。」這是哈克一進來說的第一句話。「拜託，千萬不要說出來——不然他們會殺了我，真的——但是道格拉斯寡婦有時候對我像朋友一樣，所以我要說出來——如果你答應永遠不告訴別人是我說的，我就告訴你怎麼回事。」

「老天，他真的有事情要說，不然他不會像現在這樣！」老人驚叫道。「儘管說吧，小朋友，在場的人都不會說出去的。」

三分鐘過後，老人帶著兒子，全副武裝已經跑上山去，他們踮著腳尖走在漆樹夾道上，手裡緊抓著武器。哈克一路陪他們到那裡，然後躲在一個大石頭後面，在那裡靜靜聽著。那段等待時刻的寧靜顯然拖得很長且令人心焦，然後忽然響起一陣槍聲和一聲尖叫。哈克沒有等任何指示，立刻盡其可能的飛跑下山。

30. 受困

當禮拜天早晨第一道模糊的曙光露出之際，哈克摸索著爬上山，輕輕的在老威爾斯人的門上敲了一記。這家人都還在睡覺，但是在經過昨天晚上那場驚心動魄的情節後，他們都睡得很淺，一點聲響，就立刻跳了起來。從窗戶裡傳來了一個聲音：「是誰？」

哈克以一種受到驚嚇的低沉聲調回答道：

「請讓我進來！我就是哈克．費恩啊！」

「那個名字不管是白天或黑夜都可以隨時敲開這扇門，孩子——歡迎你！」

這些話聽在這個流浪兒的耳裡非常的不習慣，卻也是他所聽過最悅耳的話。而且他也記不起來以前有任何人對他說過「歡迎你」這樣的話。門很快的打開，哈克走了進去。他們請哈克坐下，然後老人和他高大的兒子趕緊穿上衣服。

「孩子，現在我希望你夠餓，因為太陽一升起，早餐就會準備好了，而且還是熱騰騰的呢——你完全不用擔心！我跟我的兒子昨晚都希望你能回來，待在我們這裡呢！」

「昨晚我真是嚇壞了。」哈克說：「所以我就跑了。我是聽到槍聲後才跑的，一直跑了三哩才停下來。我現在會回來是因為我想知道後來怎麼了；而我會在天亮以前來是因為我不想要碰到那些魔鬼，即使他們已經死了。」

「喔，可憐的小傢伙，看起來這一夜的確有你好受的——不過等你吃完早飯，我們在這裡為你準備了一張床。沒有，他們還沒有死，孩子——我們覺得很抱歉。你知道得很清楚，從你給我們的指示裡我們得知該去哪裡抓他們，所以我們就踮著腳尖慢慢走過去，一直到離他們十五呎時——哇，那個漆樹夾道可真是黑啊！我忽然覺得自己想打噴嚏，運氣真是太差了！我拚命想要忍住，但是卻完全沒用，想打噴嚏的時候，真是擋也擋不住！

「當時我正舉著手槍領頭，所以一打了噴嚏就嚇得那些歹徒跑離小路發出窸窣聲，這時我大聲叫出：『孩子，開火！』然後我和我兒子都把槍對準發出窸窣聲的地方開槍，但是他們幾個壞人瞬間已經跑開，我們一直追他們追到樹林裡。我想我們都沒傷到他們。在我們嚇到他們時，他們也曾回開一槍，只不過那一槍從我們身旁穿過，也沒傷我們半毫。後來我們發現已聽不到他們的腳步聲時，我們就停止追逐，跑下去把警官吵醒後報案。

「他們組了一隊警衛，立刻出發到河邊去守衛，等天一亮，警長就會帶著一隊人馬去搜樹林。等一下我兒子也會跟他們一起去。我希望如果能有歹徒更詳細的描述——這樣一定幫助更大。但是你不可能看到他們長相如何，因為太黑了嘛，對不對，孩子？」

「喔，我看到了，我是在城裡看到他們，然後跟蹤他們的。」

「太精采了！那你形容一下他們——孩子，把他們形容一下！」

「其中一個是來附近一、兩次的那個又聾又啞的西班牙人，而另一個人穿著破破爛爛的，長得很兇的樣子——」

「孩子，這樣就夠了，我知道是哪兩個人了！有一次我們也看到他們在林子裡寡婦家後面出現，但是被他們逃掉了。兒子，你趕快去通知警長——明天早上再吃早餐吧！」

威爾斯人的兩個兒子立刻就出發了。當他們正要走出家門時，哈克跳起來大聲說：

「喔，拜託你們，千萬別告訴任何人是我告發他們的！喔，拜託！」

「如果你這樣堅持，哈克，我們不會告訴別人的。不過對於你所做的事，你應該獲得一些獎勵。」

「喔，不要，不要！拜託你們不要說出來！」

等那兩個年輕人一走，老威爾斯人就說：

「他們不會說的——我也不會。但是你為什麼不希望別人知道？」

哈克不解釋，也不想說他已經知道太多關於其中一個人的事，他永遠不想要那個人知道自己知道所有不利於他的事——如果他知道的話，一定會殺了他的。

老人再次答應哈克為他保守祕密，然後說道：

「你為什麼會跟蹤這兩個人，孩子？難道他們看起來很可疑嗎？」

哈克沉默了一會兒，因為他要編一個合理的解釋。然後他說：

「嗯，你知道的，我是那種有錯不知道要改的那種角色——至少每個人都是這樣說我的——我也沒辦法否認。有時候只要我想到別人的看法，我就睡不著覺，想要找出方法來改正我的缺點。

「昨天晚上也是一樣。我睡不著，所以我在午夜時分就走上街道，四處亂逛。然後我走到位於禁酒旅館旁的那個老舊的磚店，背抵著那面牆又開始想那件事。就在那時候，那兩個傢伙就往我這邊走過來，有一個人的腋下還夾著東西，我猜一定是偷來的贓物。

「其中一個正在抽菸，另一個跟他要火；所以他們就在我面前不遠處停了下來，雪茄的光照亮他們的臉，所以我就從白鬍子及眼罩看出高大的那個是又聾又啞的西班牙人，而另一個人則是個看起來沒什麼用、穿得破破爛爛的惡棍。」

「你從雪茄的火光就可以看出來他的衣服破破爛爛？」

老人一問，哈克就畏畏縮縮了一陣子。然後他才回說：

「嗯，我也不知道——不知怎的，我就是覺得他穿得破破爛爛。」

「然後他們又繼續走下去，你就——」

「跟蹤他們，沒錯。就是跟蹤他們。我想要看看他們在幹什麼，他們看來就是偷偷摸摸的。我一直跟蹤他們到寡婦家的階梯，然後站在黑暗中我聽到那個穿破衣服的人為寡婦求情，但是那個西班牙人發誓說他要毀了她的面容，這我已經告訴你和你的——」

「什麼！那個又聾又啞的人竟然可以說那麼多話！」

哈克又犯了個可怕的錯誤！他一直盡量不讓老人猜到那個西班牙人是誰，但是不管他如何努力不說出來，顯然他的舌頭決定要讓他惹上麻煩。他幾次想要從窘境中逃出，但是老人的眼睛直盯著他，所以他就一再說錯話，不久威爾斯人就說：

「孩子，不要怕我。我說什麼也不會傷你半毫。不會的，而且我還要保護你——這個西班牙人根本不聾不啞，你剛才已經不小心說溜了嘴，現在也已經無法掩飾了。你知道一些關於那個西班牙人的事，不過卻不願意告訴別人對吧！現在你相信我，告訴我那是什麼，相信我，我不會害你的。」

哈克的眼睛直視那個老人真誠坦率的眼睛好一會兒，然後他彎下身子，在老人的耳朵邊小聲說道：「他不是什麼西班牙人——他是印第安喬！」

那個威爾斯人幾乎要從他的椅子上跳起來。過了一會兒他才說：

「現在一切都明朗化了！你那時告訴我關於在耳朵上刻記號以及割鼻子時，我還以為是你誇張式的說法，因為白人不會有那種報仇法。但是如果是印第安人，那就另當別論了！」

吃早餐時，他們繼續交談，其間老人說到前一晚他跟他兒子在睡覺前所做的最後一件事就是拿個提燈去檢查那個階梯和附近，看看有沒有血跡。他們沒發現血跡，倒是發現一包厚重的——

「什麼東西？」

如果那些話是閃電的話，它們也不可能以一種更驚人、更突如其來的速度從哈克發白的嘴唇裡跳出來。現在哈克的眼睛瞪得大大的，他暫時屏住呼吸——等待著答案。威爾斯人嚇了一跳——他也回盯了哈克——盯了三秒、五秒、十秒之久——然後才回答：「竊盜工具。咦，你怎麼了？」

哈克整個人埋在椅子裡，微微的喘著氣，但是心中覺得有很深、說不出的感恩。威爾斯人以好奇而嚴肅的眼光看著他，然後說：

「沒錯，不過就是一些竊盜工具。你看起來好像鬆了一大口氣。你剛才為什麼會有那種表現？你以為我們發現什麼了？」

哈克一下子不知道如何回答，帶著疑問句的眼睛一直盯著他瞧，他願意付出一切代價只求一個可信度高的答案，他實在想不出來，那對帶著疑問句的眼睛越鑽越深——這時他想出一個無意義的答案，他實在沒有時間考慮那是不是個好答案，所以他只有以微弱的口氣冒險把它說出來：

「主日學校的課本吧！」

可憐的哈克因為壓力太大根本笑都笑不出來，但是老人卻大聲而快樂的笑了，他全身從頭到腳的器官也都跟著搖動，最後他笑著說，這樣的笑法就像一個人口袋裡省下了醫藥費的錢一樣。然後他又加了一句：

「可憐的小傢伙，你看起來既蒼白又疲累不堪——你看起來一點兒也不好——難怪有點神經錯亂，語無倫次。不過你一定會好轉的。我希望休息和睡眠可以幫助你恢復。」

哈克想到自己那麼笨，竟然顯露出令人懷疑的興奮來，就一肚子氣，因為其實早在寡婦家階梯邊他聽到那兩個人的交談時，就已經猜到那包從旅館帶出來的東西不是財寶了。

可是當時他只是想到那不是財寶，他並不知道那真的不是，所以當老人一提到發現一包東西時，他就無法保持鎮靜了。不過整個說起來，他還是很高興發生了那段小插曲，因為他現在非常確定那包東西並不是原先他以為的東西，所以他的心情很平靜，甚至覺得非常安慰。

事實上，現在似乎所有的事都往對的方向進行；財寶一定還在「二號」，那兩個人在當天就會被逮捕坐牢，他跟湯姆當晚就可以不用擔心被打擾，順利的拿到那些黃金。

早餐才剛結束，就傳來敲門聲。哈克立刻彈起，躲了起來，他還不想跟最近發生的這個事件沾上任何一點兒邊。威爾斯人將幾位先生女士迎了進來，其中包括道格拉斯寡婦，他還注意到一群一群的民眾正往山上爬去——想去看看發生事情的階梯。看來消息已經傳開了。

威爾斯人盡其本分的把前晚發生的事情的原委說給訪客知道。寡婦毫無保留的說出她對威爾斯人對其保護的感激之情。

「請不要這樣說，夫人。或許妳真正應該感謝的另有其人，而不是我跟我兒子，但是那個人不讓我說出他的名字。要不是他，我們是不會去那裡的。」

這樣一來，這個祕密更激起大家的好奇心，其程度幾乎連原本的主要事情都無足輕重了——但是威爾斯人怎麼樣都不肯說出祕密來，更使得他的訪客心頭癢癢的，這件事經過他們傳遍全鎮。等威爾斯人把其他事也都交代清楚後，寡婦說道：

「昨晚我上床後還繼續在看書，睡覺的時候還一直聽到外面有吵雜聲。你們為什麼不過來叫醒我？」

「我們判斷後覺得不值得。那些歹徒不太可能再回來——他們已經沒有工具可以犯案，我們又何必把妳吵醒，然後把妳嚇個半死？我們家的三個黑人整夜都在妳家外面守衛。他們剛剛才回來。」

更多的訪客來訪，所以故事說了又說，持續兩個小時之久。

暑假期間沒有主日學校可上，但是每個人都很早就到了教堂。大家都在討論那件驚心動魄的事情，而目前那兩個歹徒還沒有被發現的跡象。一等布道結束，柴契爾法官太太在哈潑太太隨著人群走過走道時過去跟她說話：

「我們家蓓琪是不是要睡一整天啊？我早猜到她大概會累壞了。」

「你們家蓓琪？」

「對啊！」她看起來很驚訝——「她昨晚不是住在妳家嗎？」

「怎麼會，沒有啊！」

柴契爾太太臉色轉白，整個人跌坐在長條凳上，這時正活潑的跟朋友說話的波麗阿姨剛好走過，波麗阿姨說道：

「早安，柴契爾太太。早安，哈潑太太。我有個男孩失蹤了。我想我們家湯姆昨晚一定是住到你們家去了——你們其中一個人的家。他想必是怕得不敢上教堂了。我要好好跟他談談。」

柴契爾太太虛弱的搖搖頭，臉色越變越白。

「他沒住我家。」哈潑太太說，開始覺得有些不安。波麗阿姨的臉上明顯寫著焦慮。

「喬・哈潑，今天早上你有沒有看到湯姆？」

「沒有。」

「上次你看到他是什麼時候？」

喬努力思考，但是因為無法確定而無可奉告。人們不再往教堂外移動。耳語立刻傳了下去，每個人都因為有某種預感，臉上都籠罩著不安的神色。

孩子們還有帶他們去的年輕老師都被焦急的詢問。他們都說他們並未注意到湯姆和蓓琪是否上了渡船回來，因為天很黑，大家都沒想到要問是否有人不見了。有一個年輕人最後冒出一句話，他們恐怕還在洞裡！柴契爾太太暈了過去。波麗阿姨也哭了起來，用力扭著雙手。

這份擔憂很快的就口傳口，團體傳團體，街道傳街道，不到五分鐘，所有的鐘聲都瘋狂的響了起來，整個小鎮都為之震驚！卡地夫山事件立刻降溫成小事，強盜被人遺忘，大家的目標轉移，馬上了鞍，小艇備妥，渡船派出，自那份恐懼產生還不到半小時，已經集結了兩百人，從陸路及水陸一起往巖洞前進。

那天漫長的下午，鎮上顯得既空洞又死氣沉沉。許多婦女都去拜訪波麗阿姨及柴契爾太太，想要安慰她們。她們也都陪著她們哭，怎麼說那比說什麼都更要受用。

鎮上的人在冗長而無止盡的夜晚裡等待消息，但是當早晨露出第一道曙光時，唯一傳回來的話就是：「送更多的蠟燭來——還有食物。」柴契爾太太已經差不多快急瘋了；波麗阿姨呢，也不會好到哪裡去。柴契爾法官從巖洞傳回希望和勇氣，但是那對鼓舞她們的功效實在非常有限。

老威爾斯人在天快亮才從巖洞那邊回來，身上沾滿蠟燭油、泥土，整個人都要虛脫了。他發現哈克還睡在為他準備的床上，因為發燒而精神有些錯亂。

鎮上所有的醫生都到巖洞那裡待命了，所以道格拉斯寡婦過來照顧病人。她說她會盡全力照顧哈克，因為不管他是好、是壞，還是不好不壞，都是上帝的子民，而上帝的子民不應該被忽視。威爾斯人說哈克身上有些優點，寡婦回說：

「那絕對沒錯，正是上帝所做的記號，祂不會放棄的，從來不會。祂會把每個出自祂手的作品標上記號。」

清晨時分，三三兩兩疲憊不堪的群眾開始慢慢的回到村子裡來，不過有些堅持到底的村民還繼續在搜尋。他們能得到的消息就是：即使連巖洞最遠、以前從來沒有人去過的地方他們也都去搜尋了；還有洞裡所有的角落、裂縫他們也會去澈底搜查；每當有人在通道的迷宮中找來找去時，就會看到遠處有燈光照來照去，還聽到大呼小叫以及槍聲在洞裡陰森森的通道上空空洞洞的迴響傳到耳裡。

他們在洞裡一個旅客很少光臨的地方的石壁上，發現「蓓琪和湯姆」這兩個用蠟燭煙燻出來的名字，附近還有一段沾了油漬的緞帶，柴契爾太太認出那段緞帶，痛哭失聲。她說那是她的孩子留給她的最後紀念品，再也沒有其他東西能像它那麼珍貴值得留念，因為這段緞帶是在可怕的死亡降臨前，屬於那個生命的軀體的。

每隔一段時間就會有人說，遠處有點點燈光在閃爍，這時候會有一陣歡呼式叫聲響起，然後二十人一組的人馬就會往那個發出回音的通道走去，但是不久就會傳來不忍卒聽的失望聲：小孩不在那裡，那不過是其他搜救人員的蠟燭光。

就這樣過了糟糕的三天三夜，每一小時都是如此沉悶而冗長的行進，村子陷入一種無望無感的狀態。大家都已經無心於任何事，即使連新近的意外發現——禁酒旅館老闆竟在旅館裡私藏了酒，都引不起村民的任何騷動，雖然那實在是個大新聞。

有次哈克在短暫的清醒片刻裡，微弱的將話題引到旅館上面，最後他問——心裡微微的擔心會有最壞的結果——他生病以後，在禁酒旅館裡是不是有東西被發現。

「有啊！」寡婦回說。

哈克在床上真是嚇壞了，他眼睛睜得大大的：

「什麼！發現什麼？」

「酒啊！現在旅館關店了。躺下來，孩子，你真是嚇我一跳！」

「你只要告訴我一件事，只要一件就好，拜託！是不是湯姆．索耶發現的？」

寡婦一聽，當場流下眼淚。「噓！噓！孩子，不要說了！我早就告訴你了，你不應該說話，你病得非常、非常重！」

那麼他們除了酒以外，並沒有找到其他東西，如果找到的是黃金，大家早就大開口水席，談個不完了。這樣說來，那份財寶就永遠消失——永遠永遠消失了嗎？但是她到底在哭些什麼呢？她突然哭了實在太奇怪了。這些念頭就這樣模模糊糊的在哈克的腦海裡一一冒出，最後他累壞了，就這樣睡著了。

寡婦自言自語道：「瞧，現在他睡著了，可憐的小病人。『是不是湯姆．索耶發現的』！如果有人發現湯姆．索耶才好呢！唉，現在已經不剩什麼希望，也不剩什麼力氣來搜尋他們了！」

31.再度失蹤

現在先回到野餐時的湯姆及蓓琪那一部分。他們跟著其他人一起走在黝暗的走道上，參觀洞裡熟悉的名勝——包括被命名為「會客廳」、「教堂」、「阿拉丁的神殿」等等言過其實的名字。

接著他們開始玩捉迷藏的遊戲，湯姆和蓓琪玩得瘋極了，直到後來開始覺得有點膩了才作罷；然後他們就漫遊到一條彎彎曲曲的通道上，把手上的蠟燭舉得高高的，好看到石壁上糾纏不清密密麻麻的名字、日期、郵局地址，以及格言等（用蠟燭煙燻成）。因為一邊說，一邊無意識的走著，他們沒有發現四周的石壁上已經沒有燻字傑作了。他們把自己的名字也燻在一個突出岩石上，然後繼續往下走。

不久他們來到一個小溪流的地方，小溪流從一個暗礁細細的流下來，水裡帶著石灰岩的沉澱物，歷經歲月的洗禮，把閃爍與不朽的石頭塑造成一個看起來像鑲著花邊及縫著皺摺的尼加拉瓜瀑布。

湯姆把他小小的身軀擠進那個石頭瀑布後面，如此可以從後面照亮這個奇景，好讓蓓琪高興。他發現這個石頭瀑布剛好遮住後面圍在窄牆裡陡峭天然階梯，這時一股一探究竟的野心立刻從他心中湧起。蓓琪也熱烈支持湯姆，所以他們用蠟燭煙燻了個記號，好作為以後的指引，然後就開始探險。

他們東轉西繞，一直來到洞裡最深、最祕密的地方，又作了一個記號，然後又走上叉路找尋新鮮有趣的東西好對上面的同伴誇耀。

他們在一個地方發現了一個很空曠的石窟，石窟的上頭垂著許多和人腿一樣長、一樣粗，亮晶晶的鐘乳石；他們全都參觀了一遍，邊看邊懷疑加上讚嘆，最後才從眾多可以通往石窟外頭的通道中的一條小徑走了出來。

一走出來，映入眼底的是一座令人銷魂的泉水，泉水的蓄水池鑲著一層晶瑩剔透如水晶般的薄霜，而那座泉水正位於一個石窟的正中央，四周圍牆是由大型的鐘乳石往下生長及石筍往上生長結合而成的奇異石柱所支撐，這是數世紀以來滴涓而成的。

石窟頂下棲息著密密麻麻一大群一大群聚集的蝙蝠，每一群大約有一千隻。蠟燭光干擾到牠們，牠們就以百為單位，成群的飛了下來，憤怒的發出唧唧喳喳聲，同時以蠟燭為目標，衝了下來。

湯姆很了解牠們的行徑，也知道這種行為的危險性，他緊拉著蓓琪的手，快速的帶她到他們所碰到的第一個通道。

說時遲那時快，就在蓓琪要走出石窟時，有隻蝙蝠想用牠的翅膀把蓓琪的燭光打掉。那群蝙蝠追了他們好一段距離，而這兩個逃亡者只要看到任何新通道就盡量往裡鑽，最後總算擺脫了那群危險動物的糾纏。

湯姆不久又發現一個地下湖泊，那個湖泊將其模糊不清的湖邊往外伸展，直到消失在陰影中方罷甘休。

他想要去探究它的岸邊，不過他最後決定他們還是應該先坐下，好好休息一下較好。

在他們這段探險過程中，這是第一次他們感到這地方深沉的寂靜正伸出溼冷的手掌，侵擾他們的小小心靈。蓓琪說：

「喂，我都沒注意，不過看來從我們上次聽到其他人的聲音到現在，已經有好一段時間了。」

「妳要知道，蓓琪，我們在他們下面很遠的地方了——我只知道離他們很遠，卻不知道是在他們的北邊、南邊、東邊，還是什麼地方。從這裡，聽不到他們的聲音。」

蓓琪越來越不安。

「我不知道我們在這裡多久了，湯姆。我們最好趕快回頭。」

「沒錯，我們最好快回頭。或許越快越好。」

「湯姆，你找得到路嗎?這些彎彎曲曲的路，簡直把我搞混了。」

「我想我們一定可以找到路——但是蝙蝠是一個問題。如果牠們把我們兩個的蠟燭火都打掉，我們就慘了。我們可能要找別的路，最好不要走剛才的來時路。」

「很好。只不過我希望我們不要迷路了。迷路那就慘了。」一想到這個可怕的可能性，女孩就嚇得全身打哆嗦。

他們先從穿過一個迴廊開始，然後不發一言的走了好遠，每到一個新的出口，他們就會仔細端詳，看看他們是不是曾經走過那裡；但是他們發現，那些全是陌生的。

每當湯姆在檢查時，蓓琪就會緊緊盯著湯姆的臉，看看是不是有鼓舞的神色，湯姆每次都興致高昂的說：

「一切沒問題。這個雖然不對，但是我們一定會找到出路的！」

但是湯姆一連遭遇挫折，漸漸也覺得希望越來越少，不久就開始不按牌理出牌，隨意的亂走亂闖，像個無頭蒼蠅急於找到一條正確的通道。

他口中還是說著「沒問題」，但是由於心中沉重的害怕，那句話已失去原先的光環，反而聽起來像是說「全都完蛋了！」一樣。蓓琪緊緊黏在他身邊，心裡怕到痛，拚命忍住就要奪眶而出的眼淚，但是她已經無法控制了。最後她說道：

「喔，湯姆，不要管蝙蝠了，我們還是走原來的路好了！我們一直這樣毫無頭緒的走，看起來情況更糟。」

湯姆停了下來。

「聽！」他說。

深沉的寂靜。寂靜深沉到連他們的呼吸都顯得很大聲。

湯姆大聲叫了一聲。這一聲在空曠的通道裡形成回音，然後在遠處轉變成一個微弱的聲音後消失，那個聲音很像嘲笑聲的漣漪。

「喔，湯姆，不要再發出那種聲音，太可怕了。」蓓琪哀求道。

「的確很可怕，蓓琪，但是我最好要大聲吼叫，妳知道，他們可能會聽到我們。」說完他又開始大聲吼叫。

湯姆口中的「可能」比那聲可怕的嘲笑聲更加令人毛骨悚然，讓人害怕，因為這代表他們的希望已走入毀滅之路。兩個孩子站著不動，仔細聆聽，但是沒有任何結果。湯姆立刻回到原來的路，加快腳步。不過是短暫的片刻，湯姆這種優柔寡斷的態度，使蓓琪發現另一個可怕的事實——他找不到回去的路！

「喔，湯姆，你怎麼都沒作記號呢！」

「蓓琪，我真是傻瓜！真是大笨蛋！我沒想到我們要回去！我的確找不到來的路。我都已經搞混了。」

「湯姆，湯姆，我們迷路了！我們迷路了！我們永遠走不出這裡了！喔，我們剛開始怎麼會離開其他人！」

她整個人跌落地面，發出非常瘋狂的哭叫聲，湯姆聽了驚嚇到，以為蓓琪是不是要死了，要不然就是錯亂了。

他在她旁邊坐下來，用手臂環著她；她把臉埋在胸前，緊緊抱著湯姆，把她所有的害怕、來不及的後悔傾囊吼出，那傳到遠處的回聲全部轉化成譏諷的笑聲。

湯姆懇求她重新打起精神，恢復信心，但她說她辦不到。他又開始為自己把她害成如此慘而責怪自己、凌辱自己，這樣子產生了一點兒效果。

她說她應該再恢復信心，只要他停止那樣說自己，她願意站起來，他要去哪裡，就跟他去哪裡。她說，因為他的錯不會比她多。

所以他們又繼續往下走——毫無目標的——真的是走到哪兒算到哪兒，他們唯一能做的事就是走，一直走。過了一會兒，信心有恢復的跡象，不是為了任何理由恢復的，只是因為這是信心的本質，只要不是年紀老大或太熟悉失敗，只要源頭還在，就會恢復信心。

走著走著，湯姆取過蓓琪的蠟燭，把它吹熄。這樣的儉省代表相當多的意義，完全不需要任何言語。蓓琪了解，只是她的希望又再次破滅。她知道湯姆還有一整支，和三、四支小截的蠟燭在他口袋裡，不過他還是要省著點用。

不久疲累開始發表意見；兩個孩子都不敢停下，因為只要想到浪費越來越寶貴的時間坐在那裡不動，就覺得很可怕；往一個方向，或任何方向走動，最少代表有進度，有進度就可能有結果；但是坐下不動就等於邀請死亡之神來訪，更加速死亡的降臨。

最後蓓琪完全無力的四肢拒絕再帶她去任何地方了。她坐了下來，湯姆也坐在她身邊休息。他們談到家，談到他們那些朋友，他們舒服的床鋪，最重要的是，他們此刻最需要的燈光！蓓琪哭了起來，湯姆一直想辦法安慰她，但是他所有的鼓勵完全無用，聽起來更像是譏諷之詞。蓓琪太累了，迷迷糊糊就睡著了。

湯姆覺得很高興。他坐在她旁邊看著她扭曲的臉不久變得越來越平滑，越來越自然，顯然是因為做了美夢，最後她的臉上浮著一抹微笑，然後那抹微笑就停在那裡不動了。她平靜的臉龐多多少少也帶給湯姆心中的平和，也修復了他的心靈，他的思緒也就飄蕩到逝去的時光與夢境般的記憶裡。

當他陷入沉思裡時，蓓琪帶著一抹微笑醒了過來——但是那笑聲只到了她嘴邊就遭擊斃，接下來的是一陣呻吟。

「老天，我怎麼會睡著了！我希望我永遠永遠不要醒來！不要！不要！湯姆，我不要醒來！不要那樣看我！我不會再這樣說了。」

「蓓琪，我很高興妳睡了一覺，這樣妳會覺得不那麼累，我們就可以找到出路了。」

「湯姆，我們還可以試試看；但是我在夢裡看到一個好漂亮的國度，我想我們要去那裡。」

「或許不會，或許不會。振作起來嘛，蓓琪，我們再繼續找路去。」

他們站了起來，手牽著手，毫無希望的隨意走著。他們想要估計出在洞裡面待多久，但是他們只覺得過了好多天，或是好多禮拜了，但是很明顯的，那是不可能的，因為他們手上的蠟燭還沒用完。

在他們計算之後過了許久——他們實在不知道到底過了多久——他們說他們應該走得慢一點兒，聽一聽滴水聲——他們一定要找到泉水。他們終於找到了一個，所以湯姆說現在又該是休息的時間了。兩個人都累壞了，但是蓓琪說她覺得她還可以多走一點兒。她很驚訝於湯姆的反對，她完全不能了解。

他們坐了下來，湯姆把他的蠟燭用一些泥土黏在他們面前的牆上。他們都忙於思考，所以有一段時間，兩個人都沒有說話，然後蓓琪打破了沉默：

「湯姆，我好餓！」

湯姆從口袋裡拿出一些東西。

「妳還記得這個嗎？」

蓓琪幾乎要微笑了。

「那是我們的結婚蛋糕，湯姆。」

「沒錯──我真希望它大得像個桶子，因為我們只有這個了。」

「湯姆，我在野餐時留著沒吃是因為我們可以拿來繼續編織美夢──就像他們大人也是這樣保留結婚蛋糕的，這塊蛋糕將是我們美夢的起點。」

她話沒講完，但也不想講了。湯姆把蛋糕一分為二，蓓琪胃口很好的吃了起來，而湯姆則是一小口一小口的吃著他那份蛋糕。那裡倒是有非常豐富的泉水供他們結束美食。不久蓓琪就建議他們再繼續往下走。湯姆沉默了片刻才開口：

「蓓琪，如果我告訴妳一件事，妳覺得妳受得了嗎？」

蓓琪的臉轉白，但她覺得她可以忍受。

「嗯，那麼蓓琪我跟妳說，我們一定要待在這裡，這樣我們才有水喝。牆上那截蠟燭是我們最後一根蠟燭。」

蓓琪流下眼淚，哭了起來。湯姆盡其所能的去安慰她，但是沒什麼效果。最後蓓琪說道：

「湯姆！」

「怎麼了，蓓琪？」

「他們一定會想到我們，然後過來搜救我們！」

「沒錯，他們一定會的！他們當然會！」

「或許他們現在已經在找我們了，湯姆。」

「是啊，我想他們可能已經在找了。我希望他們正在搜尋。」

「他們要到什麼時候才會想到我們啊，湯姆？」

「我想他們一上了船就會想到吧！」

「湯姆，那時候可能天已經黑了——他們會注意到我們沒出現嗎？」

「我不知道。但是不管怎麼說，他們一回到鎮上妳媽媽總會想起妳了吧！」

蓓琪的臉上受驚的表情使湯姆了解到自己犯了一個錯誤。蓓琪那天晚上是不回家的！他們兩個變得沉默，也都陷入沉思中。

不久，從蓓琪臉上新的悲傷表情使湯姆知道她也想到他想到的——恐怕要等到主日學校過了一半，柴契爾太太才會發現蓓琪並未到哈潑太太家過夜。

兩個人把眼睛盯著他們最後一截蠟燭看，看著它慢慢的融解，無情的化掉；到最後只剩下那截半吋的蠟燭芯；看到微弱的火焰起起落落，往細長的煙上爬去，苟延殘喘的在頂端好一會兒，最後——他們因全然的黑暗而產生莫名的恐慌。

好久以後，蓓琪才慢慢發現自己正在湯姆的臂彎裡哭泣，他們互相都看不到對方。他們唯一知道的是，經過感覺上非常長的時間後，兩個好似從一場全然恍惚的睡眠中甦醒過來，然後再次體會到他們的不幸。湯姆說現在可能是禮拜天了——也可能是禮拜一了。

他想要哄蓓琪說話，但是她太過悲傷，她的希望全部落空，根本說不出話了。湯姆說他們應該老早就想到他們了，毫無疑問的他們早就開始搜尋他們了。

他應該來大吼幾聲，或許有人聽到就會過來。他試了一次，但是在黑暗中從遠處傳來的回聲聽起來挺嚇人的，所以他就沒再試了。

時間就這樣一小時一小時的浪費了，這會兒飢餓又來折磨這兩個俘虜。湯姆的半塊蛋糕還剩了部分，他們分了吃掉。但是吃完後他們覺得比原先還餓。那可憐的一小塊反而激起了他們的食欲。

又過了一會兒，湯姆說道：

「噓！妳聽到了嗎？」

兩個人都屏住氣息專心聆聽。他們聽到一個像是最微弱、最遠的叫聲。湯姆立刻回應它，領著蓓琪的手，開始往聲音的那個方向摸索前去。不久他再次聆聽。他又聽到那個聲音，而且很明顯的，那個聲音近一點了。

「是他們！」湯姆說：「他們來了！一起來吧，蓓琪——我們現在沒問題了！」

他們被那種類似囚犯獲釋的狂喜所淹沒，但是他們的速度快不起來，因為到處都是坑坑洞洞，他們要小心走路。

他們很快就碰到一個陷阱，所以不得不停下來。這個陷阱或許有三呎深，也有可能是一百呎——不管怎麼說，根本不可能過得去。湯姆將胸貼著地，盡可能把自己壓低，想去試試看那個洞有多深，但摸不到底。

他們只能待在那裡等搜救隊的人過來；遠處的喊叫聲聽起來顯然比原先的還要遙遠！再過一會兒或更久，聲音已經聽不到了。他們的心也沉到谷底，真是悲劇啊！湯姆一直呼叫到喉嚨吵啞，但是沒有任何幫助。他仍然滿懷希望的鼓舞著蓓琪；但是焦慮的等待時刻好似過了一輩子，再也沒有任何聲音傳來。

兩個人又摸索著回到泉水旁。令人疲累的時間一直拖延下去；他們又睡了，醒來時又餓又悲哀。湯姆相信那時候一定已經是禮拜二了。

這時候他忽然又有一個主意。附近還有幾條支路，去探索這幾條支路要比無事可做，在這裡坐以待斃要好得多。他從口袋裡拿出一捆風箏線，把它綁在突出的石頭上，然後他就帶著蓓琪開始邊摸索邊拉著線往前走。

走了約二十步後，那條迴廊就在一個「起跳點」結束。湯姆蹲下來觸摸下面，把手盡量伸到可以摸到角落處；他很努力伸展，往右再移一些，就在那一刻，離湯姆不到二十碼處，有一隻拿著蠟燭的手，就從後面一塊岩石上顯現出來！

湯姆歡欣鼓舞的大叫一聲，但立刻看到跟著那隻手的主人——印第安喬！湯姆整個人都癱瘓了；他無法動彈。當他看到那個「西班牙人」走掉離開他的視線時，心中滿溢著感激。

湯姆心裡想，印第安喬一定沒有認出他的聲音，不然他早就過來，為湯姆在法庭上的指認而把湯姆殺掉。但是那個回聲一定把聲音都改裝了。毫無疑問的，那一定是原因，這是湯姆推論的結果。湯姆的害怕使得他全身肌肉都鬆軟無力。

他自言自語道，如果他有足夠的體力能夠回到那個泉水，他一定要留在那裡，而且沒有任何東西可以誘惑他，讓他冒險再見到印第安喬。他小心不讓蓓琪知道他看到什麼。他告訴她，他大聲喊叫只是「試試手氣」。

但是最後飢餓感以及悲慘感都超越了害怕的感覺。但是沉悶的等待以及一頓長久的睡眠帶來改變。兩個孩子因為椎心的飢餓而醒過來。湯姆相信那天已經是禮拜三或是禮拜四，甚至是禮拜五或禮拜六了，而搜救活動也已經結束了。

他提議再找另一條通道，他願意冒著再碰到印第安喬以及所有可怕之事的危險。但是蓓琪身體非常虛弱，她整個人陷入一陣可怕的無知無覺中，喚都喚不醒。她說她現在寧願待在原地等死——而且看來不會太久了。

她說如果湯姆想要跟著風箏線去探索，那就去吧，但是她苦求湯姆每隔一段時間就要回來跟她說說話；她還要他答應她，當那個可怕的時刻來臨時，他一定要待在她身邊握著她的手，直到最後。

湯姆親了她，一種窒息的感覺掐住他的喉嚨，但是他表現出很有信心找到搜救隊或是巖洞出口的樣子。然後他把風箏線拿在手中，趴在地上摸索著其中一條通道，他因為飢餓而感到悲痛，也因為毀滅將臨的惡兆而感到心煩意亂。

32.「找到他們了！」

已經是禮拜二下午了，天色也接近黃昏。聖彼得堡的人仍陷入一片愁雲慘霧的哀痛中，因為失蹤的小孩一直還沒找著。村子裡的人已為他們舉辦了公辦祈禱會，另外還有許許多多人自己都為他們作了禱告，祈禱時都是真心誠意希望他們能平安歸來；但是一直沒有從巖洞傳來好消息。

搜救隊大部分的人都已經放棄搜尋，回到他們原本的崗位上了，他們說事情很明白，孩子再也不會回來了。柴契爾太太病得非常重，大半的時間都是處於錯亂的狀態。看到她每隔一段時間就呼喊她小孩的名字，然後抬起頭聆聽一整分鐘，才精疲力盡的躺回去，躺回去後每每要發出一聲呻吟，聽到的每個人都覺得心酸。

波麗阿姨精神委靡的現象已經發展成固定的憂鬱症，她原本灰黑夾雜的頭髮，幾乎變成全白。到禮拜二晚上全村的人都休息了，大家是既傷心又絕望。

那天半夜，外頭忽然傳來村裡大鐘的噹噹響聲，不久街道上就擠滿了衣裝不整的民眾，他們大聲叫道：「快出來！快出來！找到他們了！找到他們了！」

除了響徹雲霄的吵鬧聲以外，錫盆和號角也都出場助陣一番，群眾越聚越多，一起往河邊走去，好迎接那兩個坐著由叫囂民眾拉車回來的孩子。大家圍繞著他們，加入他們的歸鄉隊伍，如同掃街般，氣派非凡的一路歡呼喊叫。

整個村莊都燈火通明，沒有人回去睡覺；那晚是那個村莊有史以來最偉大的一個夜晚。剛回來的半個小時裡，村民排成一列縱隊進入柴契爾家，他們抱住被救回來的孩子，親親他們，捏捏柴契爾太太的手，想要說話，卻哽咽得說不出來——他們流的淚水使那個地方氾濫成災。

波麗阿姨的快樂已經到了滿分階段，柴契爾太太也差不多。不過只要有人把這個天大的好消息傳回洞裡，讓她先生也知道，這樣她的快樂也會達到最高點。湯姆就躺在沙發上，身邊圍著一群熱切的聽眾，他就好整似暇的把他精采的冒險過程一五一十的報告出來，當然還加了許多驚人的情節以提高可聽性。

除了讀者知道的以外，他還加上最後他是如何離開蓓琪，自己去探路的情節。他拉著線，走了兩條通道；等到他走到第三條通道時，線就用完了，正當他要掉轉回頭時，他瞥見遙遠的地方有一個點，那個點看起來像白天的光；於是他丟下線，摸索著過去，把他的頭及肩膀擠進一個小小的洞，然後竟然看到寬廣的密西西比河從旁邊滾滾流過！如果當時剛好是夜晚，他恐怕就看不到那一點亮光，之後也就不會再次探索那條通道了！他趕快回去蓓琪那邊，然後通報這個天大的好消息給她，她卻要他不要再拿那種話來使她更煩躁，因為她好累而且快死了，她也希望趕快得到解脫。

他一直在她身邊努力跟她解釋，才使她相信；當她跟他一起摸索到了那個洞，親眼看到那點亮光時，真是欣喜若狂；之後他奮力爬出那個洞，也幫蓓琪拉出那個洞，然後兩個人坐在那裡，高興得大吼大叫。

這時有幾個人乘著小艇從旁邊經過，湯姆立刻跟他們招手，把他倆的情形以及飢餓的狀況據實以告；那些人原本不相信他們所說的故事，「因為，」他們說：「你們現在身處之地，離巖洞所在位置的村子，有五哩之遠」——他們將他們兩人接上船，划到一戶人家，給他們吃了晚餐，讓他們休息到天黑後兩、三個小時，才帶他們回家。破曉前，靠著綁在柴契爾法官和剩下不到幾個搜救人員身後的麻繩，傳信的人在洞裡找到了他們，並且把這個好消息告訴了他們。

不久湯姆和蓓琪就發現，洞裡三天三夜的疲累及飢餓不是一時片刻可以消除的，禮拜三及禮拜四他們都整天躺在床上，但卻一直覺得越來越疲累。湯姆在星期四時起來一段時間，禮拜五就去城裡玩了，到了禮拜六，整個人就幾乎跟原先一樣健康了。但是蓓琪一直要等到禮拜天才走得出她的房間，而且看起來就像大病初癒一樣。

湯姆知道哈克生病了，禮拜五還過去看他，但是他們不讓他進房間，禮拜六、禮拜天也是如此。不過之後他就天天進房間去看他了，只是他們警告他不要說出他歷險的經過，也不要提任何刺激的話題。

道格拉斯寡婦還待在旁邊看他是否遵守規定。湯姆在家裡也得知卡地夫山事件，以及知道那個「穿著破爛的人」的屍體最後在河裡靠近渡船碼頭的地方被發現了；他或許是在想逃跑時不小心淹死了。湯姆巖洞獲救後約兩個星期後的某一天，他出發要去探望哈克。哈克現在身體越來越強壯，已經可以聽聽令人興奮的事了，所以那天湯姆要告訴他一件他會有興趣的事。柴契爾法官家就位於湯姆去看哈克的路上，所以他就順道去看蓓琪。法官和幾個朋友留他下來說說話，有一個人就故意用反諷的語氣問湯姆，問他願不願意再到巖洞去。湯姆說他想他不會在乎。法官說道：

「沒錯，還有別人想法跟你一樣呢，湯姆，我一點兒也不懷疑。但是我已經作了防護措施，以後沒有人會在那個巖洞裡迷路了。」

「為什麼？」

「因為兩個禮拜前我已經在那個洞的大門上全部釘滿厚厚的鐵，還加了三道鎖——鑰匙就在我手上。」

湯姆的臉慘白的像白色床單。

「怎麼了，孩子！你們誰快去幫忙倒一杯水！」水拿來了，倒在湯姆臉上。

「啊，你現在看起來好多了。你到底怎麼了，湯姆？」

「喔，法官，印第安喬在洞裡呢！」

33. 命運

不到幾分鐘，這個消息就傳了出去，立刻有十幾艘小船的人馬，加上載滿乘客的渡船緊隨其後，一起前往麥克道格巖洞。湯姆．索耶與柴契爾法官搭乘同一艘小艇。

洞門的鎖打開之際，一幅慘不忍睹的畫面就在那個地方的暗淡不明下呈現出來。印第安喬伸展四肢躺在那裡，死了，他的臉貼近門的細縫處，似乎他那雙充滿渴望的眼睛一直到最後還盯著外面的亮光以及自由而興高采烈的世界瞧。

湯姆很受感動，經由自己的經驗，他知道這個可憐的傢伙遭受到什麼樣的折磨。他對他寄予真切的同情，同時心裡也感受到一股豐富的紓解及安全感，直到此刻他才知道，從自己開口指控那個殘忍、不為社會所容的人開始，就一直有股重大的恐懼壓著他，當時他沒有完全體會到，現在他才明白。

印第安喬的單刃短獵刀就躺在附近，刀身已一分為二。洞門底下的大橫木已被砍穿，顯然花了不少工夫，只是大橫木外面擋著天然岩石形成的門檻，刀子碰到如此頑固物質，也只好俯首稱臣；而這樣的戰役，唯一的受害者就是刀子本身了。

但是即使沒有外面石頭的障礙，印第安喬還是白費力氣，因為如果整塊橫木都砍掉了，印第安喬還是沒辦法把身子從門下擠出，他是知道得很清楚的。所以他一直砍著橫木只是為了做點事情——只是為了殺殺無聊的時間——只是為了發洩一下他被折磨的天賦。一般來說，在大門口附近都可以在裂縫處找到遊客塞的半截蠟燭五、六支；但是現在那裡一支都找不到了。這個囚犯找到它們後，把它們一一都吃掉了。

他還設計抓了幾隻蝙蝠，也都吃了個乾淨，只留下爪子。這可憐的傢伙是餓死的。在他手邊一處地方，有個石筍從地面往上生長了好幾世，那是它頭上的鐘乳石滴水下來形成的。這個俘虜把石筍打破，然後在剩餘的石樁上放了一塊石頭，他在石頭上挖了一個淺淺的洞好接住滴下來的水，這水滴就像時鐘滴答聲一樣規律而沉悶，每三分鐘滴一次，一天二十四小時只滴滿一小匙！當金字塔新建成的時候，那滴水就往下滴了；另外，當特洛伊城陷落時、當羅馬城鋪下地基、當耶蘇釘上十字架、當不列顛帝國創立、當哥倫布航行於海上、當萊克西頓大屠殺還是「新聞」時，那水滴就在往下滴了。

而現在它還在滴，以後等這些事都沉入歷史的下半期，傳統的衰敗期，最後被絕世遺忘的黑夜所吞噬時，它還在往下滴著水。

每件事都有一個目的或是一個任務嗎？這滴水在五千年裡耐心的滴落，是不是就是為了提供這個可憐過客蟲的需要？在未來的一萬年裡，它是否有更重要的目標要完成呢？沒有關係，從這個倒楣的混血兒在石頭上挖個洞好接那些無價的水滴開始，到現在已經過了許許多多年了，來麥克道格巖洞探訪的遊客，總是在這個感傷的石頭以及滴得非常緩慢的水那裡停佇最久的時間。

「印第安喬的石杯」現在已成了巖洞裡的第一奇景，連「阿拉丁的宮殿」也望塵莫及。

印第安喬就被埋在洞口附近，人們成群結隊的從鎮上或是從方圓七哩內的農場、小村落裡坐船或坐馬車來這裡；他們帶了一家大小，還有各式各樣的家當一起來。他們承認雖然印第安喬沒受絞刑，但是他們在參加他的葬禮時，心裡的感覺幾乎是一樣痛快的。

這個葬禮停止了某件事進一步的發展——那就是為印第安喬而發起向州長要求特赦的請願。這份請願書找了許多人簽署；並且辦了許多侃侃而談、賺人熱淚的會議，一群充滿婦人之仁的婦女被組織成一個委員會，穿著喪服圍著州長哭泣，她們懇求州長當個慈悲的笨蛋，把職責踩在腳下。大家雖然相信印第安喬殺了五個村民，但是那又怎麼樣？即使他是撒旦本人，還是有許許多多的軟骨頭隨時準備好把他們的名字簽在特赦請願書上，甚至從他們自身年久失修而且漏水的自來水廠裡滴下一滴淚水在上面。

葬禮後的第一個早晨湯姆帶著哈克到一個僻靜的地方，準備跟他談一件重要的事。哈克那時已經從威爾斯人以及道格拉斯寡婦那裡知道湯姆的歷險經過，但是湯姆說他認為有一件事是他們沒有告訴他的；那件事就是他現在要告訴他的。哈克的臉整個通紅，他說：

「我知道你要說什麼。你已經到了『二號』，而且除了威士忌，沒有發現任何其他東西。沒有人告訴我是你發現的，但是當我一知道威士忌的事情後，我就知道一定是你；我還知道你沒有拿到錢，因為如果你拿到了錢，即使你會對別人保持緘默，你一定會想盡方法告訴我。湯姆，我一直有個預感，我們永遠拿不到那筆錢的。」

「怎麼了，哈克，那個旅館老闆根本就不是我檢舉的。你知道的，在我禮拜六去野餐的時候，那個旅館還好好的。難道你忘了那個晚上是你在那裡守衛的？」

「對啊，沒錯！老天，感覺好像一年以前的事了。就是在那天晚上，我跟蹤印第安喬到了寡婦家的。」

「跟蹤印第安喬的人是你？」

「是啊——但是你不要告訴別人。我認為印第安喬還有朋友沒出面，我可不希望他們找到我頭上來，用一些卑劣的手段報復。如果不是我，他現在早已經逃到德州了。」

然後哈克第一次說出他完整的冒險經歷，湯姆以前聽過的只是威爾斯老人版的故事。

「所以說——」不久哈克說道，回到原先的主要問題上來，「我認為不管是誰拿下『二號』的酒，他也正是拿到錢的人——不管怎麼說，湯姆，我們都沒希望拿到錢了。」

「哈克，可是那個錢根本沒放在『二號』過！」

「什麼！」哈克用力的在他的同伴臉上搜尋。「湯姆，難道你又有了那些錢的線索？」

「哈克，那些錢就在巖洞裡！」

哈克的眼睛亮了起來。

「湯姆，再說一遍。」

「錢在巖洞裡！」

「湯姆——摸著你的良心說——你是開玩笑的還是說真的？」

「說真的，哈克——從我生下以來，一直都是不說假話的。你要不要陪我進去裡面，幫我把錢拿出來？」

「當然要！只要我們能夠在巖洞裡一路拿著火焰而且不迷路，我很願意。」

「哈克，我們可以百分之百做到，而且一點兒也不麻煩。」

「太好了！你為什麼會認為錢是——」

「哈克，等我們到了那裡你就知道了。如果我們找不到，我同意把我的鼓還有我在世上所有的寶貝都送給你。我說到做到，不騙人。」

「好——就這樣說定。你說要什麼時候去？」

「選日不如撞日，只要你同意，就現在吧！你的體力可以嗎？」

「那地方離洞口遠不遠？這三、四天我已經好多了，但是還是沒辦法走路超過一哩——至少我認為我沒辦法。」

「從洞口進去一般人都是要走個五哩的，但是我不同，哈克，只有我一個人知道有個很短的捷徑。哈克，我帶你搭小艇去。我們先乘小艇到那裡，然後我一個人再把它拉回去。你完全不用插手。」

「湯姆，那我們現在就出發吧！」

「好。我們要帶一些麵包、肉製品、我們的菸斗、一或兩個小袋子、兩或三捆風箏線，還有一些人稱洋火的新發明。告訴你，當我還在洞裡時，好幾次我都希望我能有洋火這個東西。」

中午過後沒多久，兩個孩子跟一個出門不在的村民借了一艘小艇，立即出發前去。當他們開到離「空心洞」下面幾哩的地方時，湯姆說：

「你瞧這個斷崖，從『空心洞』下來這一路的風景幾乎一模一樣——沒有房子、沒有木廠，連灌木叢都是一個樣。但是你有沒有看到上面那個崩了一塊白白的地方？那就是我做的記號之一。我們現在要上岸了。」

他們上了岸。

「哈克，在我們站的地方你可以用一根釣魚竿碰著那個我鑽出來的洞，看看你可不可以找到。」

哈克把整個地方都翻遍了，也沒找著。湯姆得意洋洋的走到濃密的橡樹叢裡，說道：

「就在這裡！哈克，你看看。這是全國最棒最隱密的小洞，你可不要告訴任何人。我不是一直想要當強盜嗎？但是我知道我一定要有個像這樣的地方，可是一直都遍尋不著。現在我們終於找到了，可是我們不要讓別人知道，只讓喬．哈潑以及班恩．羅杰斯參加，因為我們當然要組成一個幫派，要不然就毫無格調可言了。湯姆．索耶幫，聽起來很炫吧，哈克？」

「沒錯，真的很炫呢，湯姆。我們要去搶誰？」

「喔，差不多每個人都可以。反正我們得先埋伏就對了——強盜大部分都是用這個方法。」

「然後把他們殺了？」

「不是每次。先把他們藏在洞裡，等他們籌贖金。」

「什麼叫贖金？」

「就是錢嘛！你讓他們盡量籌錢，叫他們的朋友送來，如果籌錢超過一年還籌不到，我們就把他們殺了。通常他們都是那樣做的。只有女人是不殺的。你可以把她們關起來，但是不能殺她們。她們都是既美又富有，而且都怕得要命。你可以拿走她們的錶和物品，但是你要記得脫帽，說話要有禮貌。沒有人像強盜那麼有禮貌。每本書上都是那樣寫的。

「書上還說，女人慢慢的就會愛上你，只要她們在洞裡待個一、兩個禮拜，她們就會停止哭泣，之後她們就趕都趕不走了。如果你把她們趕走，她們轉個彎又回來了。書上都是這樣寫的。」

「哇，聽起來太棒了，湯姆，我相信那一定要比當個海盜強。」

「沒錯，很多地方都是比當海盜強的，因為離家近，也離馬戲團還有其他地方要近些。」

說到這裡，所有的東西都準備妥當，湯姆走在前面，兩個人一起走進洞裡。他們艱難的往前走到地道最裡面的地方，然後把結在一起的風箏線綁在那裡，拉著線往下走。走了沒幾步就走到了泉水處，這時湯姆全身打了一個寒顫。他把他用泥土黏在牆壁上那截蠟燭芯指給哈克看，然後把他和蓓琪如何看著火焰掙扎到最後還是熄滅的事情形容給哈克聽。

現在兩個孩子開始把聲量降成耳語，因為他們感到那地方的沉靜及幽暗壓擠著他們的心靈。他們繼續往下走著，到達那個「起跳點」。蠟燭光一照，才知道那並不是一個斷崖，不過就是一個二、三十呎高、陡峻的小泥山。湯姆輕聲說道：

「哈克來，我給你看樣東西。」

他把蠟燭高高舉起，說道：

「把你的眼光放遠，盡量看到那個角落。看到沒？那裡——就在那邊的大石頭上——蠟燭煙燻成的。」

「湯姆，那是個十字。」

「現在你說『二號』在哪裡？『在十字下面』，記不記得？哈克，我就看到印第安喬把蠟燭插在這裡的！」

哈克，盯著那個神祕的記號好一會兒，然後發出顫抖的聲音說道：

「湯姆，我們趕快離開這裡！」

「你說什麼！把財寶丟下不管？」

「沒錯——丟下不管。印第安喬的鬼魂一定就在附近遊蕩。」

「不是那樣的，哈克，事情不是那樣的。鬼魂是會在他死的地方作怪——而他死的地方是洞口——離這裡有五哩呢！」

「不對，不是那樣的，湯姆，不是那樣。鬼魂是跟著錢的，我知道鬼魂都在那裡混，你也是知道的。」

湯姆也開始害怕哈克說的是正確的。他越來越害怕。可是忽然有個念頭跑到他的腦海裡——

「哈克，你聽我說，我們真是大笨蛋！印第安喬的鬼魂才不會來這裡呢！因為這裡有個十字架！」

這樣一說，事情就明朗化了。那句話果然達到它預期的效果。

「湯姆，我倒是沒想到呢，不過事實上的確是那樣的。我們運氣真好，有那個十字。我想我們爬下去，然後去找那個箱子。」

湯姆先下去，他邊往下走，邊將泥土山踩成樓梯的模樣。哈克跟在後面。立著一大塊大岩石的那個小洞穴有四個通道，兩個人檢查了其中三個都一無所獲。他們在最接近那個岩石基底的那個通道找到了一個小小的凹處，那裡鋪了一個睡處，上面有幾條毯子隨意放在上頭，另外還有一個老舊的吊籃，一些燻肉皮，還有兩、三副啃得很乾淨的雞骨頭。但是沒有那個裝錢的箱子。他們找了又找，把整個地方都翻遍了，還是遍尋不著。湯姆說道：

「他是說在十字下面。這裡應該夠下面了吧，不可能在岩石下面，因為那個大石頭就牢牢固定在地面上。」

他們把整個地方又找了一遍，最後才沮喪的坐了下來。哈克實在也不知道能說些什麼。好一段時間，湯姆才說道：

「聽我說，哈克，岩石這邊泥土上有腳印，還有蠟燭油，但是另外一邊都沒有。怎麼會這樣呢？我敢打賭，錢一定就在岩石下面。我要再往泥土裡面挖。」

「嘿，湯姆，你這個想法可真不錯！」哈克興奮的叫道。

湯姆立刻拿出他的「純正巴洛牌」，還挖不到四吋，他就碰到了木頭。

「嘿，哈克——你聽到沒？」

哈克也開始幫著用手挖掘。他們很快就打開一些板子，將其置於一旁，然後他們發現在岩石底下有個天然的裂洞，湯姆鑽進裂洞裡，拿著蠟燭盡量往岩石下面照，但是他說他無法看到那個裂口的盡頭，所以他建議進去探險。然後他蹲下來往裂口下面鑽了進去，那個狹窄的小道逐漸下斜，他就跟著彎彎曲曲的道路，先往右走，再往左彎，哈克緊跟在後。不久，湯姆轉個小彎，大聲嚷道：

「我的天哪，哈克，你看！」

正是那個財寶箱，肯定是，就放在那個小小洞穴的一個角落，跟一個空無一物的彈藥桶、兩把放在皮套裡的槍，兩、三雙老舊的印第安靴，一條皮帶，還有一些雜七雜八的東西放在一起，因為上頭滴水，已經全都浸溼了。

「終於到手了！」哈克說，把張大的手插入生鏽的錢幣，把它們高高舉起，又掉落下來。

「乖乖，我想我們發財了，湯姆！」

「哈克，我一直都認為我們一定可以拿到這筆錢的。不過真的到手了，還是不敢相信這麼美好的事真會落到我們身上！喔——這裡不是久待之地，我們得把這個箱子弄出去。看看我可不可以抬得動。」

這個箱子重約五十磅，在一陣笨手笨腳的嘗試後，湯姆總算抬起來了，但是沒辦法抬得很順當。

「我早就猜到了。」湯姆說：「那天在鬼屋時，我看到他們抬的樣子就知道一定很重。所以我想到要帶幾個小袋子來裝錢，我想我這樣做是正確的。」

錢很快就裝袋完畢，他們把錢帶回到有十字的岩石上頭。

「我們再去拿槍和其他東西。」哈克說道。

「不了，哈克——先不要動那些東西。等我們開始要行搶時，那些東西我們都用得到。我們就把那東西藏在那裡，以後也可以到這裡來狂歡。這裡真是狂歡的完美場所，又舒服又隱密。」

「什麼叫狂歡？」

「不知道。不過強盜常常在狂歡，所以我們當然也要來狂歡。走吧。哈克，我們在這裡待得夠久了，我想時間不早了，而且我也餓了，我們一上小艇，就可以吃點東西，抽點菸。」

不久之後，他們鑽進橡樹叢，小心的探頭往外看，發現河邊都沒有人，就很快的衝進小艇，開始在上面抽起菸來。當夕陽即將降落在地平線時，他們才把小艇推出，踏上歸途。湯姆就在黃昏中，掠著河岸輕輕往上划去，一邊還愉快的與哈克聊著天，天黑之後沒多久才上了岸。

「哈克，」湯姆說：「現在我們先把錢藏在寡婦家柴房的頂樓，明天一早我們來這裡算錢和分錢，再到林子裡找個安全的地方藏起來。你安靜的待在這裡看著東西，我現在先跑去『牽』班尼．泰勒的小拉車來，一分鐘就回來。」

他一下子就不見了，不久就帶著小拉車回來；他把那兩袋東西放進去，然後在上頭蓋了一些老舊的破布就拖著貨出發了。正當他們要往下走時，威爾斯人跑出來說道：

「哈囉，是誰在外頭？」

「哈克和湯姆．耶索。」

「太好了！趕快進來，孩子。每個人都在等你們呢！來，快點兒，往前走，我來幫你拉這個拉車。老天，看起來很輕，拉起來卻很重呢！裡面放了磚頭啊？還是一些破銅爛鐵？」

「是破銅爛鐵。」湯姆說道。

「我猜也是。城裡的小孩寧願花很多時間，惹很多麻煩去撿一些值六分錢的爛鐵來賣給鐵工廠，也不願意去做可以賺兩倍錢的正常工作。但是那就是人性啊！走快點，走快點！」

兩個人都想要知道他到底在急什麼。

「沒什麼大事，等我們到了道格拉斯寡婦家時，你們就會知道的。」

哈克常常被冤枉，所以他憂慮的說道：

「瓊斯先生，我們又沒做什麼壞事。」

威爾斯人聽了就笑了。

「喔，我不知道呢，哈克，我的孩子。我不知道是什麼事。你跟道格拉斯寡婦不是好朋友嗎？」

「沒錯。是啊，不管怎麼說她一直都對我很好，把我當朋友。」

「那就對了。那麼你還有什麼好怕的？」

這個問題還沒在哈克遲鈍的腦子裡得到完整的答案，他發覺他和湯姆已經被推進道格拉斯寡婦的客廳了。瓊斯先生把拉車留在門邊，跟著進來了。

那個地方燈火通明，鎮上所有有頭有臉的人都已經在場了。包括，柴契爾一家、哈潑家、羅杰斯家、波麗阿姨、席德、瑪麗、牧師、報社編輯，還有許許多多人都來了，全都穿上他們最好的衣服。寡婦以他們兩個最熱誠的接待方式及態度來接待他們。

他們全身都是蠟燭油及泥土。波麗阿姨的臉因為羞愧而發紅，她對著湯姆搖頭皺眉。然而其他人都沒有這兩個孩子一半的窘。瓊斯先生說道：

「我去找湯姆時，湯姆還沒回家，所以我只好不等他了；可是就在我回到家門的時候，我竟然碰到他和哈克，我就很快的把他們帶來這裡了。」

「你做得很對。」寡婦說道。「孩子們，跟我來。」

她把他們帶到一間臥房後說道：

「你們先清洗一下，然後換衣服。這裡有兩套新衣服——襯衫、襪子，什麼都有。這是哈克的——不要，不要謝了，哈克，瓊斯先生和我各買了一套，不過兩套都是你的大小。趕快穿上去。我們等你們，你們一打扮妥當就下來吧。」說完她就走了。

34. 成堆黃金

哈克說道：「湯姆，如果可以找到繩子，我們就溜走吧！從這個窗戶往下爬，不會離地面太遠。」

「老天，你為什麼要溜掉？」

「嗯，我實在不習慣這麼多人。我沒辦法忍受。湯姆，我絕對不下去。」

「喔，拜託！那有什麼。我就一點都不在乎。到了樓下我會照顧你的。」

這時席德出現了。

「湯姆，」他說道：「波麗阿姨整個下午都在等你。瑪麗已經幫你把禮拜天的衣服準備好了，每個人都很著急。對了，在你身上那些是不是蠟燭油和泥土啊？」

「席德先生，你聽著，請你少管別人的閒事。對了，這樣大宴客是為了哪樁？」

「寡婦不是常常舉辦宴會嗎？這不過是她又一個宴會。這次是為了請威爾斯人和他兒子，因為那天晚上他們救了她。喔，對了，我還可以告訴你一件事，如果你想要知道。」

「喔，是什麼事？」

「就是老瓊斯先生今天晚上要在客人面前公開一件事，嚇大家一跳。不過今天白天他把這件事當成祕密告訴阿姨時，被我偷聽到了，所以我想這件事現在已經不是什麼祕密了。因為全鎮的人都知道了，連寡婦都知道了，即使她一直都裝作不知情。瓊斯先生認為哈克一定要參加這次宴會——畢竟要公開有關哈克的祕密，如果沒有哈克在，就一點意思也沒有了。」

「席德，是什麼祕密？」

「就是那個關於哈克跟蹤強盜到寡婦家的祕密啊。我猜瓊斯先生本來要把公布這個大祕密當成今天的壓軸戲，不過我想最後效果可能會很差。」

席德非常志得意滿的咯咯笑了起來。

「是不是你說出去的？」

「喔，是誰說出去的並不重要。有人說了出去，這就夠了。」

「席德，鎮上如果有人這麼卑鄙的話，非你莫屬。如果你碰到像哈克一樣的情形，你一定會溜下山，不把強盜的事告訴任何人。你除了卑鄙無恥的勾當外，什麼好事都幹不出來。然後還看不得別人做好事被稱讚。接招，不用謝了，套句寡婦的話。」——然後湯姆緊扯著席德的耳朵，踢了好幾下把他趕出房。「看你敢不敢去跟阿姨告狀，有膽明天就等著瞧！」

過了幾分鐘寡婦的客人都已經在晚餐桌上坐定，而十來個小孩則在同個房間擺幾個小桌子吃飯——這是當時那帶地方的習慣。等時間一到，瓊斯先生就開始他小小的演說。他說他很感謝寡婦為他和兩個兒子舉辦這麼盛大的宴會，但事實上另外還有一個謙虛的人——

然後他把這個故事說了一遍。他把哈克在那個拯救行動所扮演的角色用他很擅長的戲劇性手法，生動的描述出來，但是由於群眾的驚訝是假裝出來的，所以表現出來的熱鬧及感情洋溢就不如預期。不過寡婦還表現出驚訝的樣子，然後說出許多讚美以及感謝哈克的話來，這使得哈克幾乎都忘了那身新衣服帶給他無法忍受的不自在感，因為對他來說，沒有比身處眾人的注目點及讚美聲中，更令他覺得不自在、無法忍受的。

寡婦說她想要給哈克一個家，好好教育他成人；以後她還要分出一小筆錢來給他創業。湯姆的機會來了，他跟著開口：

「哈克不需要那筆錢，哈克自己有錢。」

賓客要不是為了表現出他們的禮貌而強忍住了，要不然那麼好笑的笑話應該會引來哄堂大笑。但是之後的沉默顯得有些尷尬，湯姆打破那陣尷尬：

「哈克發財了。或許你們不相信，但是他真的拿到一大筆錢。喔，你們不要笑——我想我可以把錢給你們大家看。你們等一下。」

湯姆跑出門。大家你看我，我看你，看起來都帶著點莫名的興趣——他們眼裡還帶著問號看著哈克，哈克則是張口結舌說不出話來。

「席德，湯姆是怎麼回事？」波麗阿姨問。「這孩子葫蘆裡不知道在賣什麼藥，我沒有一次——」

湯姆進來了，奮力的拖著那兩袋笨重的袋子，波麗阿姨也就沒機會說完她的話。湯姆把全部的金幣倒在桌子上，說道：

「你們看——我不是都告訴你們了嗎？一半是哈克的，一半是我的。」

這一場景真是讓大家全都屏住呼吸。全部的人都盯著金幣瞧，好一陣子沒有半個人開口說話。然後大家一致要求有個解釋，湯姆說他可以提供，他也不負眾望的把事情經過告訴大家。那個故事很長，但是很精采。從湯姆開始講那個故事，到他結束，幾乎沒有人開口來打斷那順暢的魅力。當他說完時，瓊斯先生說道：

「我還以為我為今晚的場合帶來一點驚喜呢，沒想到湯姆的這個故事才是今晚的壓軸，把我的驚喜全部都壓得光芒不見，不過我是甘拜下風。」

他們把錢計算一下，總額比一萬兩千還多一點。雖然說在座有幾個人的總資產超過那個數字，不過從來沒有哪個人一次看過那麼多錢擺在一起。

35. 加入幫派

讀者可能對湯姆和哈克因為發了橫財，而在貧窮的小村莊聖彼得堡造成轟動感到滿意。如此龐大一筆數目，而且全部都是現金，似乎是不太可能的。對於這麼大一個新聞，大家或討論、或躲在一邊偷笑、或過分美化，總而言之搞到最後，有許多的村民由於過度興奮，身心都有些不太健康。

每個聖彼得堡以及鄰近村子的「鬼屋」都被「解剖」開來一探究竟，木板一片一片的拆開來，地基也被挖開，看看裡面是不是藏有寶藏——不只是小孩，連有些大人，而且是那些嚴肅、不浪漫的大人，也加入尋寶的行列。

不管湯姆和哈克走到哪裡，他們就追在後頭獻殷勤、拍馬逢迎，或是死盯著他們兩個。兩個人從來不記得自己以前的言論曾經有過分量，但是他們現在講的每一句話都被大家重視而且拿來轉述；現在不管他們做什麼也都多多少少被視為了不起；很明顯的，他們已經失去做平凡事及說平凡話的能力了。

尤其甚者，重提他們過去的歷史，發現他們兩個原來天生就具有不平凡的原始特質，村子裡的報紙還登出這兩個小孩的人物介紹。

道格拉斯寡婦把哈克的錢以六分利放了出去，而柴契爾法官也在波麗阿姨的要求下為湯姆做同樣的事。現在這兩個孩子都有了收入，而且收入驚人——平常日子一天一元，而禮拜天則是五角。這收入剛好跟牧師的一樣——不對，應該說他們剛開始是答應要給牧師那麼多——結果最後牧師通常是收不到那麼多的。在過去那種單純的時代，一塊二毛五就夠一個小學生一個禮拜在學校的食宿及學費——甚至還連置裝及清洗費全都包了。

柴契爾法官對湯姆的評價非常高。他說一個普通的男孩是無法把他的女兒從巖洞裡救出來的。當蓓琪極機密的告訴她父親有關湯姆在校為她受過的事情，法官顯然為之動容；當她為湯姆撒下的謊言（以將鞭刑從蓓琪轉到自己肩上），而懇請父親的原諒時，法官卻忍不住熱情的說那是個高尚、大方、包容性大的謊言——那個謊言值得抬頭挺胸，走到歷史中與喬治・華盛頓誠實承認以斧頭砍斷櫻桃樹的故事相提並論，永垂不朽！

蓓琪從來沒有看過父親走在地板上，邊捶胸頓足邊說著話的模樣，看起來高大威武，正義凜然。她趕快把這件事轉告給湯姆。

柴契爾法官希望湯姆長大以後能成為一個偉大的律師或是一個偉大的軍人。他說他覺得湯姆應該進國立軍事學校，之後就在全國最好的法學院受訓，這樣他就有希望以軍人或是律師為一生的志業，甚至可以兩者兼得。

哈克・費恩的財富連同他個人被道格拉斯寡婦收養，並介紹進社交界——不對，不是介紹而是拖著他，硬把他丟進去——所造成的種種折磨已經使他快要受不了了。

寡婦的傭人們總是把他弄得乾乾淨淨、體體面面，每天又刷又梳，每晚為他準備與他相當不配的白床單，上面沒有半點污點，也沒半點歪斜，害得他不能把他的心貼近那裡，讓他有知心朋友的感覺。還有他每次吃飯還得用刀叉，用餐巾、杯子和盤子；他還得讀書、上教堂；他得講得體的話，講得嘴巴都淡出鳥來；不管他走到哪裡，文明的障礙及束縛都把他關在裡頭，使他不管做什麼事都綁手綁腳，不能痛快。

他勇敢的忍受這一切苦難達三個禮拜，直到有一天他忽然失蹤了，寡婦真是急壞了，整整四十八個小時，她四處找尋他的蹤影。外界也非常關心，他們幫忙上天下地的搜索，甚至還到河裡去打撈他的屍體。

不過第三天一大早，湯姆就很聰明的想到去那個廢棄的屠宰場後面，一個老舊的大空桶裡尋人，果然就在其中一個桶子裡找到了那個小逃犯。哈克一直睡在那裡，他剛吃了一些偷來的剩肴殘羹當早餐，正躺在那裡，舒服而悠閒的抽著菸斗。

他全身亂七八糟，不但沒有梳理，而且還穿著以前自由快樂時期的那套破布舊衣服，上面已經有如畫般的景象。湯姆把他請出來，告訴他這一次他所引起的麻煩，催促他快點回家。哈克的臉立刻失去原先的鎮定，罩上了一層憂鬱。他說道：

「別說了，湯姆。我試過了，但完全沒用。那一套對我完全沒轍；我怎樣都不能習慣。寡婦對我很好，很友善，但是我實在沒辦法忍受他們那一套。

「她要我每天都在同一個時間起床；要我清洗，用力梳我的頭；不讓我住柴房；總要我穿那些憋死人的臭衣服；那些衣服好像一點都不透氣，而且質料太好，我不能坐下，不能躺下，也不能到處打滾；我已經好久沒溜到別人家的地窖了——大概好幾年了；我還得上教堂，坐在那裡流一身汗——我實在恨透了那些講道！在那裡我無法抓蒼蠅，也沒辦法吃東西。另外整個星期天我都得穿鞋子。寡婦每次吃飯都要搖鈴，睡覺也要搖鈴，起床也要搖鈴，每樣事情都太規律了，我實在受不了了。」

「可是，哈克，每個人都是那樣做的。」

「湯姆，那又怎麼樣，我又不是每個人，我就是沒有辦法忍受。被綁起來的感覺真難受。而且食物來得太容易——害我對吃東西一點興趣都沒有了。我想要去釣魚，還得先問過；連去游個泳都得打聲招呼，如果做任何事情都不用問該有多好。

「哎喲，講話有禮貌，真是不舒服到了極點，每天我都得到閣樓裡去大吼一段時間，我的嘴巴裡才會有點味道，不然我早悶死了，湯姆。還有寡婦也不讓我抽菸，不讓我在眾人面前大聲叫、打呵欠、伸懶腰或抓癢——」（說到這兒，他的臉因為特別的苦惱及受傷而起了一陣痙攣）

「而且我最受不了的是——她整天都在禱告！我從來沒見過這樣的女人！我一定得走，湯姆，我非走不可。另外還有一個原因：就快要開學了，到時候我也得上學，哎呀！那個我絕對受不了。我跟你說，湯姆，沒想到有錢不如想像中那麼有趣。有錢不過就是一直擔心這，擔心那，緊張這，緊張那，害你恨不得自己死了算了。現在我回到這裡來，身上的衣服剛好合我意，這個桶子也很合適我，我再也不會拋棄它們了。

「湯姆，如果不是因為錢的緣故，我不會惹上這些麻煩的；所以現在請你把我的錢跟你的錢一起拿走，以後呢，看到我的時候就施捨個一毛錢給我，也不用常常，三不五時就好，因為不用花什麼力氣就拿到的東西，我實在看不在眼裡，請你幫我去跟寡婦求情。」

「喔，哈克，你知道我無能為力的。那樣做不公平；何況只要你再多試久一點兒，你就會越來越喜歡的。」

「喜歡！是喔！就像把我放在一個火燙的爐子上，然後說我最後一定會喜歡一樣。不會的，湯姆，我不要當有錢人，也不要住那種悶死人的房子。我喜歡森林、喜歡河流、喜歡大桶子，所以我要永遠跟它們在一起。氣死了！我們才剛有了槍、有了洞穴，才準備好開始行搶，偏偏就發生這種蠢事，把這一切美事都破壞光了！」

湯姆發現機會來了——

「哈克，我跟你說，雖然我們變有錢了，但是那並不表示我們就不能當強盜了啊！」

「真的嗎？喔，那太好了，你說的話可當真？」

「就像我坐在這裡一樣的真。不過，哈克，如果你穿得不夠體面，恐怕我們不能讓你加入我們的幫派喔！」

哈克原來的喜悅之火立刻被澆息。

「不能讓我加入嗎，湯姆？你以前不是要讓我加入海盜幫嗎？」

「沒錯，不過那不一樣。強盜要比海盜高檔一點——整體而言。在大部分的國家裡，當強盜是貴族裡的貴族——像公爵什麼的。」

「可是，湯姆，你不是一直都對我很好的嗎？你可不能不要我，你會嗎，湯姆？你不會那樣做的，對吧，湯姆？」

「哈克，我不會那樣做的，而且我也不願意那樣做——只不過別人會怎麼說呢？喔，他們會說：『呸！湯姆幫！裡面竟然有些不入流的角色！』他們指的就是你，哈克。我想你不會喜歡的，我也不會喜歡。」

哈克沉默了好一會兒，他的心裡有一番天人交戰。最後他才說：

「那麼我回去寡婦家再試一個禮拜，看看我可不可以忍受，只要你答應讓我加入你的湯姆幫。」

「好，哈克，那麼我們就一言為定！來吧，老朋友，我也會幫你跟寡婦求情，讓你也過得輕鬆些。」

「真的嗎？湯姆——你真的願意幫我的忙嗎？太好了。如果她能在幾個我最痛苦的事情上饒了我，而我只要在私底下抽點菸以及罵點髒話就可以了，反正我非得撐過去不可。你什麼時候要開始組幫當強盜？」

「喔，隨時都可以。我們立刻去召集我們那幾個人，或許今天晚上就可以舉辦入幫儀式了。」

「舉辦什麼？」

「舉辦入幫儀式。」

「那是什麼？」

「就是並排站著發誓，永遠不將幫裡的事洩露出去，即使他們要把你剁成肉醬；還有就是當有人要傷害幫中分子，那麼就要把那個人和他家人滿門抄斬。」

「聽了好過癮——實在太過癮了，湯姆，我跟你說。」

「那當然。還有發誓的時間一定要在午夜十二點，而且要在一個你能找到最偏僻、最可怕的地方舉行——鬼屋就是最佳選擇，只不過現在的鬼屋都已經被拆得差不多了。」

「嗯，不過不管怎麼說，午夜十二點這個時間倒是挺好的，湯姆。」

「沒錯，的確沒錯。到時還要在一具棺材上發誓，然後用血寫上名字。」

「哇，越說越像有這回事了！這可比當海盜要酷上一百萬倍。湯姆，我會一輩子死守著寡婦；如果以後我當強盜闖出了一點名號，成為人人口中談論的話題，我想她一定很以自己對我的栽培而覺得光榮呢！」

這個故事就到此為止。這應該是一個小男孩的故事，再寫下去就變成一個成人的故事了。通常當一個作者要寫大人的小說，他完全知道在哪裡結束——當然是寫到結婚為止；但是如果主角是小孩，他最好在可以結束的時候，就趕快結束吧！書中出現的大部分人物現在都還活著，而且過得很好很快樂。有一天或許我可以延續這個故事，看看這群小孩長大成人後會變成什麼樣的人；所以我現在如果聰明點，就不要在這裡洩露他們後來的生活。